完美圈套

[英]莎拉·平博拉夫（SARAH PINBOROUGH）/著
朱其芳/译

中信出版集团·北京

图书在版编目（CIP）数据

完美圈套 /（英）莎拉·平博拉夫著；朱其芳译
.-- 北京：中信出版社，2017.11
书名原文：Behind Her Eyes
ISBN 978-7-5086-8024-8

Ⅰ.①完… Ⅱ.①莎… ②朱… Ⅲ.①长篇小说－英国－现代 Ⅳ.①I712.45

中国版本图书馆 CIP 数据核字（2017）第 196506 号

完美圈套

著　　者：［英］莎拉·平博拉夫
译　　者：朱其芳
出版发行：中信出版集团股份有限公司
（北京市朝阳区惠新东街甲 4 号富盛大厦 2 座　邮编　100029）
承 印 者：北京诚信伟业印刷有限公司

开　　本：787mm×1092mm　1/32　　印　　张：11.5　　字　　数：248 千字
版　　次：2017 年 11 月第 1 版　　印　　次：2017 年 11 月第 1 次印刷
京权图字：01-2017-0145　　广告经营许可证：京朝工商广字第 8087 号
书　　号：ISBN 978-7-5086-8024-8
定　　价：45.00 元

只要三人死了俩，
秘密就能守得牢。

——本杰明·富兰克林

第一部分

PART.1

1.

当时

每隔一小时就掐一下自己，说：我醒着。
看着我的手，扳着手指头。
看着钟（或表），看看别处，再看回来。
保持冷静，保持专注。
想一想门。

2.

之后

终于结束了，天几乎都亮了。水洗般的天幕呈现出条纹状的灰色。他的牛仔裤上沾着枯树叶和干泥巴，疲惫的身体疼痛不已，湿漉漉的冷空气吹干了他的汗水。一件不得不做的事情做完了。一个糟糕的必不可少的行为。现在终点和起点被永恒地打成了结。他期盼着它能反映在世界色调的变化上，但天堂和人间都维持着原有的柔和，树木也不曾因为愤怒而颤抖。风没有在哭泣着低语，汽笛也没有在远方哀号。树就是树，土就是土。他长长呼出一口气，那感觉好得出奇。崭新的黎明。崭新的一天。

他沉默地走向远处房屋的废墟。他没有回头看。

3.

现在 / 阿黛尔

当大卫终于迟迟归来的时候，我的指甲里还残留着些泥巴。前门关上时，我的胃绞作一团，让我生出忧虑和恐慌。我们在新维多利亚式住宅狭长走廊的两端，隔着一大片精心修剪的树林遥相对望。树枝轻轻摇曳，他转身朝客厅走去。我深吸一口气，追上他。高跟鞋在地板上踩出强烈的节拍，每走一步我就畏缩一下。但我一定不能害怕。我需要修复这段关系。我们需要修复这段关系。

“我做了晚餐。”我说，尽量让声音听上去不那么迫切，“只做了一道奶酪牛肉。如果你已经吃过了，我可以把它留到明天。”

他转过脸去，盯着书架，上面塞满了刚从箱子里拿出来的书。我试图不去想他离开了多久。我已经把碎玻璃清理干净了，还扫了地、擦了地板并打理了花园。所有能证明之前盛怒情形的证据都已被清除。在他离开期间，我每喝一杯酒都会漱口，这样他便不会闻到我身上的酒味。他不喜欢我喝酒。我只有和朋友在一起的时候才小酌一两杯，从不独饮。但今晚我控制不住。

我还没洗净指甲里的污垢，但我洗了澡并换了一条浅蓝色的裙子，还穿了高跟鞋，化了妆。完全没有流过泪和打斗的痕迹。我想把这一切都洗掉。这是我们全新的起点，我们全新的开始。必须是。

“我不饿。”他把脸转向我，我可以在他眼里看到无声的厌恶。我抑制住一瞬间想要哭泣的冲动。这种冷漠比他的怒火更糟糕。我那么努力打造出来的一切都在崩塌，真真切切的崩塌。我不在乎他又一次喝醉酒，我只希望他能爱我如初。自从他怒气冲冲地离开后，他甚至都没注意到我所做的这些努力，没注意过我有多么忙碌，我看起来如何，我做了多少尝试。

“我要睡觉了。”他说。他没有看我的眼睛。我知道他是指去客房睡。在我们重新开始后的两天，他不愿与我同眠。我觉得我们之间的裂痕又一次加深了，很快我们便无法再跨过裂痕触碰彼此。他小心地从我身边绕过。我想碰碰他的胳膊，但我太害怕他接下来的反应。他似乎很讨厌我。又或许，是他对自己的讨厌辐射到了我身上。

“我爱你。”我轻声说。我恨自己这样子。他没有回答，只是摇摇晃晃地上了楼，仿佛我不存在一样。我听到他的脚步声渐行渐远，然后他关上了门。

我呆呆地看了一会儿没有他的空间，听着我那颗破碎的心脏跳动的声音。我回到厨房，关掉炉子。我不会把它留到明天的。晚餐毁了，我们毁了。有时候我会好奇，他是不是想杀了我，一了百了，摆脱束缚他的镣铐。也许，我身体里的某个部分也想杀了他。

我渴望再喝上一杯酒，但我忍住了。我已经够伤心了，我无法再面对另一场争吵。也许到明天早上我们就重归于好了。我会把瓶子换掉，他永远都不会知道我在喝酒。

我眺望了几眼花园，最终关上了外面的灯，望着窗户上的影子。我是个美丽的女人。我盯着自己。为什么他不能依然爱我呢？在我为他做了这一切后，为什么我们的生活不能变成我所希望的、想要的样子呢？我们很富有，他有他梦想的工作，而我一心只想尽力做个完美的妻子，给他完美的生活。为什么他就不能放下过去呢？

我放任自己再多几分钟自怨自艾，把花岗岩台面擦拭干净、打蜡抛光，然后深呼吸，振作起来。我需要睡一觉，好好地睡一觉。我要服一片药让自己入睡。明天将会是不同的一天。必须是。我会原谅他的，一如既往。

我爱我丈夫，一见到他就爱上了。我永远不会停止爱他。我不会放弃的。我不能。

4.

路易丝

不说名字，好吗？也不谈工作，不谈枯燥的人生。让我们来聊聊真实的东西。

“你真的那么说？”

“是的，呃，不是。”我说，“是他说的。”

我的脸颊在灼烧。两天前的下午，4点30分，午后一杯不合时宜的内格罗尼酒——当时那似乎是场浪漫的邂逅，然而现在却像是一部俗套悲情剧里的情节。34岁的女子走进酒吧，遇见梦中情人般的男子并与之甜言蜜语。谁料这男子竟成了她的新上司。噢上帝啊，一切都糟得让我恨不得去死。真是一团乱。

“他当然会这么说。”苏菲大笑，然后立刻意识到不对，赶紧闭嘴。“不谈枯燥的人生。这话就好像——哦，我不知道对不对——就好像是在暗指一个事实：我已婚。”她看着我的脸，“抱歉。我知道这其实并不好笑，但还是有点儿忍不住。我也知道一切与男人相关的事情你都应付不来，但是你怎么可能不知道他已婚？新上司那部分我就不怪你了，这实在是倒霉透顶。”

“这真的不好笑。”我说，面带微笑，“反正，对付已婚男士是你的专长，不是我的。”

“没错。”

我知道苏菲会让我觉得好过些。我们在一起总是欢声笑语，开怀大笑。她的职业是演员——不过我们从没讨论过，这几年她除了电视剧里的两具尸体外，就再没演过其他角色——尽管她有不少风流韵事，但已经和一位音乐总监结婚，永结同心。我们是在待产训练课程上认识的，虽然我们的人生截然不同，但我们之间的关系却亲密无间。七年过去我们仍一起畅饮美酒。

“但现在你跟我一样了。”她说着高兴地眨了下眼睛，“跟一个已婚男人上床。我觉得和你相比自己没那么坏了。”

“我没有和他上床。我也不知道他已婚。”最后那句并不算实话。那晚结束时，我有了一个绝妙的想法。我们接吻时，他的身体迫切地压向我，杜松子酒让我们神志不清。突然他挣脱了我，眼睛里有愧疚，有歉意。**我不能这么做**。一切都明明白白地摆在那里。

“行了，纯洁的白雪公主。我只是很惊讶你差点就跳进火坑了。这事有多久了？”

“我真不愿去想它，现在要紧的是解决我目前的窘境。”在喝更多酒之前，我说。我需要再抽支烟。亚当已经被安置上床盖好被子，很快入睡了，在第二天吃早饭和上学时间之前，他不会再有动静。我可以放松一下。他不做噩梦，也不会梦游。感谢上帝的些许怜悯。

“不管怎么说，这全是米凯拉不好。”我继续道，“如果她能在我到那儿之前就取消约会，这一切就都不会发生。”

但有一点苏菲没说错。我已经有很长一段时间没和男人调情了，更别提喝醉酒去亲吻一个人。她的人生是不一样的。她总是被有趣的新人所包围，无拘无束，活得肆意；饮酒到深夜，保持着少女的青春活力。而我是个单身母亲，在伦敦靠给心理医生当兼职秘书勉强维生。所以我并没有太多机会抛下顾虑夜夜外出，连遇上某个人的期盼都没有，更别提邂逅“真命天子”。我无法接受 Tinder 或 Match（两款国外手机交友软件），或者其他约会交友网站。我早已习惯了自己独处。我希望暂时不去管这一切。但这样的“暂时”无意中变成了我的长期生活选择。

“这个东西会让你高兴起来的。”她从红色灯芯绒外套的顶部口袋里拿出一条烟卷，“相信我，当你吸过瘾以后，你会发现一切都变得更有意思了。”她看出我脸上的不情愿，咧嘴一笑，“来吧，露儿，这次是特殊情况。你已经超越了寻常的自己。亲吻你已婚的新上司，这真是太天才了！我应该让人把它写成电影，我可以扮演你的角色。”

“好主意。”我说，“我被开除了就会需要用钱。”我不能和苏菲对着干，我也不想。没多久我们就坐到了室外，坐在我小公寓的阳台上，脚边尽是红酒、薯片和香烟。我们给彼此递着烟卷，咯咯地笑着。

苏菲身上仍保有一半青春期少女的影子，我和她不一样，爽过瘾跟我的日常生活没有半点关系——当你一切全靠自己，就不再有自由支配的时间或者金钱——然而无论何时，笑声都会打败呜咽，我吸了满腔不该吸的让人麻醉的烟。

“这只会发生在你身上。”她说，“你躲了起来？”

我点点头。我站在他人的角度想象着这场滑稽戏，不禁微微一笑。“我想不出还能怎么做。我一头冲进卫生间，待在里面。

当我出来的时候，他已经走了。他明天才开始工作，他要接任塞克斯医生的整段任期。”

“带着他的妻子。”

“没错，带着他的妻子。”我记得那短暂又糟糕的得知真相的一瞬间，我记得他们在一起的样子有多般配。一对璧人。

“你在卫生间里待了多久？”

“二十分钟。”

“噢，露儿。”

短时间的停顿过后，我们都咯咯笑了起来，红酒和烟让我们的头脑兴奋不已，有好一会儿我们都笑得停不下来。

“真希望我能看到你当时的样子。”苏菲说。

“哦，好吧，我不太想看他在见到我之后的样子。”

苏菲耸耸肩：“他才是已婚的那个。丢脸的是他。他什么都不会对你说。”

她将我从罪恶感中解救出来，但愧疚和震惊仍然纠缠着我。在逃走躲起来之前我瞥见了他身边的女子，那一刻我如遭重击。那是他美丽的妻子。高贵优雅、深色头发、橄榄色肌肤，就像安吉丽娜·朱莉[①]那样。她身上有种神秘感。身材非常苗条，而我恰恰相反。那一瞥所见的她的样子深深烙印在我脑海中。我想象不出她会慌张地冲进卫生间躲避任何人。我的心刺痛着，以一种本不该有的方式。不是因为那个醉酒的午后，也不只是因为我的自信跌落到最低谷。

是因为，我喜欢他——我真的喜欢他。这一点，我不能告

① 安吉丽娜·朱莉，美国著名女演员。——译者注

诉苏菲。我有太久没和人这样聊天了。跟人打情骂俏并得到回应让我非常快乐，我因为某些潜在的新鲜感而兴奋不已，我怎能忘记这般美妙的感受。通常来说，我的人生黯淡无奇，是枯燥生活的循环往复：叫亚当起床，带他去学校。要是我上班并想早点开始工作的话，那就让他去快餐店吃早餐。要是我不上班，我也许会花一个小时左右逛慈善商店[①]，淘一些时装设计师丢弃的衣物——它们看起来精致体面，适合穿去诊所上班。逛完后我就去忙着煮饭、打扫、购物，直到亚当回家。然后我开始给他辅导作业、泡茶、洗澡、讲故事、铺床。然后我喝上一杯红酒，开始睡不安稳的一夜。

当他去他爸爸家过周末时，我太累了，什么都不想做，只想躺着看无聊的电视节目。一想到这样的生活至少要维持到亚当 15 岁，我就非常恐慌，所以我不愿去想它。但是与“酒吧男子”的那场相遇让我记起“心有所感”是件多么美妙的事情。作为一个女人，那让我觉得自己还活着。我甚至想回到那间酒吧，看看他是否会来找我。但是，当然，生活并非一部浪漫的电视剧。他已婚，我太蠢。我不怨恨，只是伤心。这些我一个字都不能对苏菲提，因为这样她会可怜我，而我不想要同情。把它完全当个笑话对待会容易得多。它就是个笑话。我不会每夜都坐在家里哀叹自己的单身，也不觉得离了男人就不完整。大体上，我过得尚算开心。我是个成年人，可能会遇上比这糟得多的事情。这是一个错误，我必须得解决它。

我舀了一把多力多滋玉米片，苏菲也是。

① 慈善商店指售卖人们捐赠的二手物品的商店。——译者注

“曲线是一种新的苗条形式。”我们异口同声地说完，往嘴里塞满玉米片，又开始大笑起来，几乎同时被呛到。我想着当时在卫生间里躲避他的情形。这是个笑话。一切都那么好笑。也许到第二天早上我直面闹铃音乐的时候，它就不那么好笑了，但现在我可以大笑。如果你不能嘲笑自己的笨拙，那还能嘲笑什么？

“你为什么这么做？”我稍后说道。当时我们之间的酒瓶已经空了，夜晚接近尾声。“为什么要搞外遇？你和杰伊在一起不快乐吗？”

“当然快乐。”苏菲说，“我爱他。我又不是所有时间都在搞外遇。”

这也许是真的。但她是个演员，有时候她会为了故事性而夸大其词。

“但到底为什么要这么做呢？”真奇怪，这不是我们真的会深入谈论的问题。她知道这类话题会让我不舒服，并不是因为她的行为——这是她自己的事情——而是因为我认识杰伊，觉得他人很不错。他对她很好。可以说，要是没有他，她就完蛋了。

“我的情欲比他强。”终于，她说，“但不管怎么说，性和婚姻是两码事。婚姻就是类似于和你最好的朋友在一起。杰伊是我最好的朋友。但我们在一起已经有 15 年了，欲望无法自动维持。我是说，我们有时候仍然做爱，但早已失去激情。而且有了孩子以后，我们的关系更加冷淡。我们花了那么多年见证彼此成为父母而非情人，这就很难让激情重新燃起。”

我回想着自己的那一段短暂婚姻。我们之间的情欲并没有消逝，但这没有阻碍他在四年后离开我去和别人在一起。当时我们的儿子只有两岁。也许她说得对。我想我从来没有把我的前夫伊恩当成我最好的朋友。

“我只是觉得这有点儿让人难过。”真的难过。

“那是因为你相信真爱，相信童话里说的‘从此幸福快乐’。但生活不是那样子的。”

“你觉得他背叛过你吗？”我问。

“他绝对有他的风流情事。”她说，“有一个歌手，很久以前他们一起工作过。我想他们之间交往也许有一阵子了。但不管怎样，这不会影响到我们。不会产生真正的影响。”

她让这事听起来太合乎情理了。我唯一能想到的就是伊恩离开后我所体会到的被背叛的痛苦。他真真切切地影响了我对自己的看法。最初的几天我觉得自己一无是处，丑陋不堪。他和新欢并没有维持多久，但这也没有让我的感受变好。

“我想这事我永远都弄不明白。”我说。

“每个人都有秘密，露儿。”她说，“每个人都应该被允许有秘密。你永远都不可能了解一个人的一切。如果你试图这么做，你会发疯的。”

她离开后，我收拾着这一夜留下的垃圾，边清理边想：也许杰伊才是先出轨的那一方。也许这是苏菲在酒店幽会时深藏内心的秘密。也许她做这一切只是为了让自己好过点，暗地里让彼此扯平。也许是我想太多了。他们有自己的相处之道，她看起来很快乐，我知道这点就足够了。

现在才刚过 10 点 30 分，但我已筋疲力尽。我注视了一会儿亚当，他蜷缩成小小的一团，侧躺在“星球大战”图案的羽绒被下，一只胳膊搂着帕丁顿熊。看着他安静的睡颜，我内心感到一阵安慰。我轻轻关上门，走了出去。

我从浴室醒过来，站在镜子前，四周漆黑一片。在我真正记起自己身处何处之前，我感到胫部一阵尖锐的抽痛，我不慎踩进了角落里的小洗衣篮。我心跳加速，汗湿的额头粘着发丝。随着现实在我周围凸显，夜的恐怖渐渐散去，只在我头脑中留下零星碎片。不过我知道那是什么。我总是做同样的梦。

一座庞大的建筑，像是旧医院或者孤儿院。荒废已久。亚当被困在里面的某个地方。我知道，我就是知道，如果我不能找到他，那么他就会死。他正在呼唤我，非常害怕。有什么恐怖的东西正在接近他。我跑过走廊，试图去他身边，这时有卷须状的东西从墙壁、天花板和阴影里伸出来，仿佛是这座建筑里某个可怕魔鬼身体上的一部分。它们包住了我，困住了我。我唯一能听到的只有亚当的哭泣声。我试图挣脱黑暗，黏糊糊的绳索阻碍着我去接近亚当，它令我窒息，将我拖入那无尽的黑暗之中。这是一个可怕的梦境。它缠着我，就像噩梦里缠着我的那些影子一样。梦的细节也许每一晚都略有不同，但旁白都是一样的。这个梦不论做多少次，我都惊恐万分。

夜晚的恐怖在亚当还没出生时就存在了——我总是做噩梦，但在亚当出生前，我是为自己挣扎求生。回想起来，我觉得那样好一些，哪怕当时我并不自知。噩梦是我一生的祸根，扼杀了我所有安睡的机会。做一个单身母亲已经足以令我疲惫不堪，可夜里我仍无法安然入眠。

这一次，我比之前梦游时走得更远。通常我会醒过来，站在自己的床边或者亚当的床边，充满困惑。脑海里常常留着半句意义不明的可怕句子。这事发生得太过频繁，甚至都不会再把亚当惊醒。他继承了他父亲的务实性格，但好在他还有着我的幽默感。

我打开灯，看向镜子，叹了口气。眼睛下有两道深深的黑眼圈，粉底也无法遮盖，在阳光下就更加明显。噢天哪。我提醒自己，不管那“酒吧里的男人兼我该死的已婚新上司”怎么看待我，都是无关紧要的。我希望他会因为太过尴尬而忽略我。但我的胃仍然紧缩着，我的头仍然因为太多的烟酒而昏昏沉沉。“女人要振作起来，”我告诉自己，“过个一两天一切就都被忘掉了。你只要走进办公室做好你的工作就行。”

现在刚刚凌晨 4 点。我喝了一些水，然后关了灯重新爬回床上，希望在 6 点的闹钟响起前能至少打个盹儿。我拒绝去想他的嘴唇吻上我时那感觉有多么好，哪怕只是一时冲动；这让我感受到我和别人之间是有联系的。我盯着墙，一边沉思一边数着绵羊。我突然意识到，虽然我紧张不安，却也因为能再次见到他而心情激动。我骂了自己一声傻瓜。我才不是那种女人。

5.

阿黛尔

这是他正式去诊所上班的第一天，他离开家时我微笑着挥手送别。隔壁老太太带着她那条瘦小又娇弱的狗出来散步，赞许地看了过来。我们总是以一副完美夫妇的样子示人，我和大卫。我喜欢这样。

但当我关上门，屋内只剩我自己时，我还是松了一口气，哪怕呼出这口气让我觉得是种小小的背叛。我很喜欢大卫和我一起待在这儿，但是不论我们给自己设下了怎样的界限，我们都还没有恢复到对等的地位，屋子里的氛围满是无以言表的尴尬。谢天谢地，新房子足够大，他可以躲在他的书房里，我们可以绕开彼此，假装一切都好。

然而，我的感受还是比他醉酒回家那会儿稍稍好了一些，真的。第二天早上我们没有谈论这件事，我们在一起很少聊天。相反，我任由他埋首于文件里，自己去当地一家价格适宜的健身俱乐部给我们两个都报了名。然后我绕着这片时尚的新区域散步，想彻底了解它。我喜欢锁定每个地方的位置，要能够在脑海里看到它们。这样会让我觉得舒服，有助于放松自己。

我走了几乎两个小时，在心里记下了商店、酒吧和餐厅的位置，直到我把它们牢牢印在了脑子里，我可以随意地想出它们的样子。然后我在当地一家手工面包店买了一些面包，还在熟食店买了橄榄、火腿片、鹰嘴豆泥和干番茄——真是有些奢侈，用光了我的家政现金——我要将午饭做成室内野餐，哪怕可以坐在暖和的室外，我也不认为他现在还会愿意去花园。

昨天我们去了诊所，我迷倒了大合伙人塞克斯医生，还有我们遇见的许多其他医生和护士。美女总是一呼百应，这听起来很虚荣，但却是真话。大卫曾经告诉过我，陪审员更倾向于相信长得好看的被告，远胜过那些长相普通或丑陋的被告。不过是侥幸长了副好皮相而已，但我了解它的确拥有魔力。你甚至都不必说太多话，只需要聆听和微笑，人们自会为你倾倒。我很享受当一个美人。这是真心话，换成别的任何话都会是谎言。我努力维持着自己的美貌，为了大卫，我所做的一切都是为了他。

据我所见，大卫的新办公室是大楼里面积第二大的那间——是那种我期盼他拥有的办公室，如果他能在哈莱街[①]工作就更完美了。地毯是淡黄色的长毛绒毯，大办公桌大气却又不过分张扬，外面有一间非常奢华的接待室。那张接待桌后面坐着一个迷人的金发女郎——如果你喜欢那种类型的话——她在要被引见给我们之前匆匆跑开了，这让我很恼火。但是塞克斯医生几乎都没注意到这事，因为他正在跟我说话。我用大笑回应着他的糟糕笑话，他脸红了。我想，不管我的心有多么痛，我的表现是非常好的。大卫肯定也很高兴，因为那之后他的态

① 哈莱街，伦敦名医街。——译者注

度稍稍柔和了一点。

今晚塞克斯医生邀请我们去他家里吃晚饭，作为非正式的欢迎仪式。我已经选好了要穿哪条裙子，也想好了要把头发做成什么样式。我一心想着要让大卫为我骄傲。我可以当一个好妻子，展现新合伙人妻子的风采。尽管我现在仍有焦虑，但是我的情绪已经比刚搬迁完的时候平静一些了。我抬头看钟，它尖锐的滴嗒声划破了屋内的无边寂静。才只有早上 8 点。现在他可能正前往办公室。不到 11 点半他是不会给家里打第一个电话的。我有的是时间。我上楼去我们的卧室，躺在被子上面。我不打算睡觉，但还是闭上了眼睛，脑中想着诊所：大卫的办公室、那条淡黄色的长毛绒地毯、他那张富有光泽的红木办公桌、角落里的小抓痕、两座长沙发、结实的椅子……我深深吸了一口气。

6.

路易丝

“你今天真好看。”苏说。我在员工休息室脱掉并挂起外套后的样子几乎让她大吃一惊。亚当说过同样的话，用同样的语气。今天早上，我们出发去学校前，我把烤面包塞到他手里时，他看着我拉直的头发以及那件从慈善商店新买的丝绸衬衫，流露出稍许困惑。哦上帝，我做了显而易见的努力，我知道。但这不是为了他。甚至恰恰相反，这是为了防备他。我要盛装出席，掩盖一些事情。另外，我当时也睡不着，需要有事干。

像这样的早上，我通常会带亚当去快餐店，然后第一个到诊所，在所有人进办公室前帮他们把咖啡准备好。但是今天，当然是个例外，今天是属于“亚当闹起床气，对什么都不满意，还找不到他左脚的鞋子；尽管我早早就做好了准备，但还是恼怒地冲出门，踩点到达学校门口”的一天。

我的掌心全是汗，胃里有些作呕。在从学校走到诊所的路上，我还抽了三根烟。

“谢谢。亚当这周去他爸爸那儿过周末，所以我下班后可能要去喝上一杯。”我给苏菲发了短信，问她是否想出来见面。她当然会来。她正迫不及待地想知道这场错误的喜剧要如何收场。我试图把话说得很随意，但我觉得自己的声音听上去很滑稽。我需要恢复镇定，我正变得荒唐可笑。对他来说，这事的影响远比我糟得多。我可不是已婚的那一方。自我安慰的话也许都是真的，但它们并不能改变这个事实：这并不是光彩的事。也许对苏菲来说稀松平常，但对我来说完全不是。我觉得无比难受。眼下的情况也许并非我的过错，但是我觉得自己很廉价、很愚蠢，觉得既愧疚又愤怒。我以为最初那一刻所感受到的爱情萌芽会天长地久，但那不过是自欺欺人的幻影。然而，撇开这一切不谈，撇开他有一个美丽妻子的事实，再度见到他的期盼令我欢欣雀跃。我就像是一个神经兮兮、慌乱不已的少女。

“他们全都在开会，大约要一直开到 10 点半。伊莱恩上楼时是这么跟我说的。”她说，“我们可以休息一会儿。”她打开包。“我没忘记这次轮到我了。”她掏出两个油腻腻的纸袋子。“星期五的培根三明治。”

得到了几个小时的缓刑，我如释重负。我欣然接过三明治，即便它暗示着我的日常生活简直无聊透顶，每周的重头戏居然是星期五的早餐。但至少，它是培根，是我的日常生活里不那么令人沮丧的那部分。我咬了一大口，享受着涂满黄油的温热面包和带咸味的肉。我喜欢享受美食，不管心情如何，我都会大吃特吃。紧张的时候吃，放松的时候吃，快乐的时候吃，我永远都在吃。其他人在离婚之后变得消瘦，而我却恰恰相反。

不消磨个 20 分钟我们不会正式开始工作，所以我们拿着茶杯在小桌边坐下，苏跟我讲起她丈夫的关节炎和他们家隔壁那对经常吵架的夫妇。我微笑着让这些八卦涌进我的脑海，极力克制着不在每一次见到有人影从走廊经过门口的时候跳起。

等我看到番茄酱滴落的时候已经太晚了。我淡黄色的衬衫上沾了鲜红的一团，就在我胸口的位置。苏立即手忙脚乱地用纸巾轻轻拍着我的衣服，然后又用湿布去擦。但她这样只是把我衣服的一大块布料变得透明了，仍然有淡淡一圈水洗过的红色轮廓。丝绸黏在我的背上，我的脸颊热得发烫。这是今天的一个预兆。我能感觉得到。

我起身去了卫生间，试图用烘手机把衬衫烘干，虽然它没有完全干透，但是至少我那被洗得发灰的胸罩的蕾丝花边不会透出来了。真庆幸没有弄得更糟。

我想骗谁呢？我更擅长在家和亚当讨论《变形金刚：救援机器人》和《调皮的亨利》的最新剧情，而不是试图把自己打扮成一个精致时髦的女人。穿着两英寸[①]的高跟鞋，我的脚已经酸痛不已。我只在二十几岁去酒吧时这么打扮过。现在我基本上穿的都是牛仔裤、套头衫和帆布鞋，扎着马尾辫，心怀忌妒——忌妒那些仍然能费心思打扮自己的人，嫉妒那些人有理由打扮自己。

我打赌她穿高跟鞋，我边整理自己的衣服边想。我真后悔没有穿平时的裤装和平底鞋。

今天早上的电话机很安静，我在系统中标出了星期一的预约，并把这周之后的预约列成表，我得让繁忙的工作分散自己的注意力，不然我会一直听着时钟滴滴答答地走到10点半。对一些较复杂的案例，他已经有了笔记备份，但我想让自己看起来很有工作效率，所以我得确保能找得到全部文件。然后我打

① 1英寸=2.54厘米。——编者注

印了一些邮件，都是些我觉得可能用得上的重要邮件，或者我觉得管理者可能会忘记的邮件。我还打印并塑封了一张联络表，列出了他可能用得上的医院、警局和其他各种机构的联系电话。做这些事情真的很能平复人心。“酒吧男子”已在我脑中淡去，取而代之的是我的上司，我无比惊讶地发现甚至连他的脸都和卡迪根老医生混在了一起——他接替的就是卡迪根的位置。

10 点的时候，我起身把打印出来的文件放到桌上，打开角落的咖啡机，很快就会有一壶新鲜的咖啡在等候他。橱柜里藏着个小冰箱，就像酒店里的迷你吧[①]一样，我查看了一下，清洁工已经把鲜奶放在里面了，还有几块方糖。我情不自禁地看了眼他桌上银相框里的照片。照片有三张，两张是他的妻子独自站着，还有一张是他们的旧日合影。那张合影吸引了我。照片上他看起来是那么不同，那么年轻。他当时也许最多不过二十出头的年纪。他们坐在厨房里的一张大餐桌上，用胳臂搂着彼此，正对着某样东西大笑。他们看起来是那么快乐，两个人都很年轻，无忧无虑。他的眼里只有她，仿佛她是整个星球上最重要的东西。她长发披肩，没有像其他照片里那样向后梳成圆髻，哪怕就穿着牛仔裤和 T 恤衫，她也光彩照人。我的胃拧成了结。我打赌她从来不会把番茄酱滴在上衣上。

“嘿？”

略带苏格兰口音的话语吓得我几乎扔了照片，我慌忙摆正它，又差点把一叠整齐的文件弄翻在地上。他就站在门口，我恨不得赶紧吐出我刚吃的三明治。噢上帝啊，我忘了他有多么

① 迷你吧指酒店里放有酒类饮料的小冰箱。——译者注

好看。他那头几乎纯金的头发闪着光泽，要是我也能有这样的头发，让我死都愿意。他前额的头发几乎要遮住眼睛，但仍然非常漂亮。他是那种令人怦然心动的男子。我觉得我的脸在灼烧。

“你的会应该是要开到10点30分才结束的。”我说。真希望地毯上开一个洞，把我拖下那可耻的地狱。我正站在他办公室里，像个偷窥狂一样盯着他妻子的照片看。噢上帝。

“噢上帝。”他说。他从我脑袋里抢了我的话。他瞪大了眼睛，脸上血色全无。他的震惊、无措和恐慌全都融成了一句话：“是你。”

“嗯，”我说，“这真的没什么。我们都喝醉了，失去了理智。那只是一个吻而已。相信我，我不打算跟任何人说。我想，要是我们两个能尽量都把发生的事情给忘掉，就能和睦相处。而且没有人会知道……”我语无伦次地说着废话，停不下来。我情绪过分激动，都能感觉到汗水在粉底下涌动。

“但是，”他半是困惑半是警惕地看着某个地方，迅速关上了身后的门，“你在这里做什么？”

“哦。”在我杂乱无章的话语里，显然忘记了说明这一点。“我是你的秘书和接待员。每周工作三天：周二、周四和周五。我放了些东西在你的桌上，然后我看到了……”我冲着照片点点头，“我，呃……”句子消散在空中。我说不出“我正像个疯女人一样凑近了瞧你和你美丽的妻子”。

“你是我的秘书？”他看起来仿佛胸口被狠狠打了一拳，“你真的是？”我真心有点儿为他感到难过。

“就知道你会这样。”我耸耸肩，做出一副“毫无疑问大事不妙”的喜剧性表情。“有什么不对吗？”

“上个月我来找卡迪根医生谈话的时候，在这里的是另外一个女人。不是你。”

“是年纪大一些、略带神经质的样子吗？那应该是玛利亚。另外两天是她上班。虽然她现在已经半退休了，但是她永远都会在这里，塞克斯医生需要她。”

他并没有往房间里多走几步，显然他正在艰难地消化着我说的话。

“我真的是你的秘书。”我一字一顿、心平气和地说：“我不是偷窥狂。相信我，这对我来说也不好受。我昨天的确看到了你。你出现得很突然，那时我躲了起来。”

“你躲了起来。”他在心里整理着所有这一切，那一刻的沉默似乎永无尽头。

“是的，”我说，“躲在卫生间里。”说完才意识到这让我显得更加丢人。

更长久的沉默。

“坦白说，”他终于开口，“我可能也会做同样的事情。”

“我不确定我们两个都躲进卫生间就能解决问题。”

他笑了起来，发出意想不到的短促笑声。“不，我想不行。你很有趣，我记得的。”他走到办公桌后面，低头看我放在那里的每样东西。

“噢，最上面的打印资料是你需要看的文件列表，周一工作时会用到。咖啡在——”

“我真的很抱歉。”他说着抬起那双璀璨的蓝眼睛看向我，“你肯定觉得我是个混蛋。我想我就是个混蛋。我通常不会——呃，我不是去那里寻求什么的，我也不应该那么做。我觉得很糟糕。我没法解释。我真的不做那种事，但我的行为也没有借口。”

“我们喝醉了，就是这样。你实际上没有做任何事情，真的没做什么。”

我不能这么做。我记得他声音里的愧疚，当时他推开了我，跑上街，喃喃说着道歉的话。也许这就是我没办法把他想得太坏的原因。说到底，那不过是一个吻。只有我愚蠢的大脑才会以为它有更多含义。“你停了下来，这很能说明问题了。这算不上什么，真的。让我们忘了吧。从今天开始。我和你一样，实在不想再这么尴尬下去了。”

“你躲在卫生间里。”他的蓝眼睛锐利又温暖。

“是的，让我不再觉得尴尬的一种方式，就是再也别去提它。”我咧嘴一笑。

“好吧，那现在我们是朋友了。”他说。

“是朋友了。”我们没有握手致意。现在做肢体接触还为时过早。“我叫路易丝。”

“我叫大卫。很高兴见到你。真的。”又是尴尬的一刻。然后他搓了搓手，目光向下瞥向桌子。“看样子你想让我忙个不停。对了，你是当地人吗？”

“是的，哦，我在这儿住了十几年了，要是这就算当地人的话。”

“你愿意跟我讲讲这里的事情吗？我想开车到处转转，但是这得等一等。下午我还有个会要开，和医院里来的人。然后今晚要和其他合伙人吃晚饭。”

“我一定给你一个粗略的大纲。”我说，“但我是从门外汉的角度。”

“太好了，这正是我想要的。我想选一些周末时间提供免费社区服务，这里吸毒上瘾的问题特别多，这是我的专业领域。要是能有当地居民跟我说说这些问题大概是怎么形成的，那再好不过了。”

我有点儿惊讶。据我所知，其他医生都不做社区服务。这是一家价格昂贵的私人诊所。不论我们的顾客有什么问题，他们都不会遭受贫穷的困扰。合伙人全都是各自领域的专家，他们当然也接受转诊病人，但他们不会去为更广泛的群体免费工作。

“哦，这里是北伦敦，基本上都是中产阶级。”我说，“但是我所住的南伦敦是一片大住宅群。那里肯定有很多问题，比如年轻人的高失业率和毒品问题之类的。”

他伸手从桌子下方拉出公文包，拿出一张当地地图。“你先倒咖啡，正好我可以借这空当研究下地图。我们可以标出我需要去看的地方。”

我们谈了将近一个小时。我给他指出了学校和诊所、最粗陋的酒吧、一年中发生了三起枪杀案的地下通道（大家都知道不能让他们的孩子走那条路，因为那里是毒贩们交易和枪战的场所）。我很惊讶我居然了解那么多我所居住的地方的内情，也很惊讶在我跟他讲述这些的时候，居然说出了那么多我自己的私事。他不仅知道我离婚了，而且还知道我有个儿子叫亚当，知道他在哪儿上学，知道我的朋友苏菲住在最好的中学的拐角处的一间公寓里。在我仍旧滔滔不绝的时候，他看了一眼钟，然后神情略显僵硬。

“抱歉，我需要在这里打断你了。”他说，“不过你说的这些很吸引人。”地图上标满了圆珠笔的记号，他还在一张纸上记了笔记。他的字写得很糟糕，是典型的医生草书。

“哦，我希望这些能有帮助。”我拿起我的马克杯，挪开几步。我刚才没有意识到我们站得有多近。尴尬的感觉又回来了。

“那很棒，谢谢你。”他又瞥了一眼钟，“只是我需要打个电话给我的……”他犹豫了一下，“我需要打个电话回家。”

“你可以说妻子这个词的。”我微笑起来，“我不会冲动地火冒三丈。”

“抱歉。”他比我更不自在。他的确应该这样。“还要谢谢你，谢谢你不觉得我是个混蛋。至少没表现出来你觉得我是个混蛋。”

“不客气。”我说。

“你觉得我是个混蛋吗？”

我咧嘴一笑，“我回座位了，有需要的话可以去那里找我。”

“是我活该。”

照目前来看，情况还没有太糟糕。我边想边走回自己的办公桌，等着发烫的脸颊变凉。我要一直到周二才上班。到时候一切就正常了，我们的渺小时刻在生活面前不值一提。我已经和自己的头脑达成了协议，完全不去想它。我打算让自己过一个颓废的周末：睡懒觉、吃廉价比萨和冰激凌，可能再在Netflix（在线影片租赁提供商）上看一整套剧之类的。

下周是亚当这学期的最后一周，然后漫长的暑假即将到来。我的时间基本上将会被糟糕的玩耍约会[1]填满，我要用我的工资付我那部分儿童托管费，并试图找些别的娱乐方式让亚当忙碌

① 玩耍约会是由几个家长安排的聚会。——译者注

起来，因为我给不了他一台 iPad（苹果平板电脑）或者手机让他无休无止地玩游戏。尽管我努力把一切都安排妥当，我仍然觉得自己是个差劲的家长。但至少，亚当是个好孩子。他每天都能让我大笑，即便是在他发脾气的时候，我都爱他爱到心疼。

“我生命里的男人有亚当一个就够了。”我想着，抬头看大卫办公室的门，无聊地猜测着他正在对自己的妻子说着怎样的甜言蜜语，“我不需要再有另一个。”

7.

当时

这座建筑在许多方面都让阿黛尔想起自己的家。至少，是她从前的家。它坐落的方式就像海洋中的一座岛屿，四周环有陆地。她很好奇：那些医生们、她已故父母的律师们，甚至大卫，他们在匆匆把她送到这儿，送到这座高地中央的偏远住宅之前，是否有任何人想到过这点？他们之中有没有哪怕一个人，想到过这会让她有多么想念那个已经失去的家园？

这个地方很老，她不确定它的年代，但它是用结实的苏格兰灰砖建造的，抵抗着岁月试图对它的侵蚀。肯定是有人把它捐赠给了韦斯特兰信托基金会，又或许，它本来就属于董事会或类似机构中的某个人。她没有过问，她对此并不太介意。她想象不出这里曾住过一个家庭。那家人很可能最终只用了几间房间，就跟她自己的家庭一样。大梦想。小人生。没有人需要大房子。你能用什么填充它呢？一个家需要用爱来填充，但是有些房子——也包括她自己曾经的那所——它们的爱没有足够的热量，不足以产生温暖。至少，医疗中心给了那些房间一个用途。她推开童年记忆之门，看到自己在走廊和楼梯上自由奔跑，玩着捉迷藏，纵声大笑——一个几乎被人遗忘的孩子。她的家只是太大了，还是这样想比较好。与其想着真实存在的记忆，不如想着幻想出来的真实。

已经过了三个星期，她仍然处于恍惚之中。他们全都告诉她，她需要把悲伤表现出来，但那并不是她来这里的原因。她需要睡觉。她拒绝睡觉。在他们把她送到这儿之前，她整天用咖啡、红牛，还有其他各种她所能找到的兴奋剂支撑着自己，挨过日日夜夜。他们说她的表现不是一个刚失去双亲之人的“正常行为”。不睡觉是这些表现中最微不足道的一点。她仍然觉得很奇怪，他们为何能如此确定在这些场景中怎样才算是“正常行为”呢？是什么给了他们权威性？

睡眠就像怪兽，会突然攻击她，是暗夜里一条咬人的毒蛇。

显然，她来这儿是为了自己好，但这仍然让她感觉像是一种背叛。她来只是因为大卫想让她来。她不愿看到他担心，至少在这个月他做了这样的事之后，她是亏欠他的。

纵然她向大卫和律师们保证过她会试着努力，但是她并没有花费任何精力去融入这里。她的确用了活动室，也的确在交谈——或者主要是在聆听——跟那些顾问们，尽管她并不确定他们的专业性究竟有多强。一切对她来说似乎有点儿叛逆。她父亲会说，这种触摸心理治疗过于婆婆妈妈，多年以前，在她的第一轮治疗里，他很讨厌那种东西。现在要接受这样的治疗，会让她觉得她在令他失望。她宁愿去一家合适的医院，但是她的律师认为那不是个好主意，大卫也这样想。韦斯特兰可以被看作是一个“收容所”，但是对她来说，被送进收容所可能对她父亲的生意有不利影响。所以她来了这儿，无论她父亲是否会赞同。

早餐过后，大多数住客，或者说患者，将去徒步远足。这是一个很适合远足的好日子，既不是太热也没有太冷，天气晴朗，空气清新。有一刻，她不禁想要跟着一起出去，独自溜达在队伍的最后。但是后来她看到了聚集在门前台阶上的人群兴奋的脸，她改了主意。她不配拥有快乐。她所有的快乐导致了怎样的后果？而且，这些运动会让她变得疲倦，可她再也不想睡觉了。事实上，睡觉对她来说太过容易。

梳马尾辫的马克是组长，她等着看他脸上失望的表情。“阿黛尔，我们这儿全都彼此直呼名字，关系亲密。”她摇摇头，然后抛下他们，转身走向屋后的湖边。

她在沿湖漫步了半圈之后看见了他，可能在20英尺[①]开外的地方。他正坐在一棵树下，串着雏菊花环。那场景太奇怪，她本能地微笑起来：这名身材瘦长的少年穿着古怪的T恤衫和牛仔裤，黑色的长发垂落在脸上，正聚精会神地做着只有小女孩才会做的事情。这个微笑让她感觉很糟。她从来都不该笑。她犹豫了片刻，想着是否要反方向离开。就在那时，他抬头看到了她。他停了下来，冲她挥手。她别无选择，只能走近，但她并不介意。他是这里唯一吸引她注意的人。她在夜里听见过他的声音。那些基本上毫无意义的尖叫和怒吼，他撞到东西的哐啷声，护士冲过去把他带回床上的声音。这些她都很熟悉。这一切她全都记得。

“你不喜欢和一群人去荒野是吗？”她说。

他的脸太过棱角分明，但似乎他的年纪还不足以撑起这副面孔。他和她年纪相仿，也许他还要大上一岁，18岁左右，不

① 1英尺=0.3048米。——编者注

过他仍然还带着矫正牙箍。

“不喜欢。我猜你也不喜欢这种事吧？”他说话口齿不清。

她尴尬地摇摇头。自从她来到这儿以后，还不曾有过仅仅是为了聊天而开始的交谈。

“这不怪你。我也不想和马克靠得太近。他的马尾辫肯定都长虱子了。上周他同一件衬衫穿了三天。这不是个爱干净的男人。”

当时她微笑起来，并任由这个微笑留在脸上。她不打算逗留，却发现自己坐了下来。

“你是那个画火焰的女孩。”他说，“我在美术室里见过你。”他看着她，她觉得他的眼睛比大卫的更蓝。但也许那是因为他的皮肤太过苍白，他的头发几近乌黑。他往花环上串了另一朵雏菊。“我正在想那幅画。也许你应该画些水替代它。这可能更有疗效。你可以告诉他们，那火焰代表着你的悲伤和所发生的事情，而水则表示你正在完全摆脱它们。洗去一切，忘却一切。”他语速很快，思维肯定也很快。而她的大脑则像黏稠的糖浆。

“我为什么要这么做？”她问。她无法想象忘却一切。

“这样他们就会停止骚扰你，逼你敞开心扉。”他咧嘴一笑，冲她眨眨眼睛，“给他们一点东西，他们就会让你单独待着了。”

“你听起来很内行。”

“我之前来过类似这里的地方。给，伸出你的手臂。”

她听话照做了，他把雏菊手链套在了她的手上。它一点重量都没有，不像大卫沉甸甸的手表，挂在她另一个手腕上。这是一个甜蜜的姿势，在那短暂的一瞬里，她忘却了所有的愧疚和恐惧。

“谢谢你。”

他们坐了片刻，沉默无言。

“我在报纸上读到过你的事。”他说，“你父母的事情，我感到很遗憾。”

“我也很遗憾。”她说。她想换个话题：“你是那个患夜惊症的梦游男孩。”

他咯咯地笑了：“是的，很抱歉。我知道我老是把人吵醒。”

“这个是新症状吗？”她问。她想知道他是否像她一样。她愿意碰到某个跟她一样的人，某个能理解她的同类。

“不，这个是我的老毛病了，从我记事起就有。不过这不是我来这儿的原因。”他撩起袖子。一连串褪色的疤痕。“是因为坏习惯。”

他枕着手肘躺到草地上，把腿伸到前面。她做了同样的动作。那暖洋洋照在她肌肤上的阳光，头一次没让她联想起火焰。

“他们认为毒品和我的反常睡眠有联系。”他说，“他们不断问我做了些什么梦。太无聊了。我打算编一点东西出来。”

“一场有关马克的下流春梦。”她说，“也许是和餐厅里那个从来不笑的胖女人。”他大笑，她也跟着笑起来。这样的感觉真好，能和一个人正常地讲话，这个人不会担忧她，也不会试图拆解她。

“他们说你不想睡觉。”他斜眼看她，“因为出事的时候你正睡着，而且没有醒来。”他的语调很轻柔。他们完全可能在谈论其他任何事情：电视表演、音乐，而不是那场杀死她父母的大火。那场火终于给他们冷冰冰的家带去了一点温度。

“我认为他们不该谈论我们。”她看着波光粼粼的水面。它很美丽，也很催眠，让她觉得很疲倦。“他们不明白。”

他又咯咯笑起来，发出一声短促的轻哼：“那不奇怪。他们固执地想打动我，永远说着同样的话。但在这种情况下，他们到底还有什么想不明白的呢？”

一只鸟掠过湖面，细长的鸟嘴划开水面。她想知道，它如此渴望抓住的究竟是什么。

“睡觉对我来说不同寻常。”终于，她开口。

“你是什么意思？”

她坐起来，看着他。她想她喜欢他。也许有别的办法能解决这讨厌的一切。一个也能帮到他的办法。这也不是她第一次来类似这里的地方，但她没有说出来。睡眠问题让她不断接受着治疗。起初是在她8岁的时候，因为梦游和夜惊，而现在，是因为她完全不想睡觉。

睡觉，永远都是睡觉。假睡，真睡。睡觉的表象。

而这一切的核心，是她永远都不能告诉他们的东西。要是她说了，他们会把她关上一辈子。她确信无疑。

“你编些东西去让他们保持开心吧。我会帮助你治疗你的夜惊症。我能帮你的远比他们多。”

“好吧。”他说。他很感兴趣。“但是作为回报，你得违心地画些有关水的画。他们会觉得是自己拯救了你，个个都感动不已。看到他们那样子会很有意思。”

“成交。”她说。

“成交。”

他们握手达成一致，阳光下，雏菊汇聚了灿烂的金光。她躺回草地上，享受着手臂上的花环带给她的酥痒触感。他们静静地并排躺了一会儿，享受着不用被人评判指摘的一天。

她交到了一个朋友。她迫不及待地想把这事告诉大卫。

8.

阿黛尔

黎明时我就醒了，但我没有动。我们各自躺在一边，他的胳膊甩在我身上。抛开我的心痛，这感觉很好。它的重量是具有保护性的。这让我想起最初的那段日子。他的肌肤光泽平滑，没有毛发，前臂上方是他的伤疤。他藏起了它们，但我却喜欢见到它们。它们提醒着我，在一切事情背后的他，究竟是个怎样的男人。那个从火中勇敢救出他所爱的女孩的男人。

从清晨6点之前，阳光就开始透过百叶窗的空隙照进来，在木质地板上切出粗略的线条。我知道，今天又将是另一个美丽的日子。至少，室外是美丽的。我躺在大卫的臂弯下，仔细回想着昨天。昨晚在塞克斯医生家的晚宴很成功。总的来说，我认为精神病医生迟钝又无聊，我都能预测出他们的一举一动。但是我魅力十足，充满智慧，我知道他们全都爱我。甚至连医生的妻子们都告诉大卫，他能拥有我真是幸运极了。

我为自己骄傲。即便很难振作起来，下午我也必须在健身房的跑步机上跑上5英里[①]，然后努力举重，让自己平静下

---

① 1英里约合1.6公里。——编者注

来——大卫下班回家的时候，我处在显而易见的好心情里，而运动也为我平添了一分光彩。那晚的交际很成功，很顺利。我们表现出了非常幸福的样子，在短暂的一瞬间，我们也都再次相信我们真的很幸福。昨晚是我们几个月以来第一次做爱，尽管我并不太喜欢那种方式，但我还是恰到好处地发出了种种呻吟，并尽可能地让自己变得温暖而顺从。他能靠得这么近，他能在我身体里，这感觉真是太好了。哪怕他没有一次正视我的眼睛，哪怕他其实已经醉得不行。

我坚守着只喝一两杯酒的原则，但是大卫没有。不过他的状态是可以接受的微醺，直到我们到家后，他才给自己倒了一大杯白兰地，并很快喝掉了它，可能是希望我不会注意到。我偏偏注意到了，但是当然，我什么也不会说，哪怕我很有资格这么做。

作为我们"新开始"的一部分，他应该是要减少饮酒的。他肯定知道，如果一个人自己本身就有酗酒的毛病，是当不了专门研究上瘾和强迫症问题的精神病医生的。然而，我想，我们中只有一个人真正在努力让彼此重新开始。

在我们的婚姻中，大卫总是大权在握。他照顾着我。如果人们在足够近的距离看我们，会说是他压制着我。他们是对的，但有时候，我觉得我比他更聪明。背靠着他健壮的身体，我小心翼翼地挪动着，紧贴着他，逗弄起我自己，几乎要将他的身子滑到我的双臂之间。他翻了个身，背向我，卷走了一半的被子。他喃喃着，声音轻柔而美妙——那是来自他梦里的逐渐弱去的回声，在他即将转醒的时分。我忍住了冲动，尽管我无比渴望亲吻他，释放我所有的激情，让他再爱我一遍。

相反，我闭上了眼，假装沉睡着，直到他起床，放轻脚步前往走廊去浴室。过了一会儿，热水器开始启动，外面传来淋浴的声音。这样的声音有点儿伤人。不管我重新下了多大的决心要坚强起来，我都没有办法不难过。我们的卧室里本就带有按摩淋浴房，但是他却选择远离我去另一间浴室。至于原因，我再了解不过。我清楚地知道他在那里做什么。我挑逗醒了他，而现在，他不愿和我做爱，宁愿“自己照顾自己”。这是个愚蠢的措辞，但我从不喜欢用“自慰”那个词，它太具临床医学特色。说“手淫”更好些，但那一类话显然不适合我，我把自己训练得温文尔雅，已经太久没说过粗野的话。现在这个词在我脑海中听着就很奇怪。

当他下楼的时候，我已经煮好了一壶咖啡，还准备了温热的羊角面包。我们以各自的方式压抑着，我知道他需要一些东西去彻底清除宿醉。因此我转过身，在水槽边瞎忙一气，好让他趁机从橱柜里拿一些布洛芬[1]，不必接受任何沉默的批判。

“我在屋外摆了桌子。”我活泼轻快地说着，将糕点放到盘子里，“浪费这么美丽的早上似乎有点愚蠢。”后门开着，哪怕现在才刚过 9 点半，你也能感受到天气十分温暖。

他透过窗户谨慎地朝外望了一眼，我能看出他正试图找出我把猫埋在了哪片花床之下。当时他出门买醉或干别的什么事去了，留下我去处理猫的尸体。他仍然在想着这件事，而我在试图让它成为过去。他执着于无法改变的事情，然而无论我们喜欢与否，那都木已成舟。

① 布洛芬，一种止疼药。——译者注

“好吧。”他说着冲我微微一笑，“新鲜空气会让我清醒些。”他在屋子中央等我一起，也许是为了回报我昨晚的出色表现。

我们没有说太多话，但我很享受这份静谧，享受这仅此一次的亲密。我任由丝绸睡袍滑落，让阳光晒在我赤裸的腿上。我小口抿着咖啡，吃着羊角面包，然后向后仰起脸。那一刻，我能感觉到他正盯着我看，我知道我的美貌仍然吸引着他。这一瞬间，我们几乎都心满意足。这一刻不会持久——它不可能持久——但是我享受当下，也许更多是因为我知道未来可能会发生什么。

在我们吃完早饭后，我去淋浴，从从容容地沐浴在热水之中。大卫将工作几小时，也许之后我们要一起去健身房——那是一项我们可以假装一起进行的活动，但当然是各做各的——之后就回家、吃晚餐、看电视，很可能会早早上床睡觉。

当我下楼时，他已经在书房里了。他将我叫进房内。我很吃惊。通常，他工作的时候希望独自待着，对此我并不介意。书房里有他病人的资料，尽管他可能喝了太多的酒，但在其他各方面他有着绝对的专业性。

“我有些东西给你。”他说。

“哦。”这与预期不同，我很惊讶。当看到他递过来的第一样东西是一包药片时，我的心沉了下去，一点点变硬。

“这能治疗你的焦虑症。”他说，“我想这些药可能比别的好。一天三次，每次一片。别担心，没有副作用。”

我接过它们。包装正面的名字对我毫无意义，不过是另一个我念不来的词而已。“当然。”我说。我感到心灰意冷。更多的药片。永远都是药片。

“但我还要给你这些。”他的声音很乐观，我抬头看去。

一张信用卡和一部手机。

“这张卡关联着我的卡，我想是时候再让你有一张信用卡了。手机也一样。”

那是一部旧手机，我猜不能上网，只有一些基本功能，但我仍然心跳加速起来。不用再依赖大卫给我家用津贴了。不用再坐在家里等待每个定时的电话了。我咧开嘴，笑容是百分百的真实。

“你确定吗？”我说。面对这样的运气，我还没有做好准备相信。我几乎都忘了刚刚药片带给我的第一波打击。

“我确定。”他微笑起来，目前他很高兴能让我快乐。“新开始，记得吗？”

“新开始。”我重复道。在我还没有意识到自己的行为之前，就已经跑去桌子的另一边，虽然手里拿满东西，却仍用双臂环住了他的脖子。也许他真的是这个意思。也许从现在起他会更加努力。

“谢谢你，大卫。”我轻声说。他回抱住我，我嗅着他身上的气味。他的温暖。他手臂的触感。他柔软的薄毛衣下精瘦又宽广的胸膛。和他这般靠近，我的心脏都快爆炸了。

我们分开后，我看到他正盯着一张地图，上面有潦草写下的字迹，旁边还有一张笔记。“那是什么？”我问，假装很感兴趣。在这美妙的时刻，我要继续扮演好妻子的角色。

“哦，我想要做一些社区服务，类似志愿者的工作，就像做慈善之类的。我还不确定。这也是我觉得你可能需要手机的原因。”他突然侧眼看我，我微微一笑。

"这是个很好的主意。"我说，"真的。"

"这意味着我外出的次数可能更多了。在周末和晚上。我会尽可能少出去的。"

他说的语句很短。我从中看出了他的不安。在漫长的婚姻中，你会学会见微知著。

"没关系。"我说，"我想这是一件非常好的事情。"

"你真的这么认为？"

现在轮到他惊讶了。我之前总是喜欢让他尽量为私人客户工作，这样他能接触更多有教养的人，远离艰难生活中的污垢和尘土。是我硬要他去哈莱街实习的，他属于那里。那里会给我们更多的时间。他很出色。每个人都这么说。他一贯如此，他应该做人上人。

"反正我正想把家里重新装修一下呢。没有你碍手碍脚更容易些。"我微笑起来，确保他知道我是在调侃他。我没有提议说要去找工作。无论如何，我该从哪儿开始才好？我已经好几年都没有工作了，这里肯定也不会有人给我开介绍信。

"你是个好人，大卫。"我说，哪怕这很艰难，感觉就像是在说谎。"你真是个好人。"

那时，气氛凝固了。一时间屋里变得沉重，我们都感觉到过去再一次隔阂在我们中间。

"我要走了，之后我会吃一片药。"我说，"不打扰你了。"离开的时候，我保持着微笑，假装没有注意到一瞬间的尴尬。但是，哪怕我一只手里拿着那些我不打算吃的药片，我的脚步仍然充满全新的活力。一部手机和一张信用卡。今天就好像是圣诞节。

9.

路易丝

到了星期天下午，我已经放弃了所有希望，不再想过“自由的只属于我的私人周末”，只想看着时钟等亚当回家。星期五下班后，我和苏菲去喝了一杯。她称之为“上司门”的事件又让她笑得开怀，但我能看出她很欣慰没有发生更多的事情。“兔子不吃窝边草。”这是她的原话。当时我几乎要指出她总是勾引杰伊的朋友或者客户的事了，但还是决定闭嘴。她不能长时间待在外面，在喝了两杯红酒之后，我很高兴地跟她说了再见。她对于我处境的消遣正变得令人疲惫。

所谓夫妇，哪怕他们不像单身者所以为的那样生活得意，也遵循着老一套的世俗惯例，有些事情他们真的只会和其他夫妇一起去做。没有人想要一个灯泡在周围晃悠，扰乱二人世界。我记得的。伊恩和我曾经也是这样的。反正，随着年岁的增长，大家都结婚了，那些尚未成家的则在疯狂地约会，想让自己的生活回归正轨。有时候，我觉得似乎所有人都已经成家，除了我。

星期六我做了家务，将收音机开得很大声，试图苦中作乐。然后我看电视、叫比萨、喝红酒，还抽了太多烟。这过分放纵的生活让我讨厌起自己。这种日子在计划的时候听起来非常奢靡，但真正过起来就会觉得可悲无比。

我决心不去想大卫，但这也失败了。他和妻子这个周末做了些什么呢？打网球？坐在他们那座毫无疑问非常完美的花园里，啜饮鸡尾酒，一起开怀大笑？他想起过我吗？他有任何理由去想我吗？也许他的婚姻正在遭遇问题。在我漫不经心地看着电视，并喝了太多红酒的时候，这些想法一遍遍盘旋在我的脑海。我需要忘了他，但说来容易做来难。连续两天夜里，我都犯了夜惊症。星期天凌晨 4 点，我醒来时发现自己站在厨房里，冷水龙头开着，水流在水槽里，当时我离阳台的门近得吓人。我最终一觉睡到 10 点，吃了剩下的几片比萨当早饭，然后强迫自己去莫里森超市进行每周一次的采购，接下来就坐等亚当回家，等着他给这个公寓带来生机。

亚当终于在刚过 7 点的时候回家了。他旋风般冲进屋里，冲过我身边，我的心脏因他的吵闹和活力而加速跳动。有时候，他让我筋疲力尽，但他是我最好的孩子。

“别玩了。”在他抱住我腿的时候，我说，“去洗澡吧，差不多该睡觉了。”他翻了个白眼，咕哝了一声，但还是拖着步子向浴室走去。

“再见，儿子。”

“谢谢，爸爸。”亚当对送他回来的伊恩喊道。他把塑料恐龙高高举起，双肩背包几乎越过了他的肩膀：“下周见！”

“下周？”我很困惑。伊恩低下头，这让我匆匆瞥见他越来越严重的秃顶。等到儿子跑到听不见我们对话的地方，他才开了口。

“是的，我想跟你谈谈这事。是这样，莉萨收到法国南部一家人的邀请去那儿待上一个月。”

“那工作怎么办？”我觉得自己被扇了一耳光。

“我可以在那儿打两周工，然后剩下的时间用来休假。”他的脸很红，仿佛因刺痛而皱起，就像当初他告诉我要离开时那样。“莉萨怀孕了。”他脱口而出，“她——我们——认为，要在宝宝出生前和亚当搞好关系，这是个很好的方式。每隔一周的周末才见一次，她没法真正了解他。这也是为了他好。她不想让他觉得被忽略了。我也不想。”

自从他说出“怀孕”那个词，我的耳中就只剩下一片白噪声[①]，什么也听不进去。在我的心目中，莉萨是一个相对陌生又模糊的名字，而不是一个注定要永远成为我生活一部分的活生生的人。她只和他在一起了9个月左右。我推测，如果可以凭借我们离婚后伊恩的个人表现记录来判断的话，那么她的时间差不多快到了。我有点儿想起来了，他告诉过我这一次是不同的，但我没把他当回事。我错了。他是认真的。

他们将会组成一个合适的家庭。

这个想法在我突然变得苦涩而阴郁的心上插了把刀。他们将住进一所合适的房子，伊恩会在公司稳步升职，而莉萨将坐享其成。相比之下，我的这间小公寓令人感到窒息。我这么想并不公平，我知道。伊恩帮我付抵押贷款，从来不曾讨价还价。但是，伤痛仍然排山倒海地袭来，压倒了我的理智。一想到这个夏天他们要把亚当从我身边夺走，只是为了给他们完美幸福的生活锦上添花，我就气得双目赤红，仿佛我的心脏爆炸了般，所有血液全都涌向眼睛。

① 白噪声是指覆盖使人心烦的噪声的干扰声音。——译者注

"不行，"我厉声说，"他不会去的。"我没有恭喜他。我不在乎他们的新生儿。我只在乎我自己那个已经逐渐长大的孩子。

"哦，别这样，露儿，这可不像你。"他靠在门框上，那一刻，我只看到他的啤酒肚。凭什么他能重新找到一个人，一个相配的人，而我却不行？为什么我是被孤零零撇下的那一个，只能看类似《土拨鼠之日》那样的无聊重拍剧度日？"他会过得很开心的。"伊恩继续道，"你知道的。而且这样你也能有一些自己的时间。"

我回想了一下过去的 48 小时。属于自己的时间并非我现在需要的东西。

"不行。而且你应该事先来跟我说。"我几乎是在跺脚，我说话听起来像个孩子，但是我忍不住。

"我知道，很抱歉，但我也是临时起意。你至少考虑一下吧？"他面露难色，"现在是学校的假期，我知道这对你来说很难接受。我们接走亚当的话，你就不必忙着照看孩子了，能休息一阵。你想什么时候出门都可以，去结交些新朋友。"

他指的是结交一个男人。哦好极了，它和我这糟糕的周末再配不过，来自背叛我的前夫的同情。这是压倒我的最后一根稻草。我甚至都没有再次说不，而是冲着他重重摔上门，他在被门打到前往后跳去。

之后他按了两次门铃，但我没有理睬他。我觉得恶心。我觉得愤怒。我觉得迷茫。而比这一切更糟糕的感受是，我觉得我没有任何权利这么做。莉萨很可能是个绝佳的好伴侣，而伊恩也没有必要不快乐。在那个愚蠢的酒醉之吻发生以前，我甚至都没觉得自己不开心。我把头靠在门上，想用脑袋去狠狠撞木头好让自己恢复点儿理智，但我忍住了这种冲动。

“妈咪？”

我转身。亚当正尴尬地透过客厅看我。

“那我可以去法国吗？”

“我跟你说了去洗澡去！”我高声说。我所有的愤怒卷土重来。伊恩没有资格在同我商量之前就跟亚当提假日的事情。为什么我总是得当那个坏家长？

“可是……”

“洗澡！至于法国，不行，你不能去，就这么定了。”

当时他瞪着我，非常生气，我的话打破了他的希望。“为什么？”

“因为我说了不行。”

“这不是理由，我想去！”

“这个理由足够了，不许争。”

“这个理由很蠢！你很蠢！”

“别跟我这样说话，亚当。现在快去洗澡，否则你今晚没故事听。”我不喜欢他这样子。我也不喜欢我自己这样子。

“我不想听故事！我想去法国！爸爸想让我去！你很自私！我讨厌你！”

在气冲冲地跑向浴室前，他把手里的塑料恐龙朝我扔来。我听见门被摔上了。这动作并非只有我做才有效。我捡起恐龙，看到脚边粘着自然历史博物馆的贴纸。

这东西只让我觉得更难受。我很久以前答应了要带他去，但还是没抽出空去。当你是个全职家长，有许多事情你无暇顾及。

他的澡洗得很快，我们两个都不开心。我试图解释为什么我觉得去法国度假不是个好主意，但他无视我的一切努力，只是透过湿漉漉的头发怒视着我，仿佛他能看穿我的胡说八道，哪怕他才只有 6 岁。真正的原因并不是他从没有离开家一个月；不是我怕他会想家，所以也许只去一周更好些；也不是由于宝宝要诞生了，爸爸和莉萨也许需要自己的空间——真正的原因是我不想失去我唯一剩下的东西。他。伊恩不能把亚当也带走。

“你讨厌爸爸和莉萨。”当我用大浴巾裹上他完美的小身体时，他咆哮着，“你讨厌他们，你想让我也讨厌他们。”他跺着脚跑去自己的卧室，留下我跪坐在浴室的地板上，穿着弄湿的衣服，目瞪口呆地盯着他远去的背影。他真的是这么想的吗？我情愿他哭泣、尖叫、发怒，而不是把怒火闷在心里，然后吐出这些刻薄的真相。从一个小孩嘴里说出的真相。

“你想要听《哈利·波特》吗？”我问。他正在穿睡衣，浴巾被挂在浴室里晾干。

“不要。”

“真不要？”他没有看我，但紧紧抓着帕丁顿熊，抓得非常紧。这个动作里包含了所有压抑的怒火和痛苦。他的脸上仍然阴云密布。他还不如撅着嘴唇，彻底发通脾气。

“我想和爸爸去法国。我想去吃蜗牛，去海里游泳。我不想留在这里去上暑托班，你永远都在工作。”

“我没有永远都在工作。”他的愤怒刺痛了我，他的话也一样，因为那里面有一些是真相。我不能像其他妈妈那样休假去陪他。

“大多数时候你都在工作。”他有些气鼓鼓地转向自己那边，别开脸去。帕丁顿熊仍然被他紧紧抓着，透过他的小肩膀凝视着我，目光里几乎带了歉意。“你不想让我去是因为你很自私。”

我盯着他看了一会儿，心里突然很沉重。那是真的。都是真的。亚当去法国会过得很开心。他不过是离开四周而已，在很多方面，这的确会让我的生活更便利。但这种想法像一把刀留在我的心脏里。答应他容易得多，但也空虚得多。

尽管他冷淡地背对着我，但我还是弯下身亲吻了他的额头。我嗅着他身上独特的清爽好闻的味道。我永远都是他的母亲，我提醒自己，莉萨绝对代替不了我。

“我会考虑一下的。”在我关灯离开前，我在门边极轻地说了一句。让他走会是一件正确的事情。我知道，但是我在倒上一杯红酒跌进沙发后，仍然很想哭。整整一个月。在那段时间里有太多事情可以改变。亚当肯定会比现在更高。他仍然想要拥抱和拉手、仍然乐意成为我的宝贝的美妙时光会越来越少。一眨眼他就会长成一个青少年，今晚的举动是个预兆。然后他将会成年、离开，拥有属于自己的人生。而我很可能还待在这差劲的公寓，在一座我住不起的城市里勉强维生，能陪我打发部分时间的朋友一个手就数得过来。我知道我在自怨自艾中夸大了一切，实际上我仍然在试图消化“怀孕”那个词并应对它将给我的生活所带来的影响。我没想过伊恩还会有更多的孩子。一开始他从来没对这事如此上心。

我意识到，我是他的实习妻子，亚当和我是他的实习家庭。要是把他的人生比作纺纱，我们只是那前期的纺线，不会成为它最终的色彩。

这是个陌生而悲伤的念头。我不喜欢陌生而悲伤的念头，所以我喝了更多的酒，然后计划利用这几周时间好好享乐一番。我可以出游一个星期。我可以开始慢跑，减掉肚子和大腿上那多余的赘肉，穿高跟鞋，改头换面。一个月有许多事情要适应，但我愿意去尝试。至少，在我喝了半瓶长相思白葡萄酒后，我愿意去尝试。在我改变主意之前，我给伊恩发了短信，告诉他假期的事情没问题，亚当可以去法国。我差不多立刻就后悔了，但我实在没有任何选择的余地。要是我不答应，亚当会怨恨我，而且我也不能阻拦他成为那个家庭的一分子。试图完全把他留在我身边只会适得其反。我喝醉以后变得坚强些了。现在，这一切似乎是个很不错的主意。

后来，在黑暗中醒来的时候我站在亚当的床边。我气喘吁吁，世界慢慢在我身边显形。他睡得很熟，一只胳膊仍搂着他那只破旧磨损的帕丁顿熊。我看了他一会儿，让他把他的平静传递给我。在这些时刻，要是他醒着，他会怎么看待我？某个疯癫的看起来像是他妈妈的陌生人？对于一个从没做过噩梦的男孩来说，这肯定令他心绪不宁。

也许我应该针对我的夜惊症进行些适当的治疗。有一天，也许吧。我应该躺在沙发上吗，医生？你想跟我躺一起吗？哦不，当然，你已经结婚了。也许我们应该谈谈你的问题。

我甚至都没法逗自己笑。亚当要离开一个月。莉萨怀孕了。我正在被全世界遗弃。我在微微汗湿的床单里匍匐，告诉自己要振作起来。现在还不是最糟的情形，至少和大卫之间发生的事情证明了我仍然能找到心仪的男人。而且，更重要的是，仍然有男人会为我倾心。这对我类似于一丝慰藉。

虽然我在半夜里给自己鼓励打气；虽然当我告诉亚当他可以去法国时，我从他脸上看到了欣喜和敬爱，但是当我看着他穿过混乱的人群跑进校门，甚至都没有回头看一眼时，我心里仍然觉得十分难受。通常，看着他这样我会很高兴。我希望他做一个自信的孩子。不过，今天他即刻把我抛诸脑后，这似乎是个象征，象征着我的整个未来。每个人都在向前奔跑，而我留在大门的另一边，冲那些不再回头看的人挥手告别。只有我，被孤单地留在后面。我想了一会儿，觉得这太矫情了，我不得不自嘲一下。亚当不过是和往常一样去上学而已。伊恩很高兴又如何呢？他高兴又不意味着我必须得不高兴。可是，“怀孕”这个词仍然像个移不开的铅坠，重重压在我的心上。疲倦令我的眼睛发痒。我没有回去睡觉。

被孩子们的尖叫和欢笑以及北伦敦母亲们的唠叨包围着，我真希望我今天能去上班，哪怕面临着“大卫危机”。我浏览了一下我需要在学校放学前完成的日常工作，擦浴缸的主意不太能令我高兴起来。也许我该给亚当买些新泳裤和夏装带上。伊恩肯定都会准备，但是我想给这个并不属于我的家庭假期做点贡献。

我还考虑给莉萨买些宝宝的衣服当礼物，但这样的进展实在是太快。他们的新生儿和我毫不相干。而且她为什么会想要从前妻那儿拿任何东西呢？第一个孩子的母亲？有缺陷的关系。伊恩是怎么跟她说我的呢？他把多少事归结为我的过错？

亚当一消失在门内，我就低着头匆匆跑开，不想加入其他母亲的任何对话。我渴望抽根烟，并想在点烟之前走到拐角。不管怎样，我的衣服上都可能沾上烟味，但走远点我可以躲开校门口的指指点点。

我后知后觉地感到被撞了一下。头受到重击，一个身体砰地倒向我，一声惊叫，然后我向后跌去。我站了起来，但那女人还没有。她的脚在地上交缠，我最先看到的是她的鞋。精致的淡黄色细中跟。没有磨损。我伸手抓着她，试图帮她站起来。

"非常抱歉，我没看路。"我说。

"不，是我不好。"她喃喃道，她的声音像空气里的棉花糖，"是我没在看。"

"那我们两个都挺傻的。"我微笑着说。她站起来后，我发现她身材高挑修长，体态婀娜多姿，只有那一刻我才惊恐地意识到了她是谁。是她。

"是你。"我说。这话本能地脱口而出，我来不及阻止自己。我的早晨戏剧性地从糟糕变成了更糟糕，我的脸在发烧。她看着我，很困惑。

"对不起，我们之前见过吗？"

从学校走出一群推着婴儿车的人，我利用他们来掩盖我的尴尬。等到他们经过后，我成功地露出一个真诚的微笑："没有，我们没见过。但是我在你丈夫手下工作，是做兼职。我在他桌子上见过你的照片。"

"你和大卫一起工作？"

我点点头。我喜欢她选择了这样的措辞，和他一起工作，而不是替他工作。

"我刚在那儿和他分开，想在早上散散步。"她说，"这世界真小。"

她微微一笑，真是美得令人惊叹。我之前那匆匆一瞥并没真正认识到她的美貌——尽管我当时惊慌失措地逃去了卫生间——我也曾希望过她不过是很上镜，照片比真人美。但不是这样的。在她旁边，我就像是一大块笨拙的猪油。我把一缕头发别到耳后，仿佛这样能在短时间内让我变漂亮似的。

我穿着一条旧牛仔裤，连帽衫的袖子上带着茶渍，在我离开公寓前，甚至连睫毛膏都没刷一下。她挽着宽松的圆髻，穿着修身绿毛衣，下面是一条浅绿色的亚麻裤子。这种色彩在视觉上看起来应该很艳俗，但在她身上并没有。她就像法国南部泛舟湖上的一道美景。她比我要年轻，也许甚至都不到 30 岁，但是她看起来很成熟，而我看上去平庸又粗俗。她和大卫在一起肯定是对完美的璧人。

“我叫阿黛尔。”她说。她连名字都这么迷人。

“我叫路易丝。抱歉我的状态不太好。早上的时间总是很紧，要是不上班，我情愿在床上多睡半个小时。”

“别犯傻，”她说，“你看起来很好。”她犹豫了一会儿，我猜她是在想要怎么说再见，继续过她自己的日子。但是她又补充了一句：“不知道你想不想喝杯咖啡？我肯定在那个街角看到过一家咖啡店。”

这可不是个好主意。我知道。但是她看着我的眼神如此期待，我的好奇心占据了上风。这是“酒吧男子”的妻子。大卫娶了这个美丽的女人，但他还是吻了我。我的理智告诉我要找个借口离开，但是当然，我并没有这么做。

“喝杯咖啡听起来很不错，但别去那里。那里 10 分钟内就会挤满学校过来的母亲们，我可受不了。除非你热衷听婴儿的大哭，喝掺了乳汁的咖啡。”

“不，我可不想。”她大笑，“你带路，我跟上。”

最后，我们坐在 Costa（咖世家）咖啡店的庭院里，品尝着卡布奇诺和胡萝卜切片蛋糕——那是阿黛尔坚持要买的。现在差不多已经接近10点，料峭的晨寒渐渐退去，阳光很温暖。明亮的阳光低低地照在她的肩头，我稍稍眯起了眼睛。我点上烟，并递给她一根，但是她不抽烟。她当然不抽。她为什么要抽？她似乎并不介意我抽烟，我问她新搬来这里适应得如何，我们开始了礼貌的交谈。她说他们的新家很漂亮，但她想把一些房间重新装修一下，让它们变得更敞亮，她今天早上打算去挑选一些颜料样品。她告诉我他们的猫死了，这并不是个好开端，但是大卫现在上班了，他们正在步入正轨。她说她现在仍然需要认路，正在熟悉新地区。她说的一切都是这么迷人，带着一丝讨好的怯意。她很可爱。我多希望她讨厌又恶毒啊，但她并没有。我现在对大卫的感觉糟透了，我应该远远躲开她，然而她魅力太大。她是那种你无法移开视线的人，这有点儿像大卫。

“你在伦敦有朋友吗？”我问。我觉得她肯定有。基本上每个人都有一些老朋友（在脸书[①]上加你的旧日校友）“潜伏”在首都。哪怕这不是你的家乡，也是人们最终总是会去的某个地方。

“没有。”她摇摇头，略微耸耸肩，一瞬间她轻咬着下嘴唇，别开了视线，“其实我从没交过多少朋友。曾经我有一个最好的朋友……”她的声音渐渐变小，有一刻，我甚至觉得她忘了我还在这儿。然后她重新看向我，不再说那个故事，继续道：“但你知道的，人生就是这样。”她耸耸肩。我想了想我自己的友谊残渣，明白了她的意思。越长大，圈子就越小。

“我见过合伙人的妻子们，她们看起来都很友善。”她继续

① 脸书（Facebook），一种社交软件。——编者注

说，“但是她们大部分人年纪都比我大很多。我收到了许多邀请，去帮助她们做慈善活动。”

“我完全赞成慈善事业。”我说，“但是这跟去酒吧享受美妙夜晚没可比性。”我说的就好像我的生活尽是美妙夜晚似的，而不是孤单寂静的夜晚。我试图不去想我最近那次外出逍遥的美妙夜晚。*你吻了她的丈夫*，我提醒自己，*你不能做她的朋友*。

“感谢上帝，我遇见了你。”她说着微笑起来，然后咬下蛋糕。她吃得津津有味，让我觉得自己吞下蛋糕的行为不再那么罪恶。

“你想去工作吗？”我问。这个问题有点儿自私。要是她想和她丈夫一起工作，那我就完蛋了。

她摇摇头。“是这样，我只在很多年前在一家花店上过班，结果很糟糕。除此以外，我再没有过别的工作。你可能会觉得这听起来有点奇怪，这的确很奇怪，也有点让人尴尬，但是，呃……”她犹豫了一会儿，“好吧，我年纪更小的时候遇上了些问题。发生了一些事情，我必须克服它，那花了一番时间。现在我已经不知该如何适应外出工作了。大卫总是在照看我。我们有钱，哪怕我找到了工作，我也会觉得它是从某个需要它的人那里偷来的，而且那个人可能做得比我更好。我想也许我们会有孩子，但是没有。至少，现在还没有。”

从她嘴里听到他的名字很别扭。不应该这样，但确实如此。我希望她不要跟我说他们是多么努力地要组成一个家庭，因为这也许会在今天早上把我逼疯。但是她换了话题，转头问起我的生活，问起亚当。不用再谈跟大卫和怀孕相关的话题，我松了一口气。很快我就用自己的方式坦白了我的历史，将事情说得简略或者不那么简略：我把最糟的部分说得很有趣，而最好的部分甚至更加有趣。阿黛尔大笑，我抽了更多的烟，比着手势匆匆说了我的结婚、离婚、梦游、夜惊，还有当单身母亲的乐趣。

差不多两个小时一晃而过，在11点半的时候，我们被一部旧诺基亚手机的铃声打断，阿黛尔急忙从包里掏出手机。

“嗨，”她说着用嘴唇冲我做了“抱歉”的口型，“是的，我很好。我出门去看颜料样品了。我想我可以很快地喝杯咖啡。是的，我也会带一些的。对，我稍后就回家。”

是大卫，肯定是。否则她还能跟谁说话？她把对话变得很简短，低着头对着电话说得很轻声，仿佛她是在火车上，每个人都能听到她说话似的。她挂了电话我才意识到她并没有提起我，这似乎有点儿奇怪。

“这算是手机吗？”我看着那块小黑砖说，“这是博物馆里的文物吧。它有多老啊？”

阿黛尔脸红了，她的脸上没有瑕疵，只有一抹深玫瑰红涌上她橄榄色的肌肤。“它能有需要的功能就行。我们应该交换号码，希望以后还能一起喝咖啡聊天。”

当然，她是出于礼貌，所以我念出了我的号码，她小心翼翼地输入手机。我们不会再做这样的事了，我们是完全不同的人。接完电话她变得更加安静，我们开始收拾东西离开。我无法不去看她。她纤弱又柔美，举手投足都无比优雅。即便在街上摔过一跤，她看起来也无可挑剔。

“很高兴遇见你。”我说，“下一次我会尽量不撞倒你的。祝你装修好运。”亲密的时刻已经过去了，现在我们半是尴尬半是生疏。

“真的很高兴。”她说着一只手突然碰了碰我，“真的。”她犹豫着，急促地呼吸了一下。“我要说的话听起来会很傻……”她看上去很紧张，像一只拍着翅膀的伤鸟，“但我希望你别跟大卫提起我们碰过面，一起喝过咖啡。要是把他的工作和家庭混为一谈，他会变得不可理喻。他……”她寻思着合适的词，“公私分明。我不想让他——呃，总之不提这件事比较好。”

“当然。”我说，尽管我很惊讶。她是对的，这话的确听着很傻气——不光傻气，事实上，还很古怪。大卫是那么轻松自如、魅力十足，他为什么会在意这些？如果他在意，那这是怎样一种婚姻？我还以为她交到朋友他会觉得很高兴。虽然很奇怪，但我还是松了一口气。不让他知道，可能这样也对我更好些。要是我明天一阵风似的飘进办公室，说我和他的妻子喝了咖啡，他也许会把我想象成那种发了疯的跟踪狂。换作是我，我也这么想。

她微笑起来。我看着她如释重负，肩膀放松下来，下垂一英寸，再次变得慵懒松懈。

她一离开我就径直返回公寓，开始擦洗浴缸。我想我遇见她是件好事。我喜欢她。不管怎样，我很确定我喜欢她。她的甜美不带病态，看起来轻松自在，完全没有我看她照片时以为她会有的高傲自大。也许现在我认识了她就不会觉得她丈夫有那么好了。也许我能够不再想那个吻。我再一次感到愧疚。她是个好女人。但我完全不能告诉她，不是吗？他们的婚姻不关我事。反正，我可能不会再收到她的消息了。

10.

阿黛尔

我已经忘了幸福是怎样一种感觉。很久以来，我只专注于大卫的幸福，如何消除他的糟糕情绪，如何阻止他饮酒，如何让他爱我，但冥冥之中我自己的幸福却减少了。即便拥有大卫，也不能让我幸福。我从没想过会发生这样的事情。

但现在，我的内心燃起了烟火，迸发出五彩缤纷的喜悦。现在我有了路易丝。一个全新的秘密。她有趣又聪明。我的交友圈很局限，结交的永远都是医生的妻子，而她的出现为这无趣的氛围注入了新鲜空气。她比她自己以为的要漂亮，要不是这一点多余体重，她会有更好的身材。她不像我那么瘦，那么中性化，她更有女性的曲线美。她也很坚强，她人生中的那些事情，要是别人遇上了，会想得到同情或怜悯，但是她会用微笑去面对。她真的非常棒。

我漫不经心地看着一道道像条形码一般涂抹在卧室墙上的颜料，各种色调的绿色，名字听起来就很小资：浅河绿、大地绿、浅黄绿、烟青绿。没有一种是你光听名字就能猜得出的颜色。这些颜色我全都喜欢。排成一排它们就是森林里的树叶，我挑不出最好的。而且，我的脑子里忙着想一切可以和路易丝一起做的事情，没空关注装饰。

路易丝一周只工作三天，那其余时间也许可以去健身。肯定要去。我可以帮她减掉那一点点多余的赘肉，增强体质。也许我能让她戒了烟。这会很好，我可不能让头发和衣服沾上香烟味道。那会出卖我们的。大卫会知道我交了新朋友，他不喜欢那样。

我们可以一起在花园里喝红酒，或者去百老汇街的某间小酒馆，像我们今天这样谈天说笑。我想知道有关她的一切事情。我已经被她吸引了。我想象着我们在一起会有多少乐趣，深深沉浸其中。

我留下小颜料罐，起身煮了一壶薄荷茶。我把大卫给的一粒药片塞进厨房水槽的塞孔，打开水龙头，确保它被彻底冲走。

我端着茶来到屋外，走进花园里，走到阳光下。午餐时间刚过没多久，在大卫下一次打电话回来之前我还有些时间。我想享受这无所事事的时刻，品味这精彩绝伦的感觉，思考着，计划着。我知道路易丝不会告诉大卫我们见过面。她不是那样的人。而且她知道，这么做对我们谁都没有任何好处。

要遇见她真是太容易了。这多亏大卫从办公室带回家的地图，凭借她的帮助和当地的见闻，他给地图做了清楚的标注。星期天下午我们驾车周游了当地，参观了标注出来的每个地点，看到精品店逐渐减少，变成一英镑店[①]；看到一些街道的拐角建筑物的正面会用木板围起；看到那条只有毒贩出没、头脑正常

① 一英镑店是英国最大的廉价商品连锁店。——译者注

的人都不会去走的地下通道；看到距离我们美好的家园只有一两英里的一片破旧的街区。我还看到那座小学，墙上画着色彩鲜艳的花朵。我读了大卫在地点边上草草写下的笔记。

之后，那就很简单了。

两个陌生人撞在一起。

她什么都没有怀疑。

11.

之后

大卫在电话那头等了至少 10 分钟，他们才找到她。找到她的时候，她正高高地坐在湖边的树上，和罗伯一起放声大笑。看着他们在树枝间无所顾忌地维持着身体平衡，玛乔丽护士苍白的脸上充满惊骇，她冲他们大喊，要求他们立刻下来。阿黛尔不需要任何鼓励，一想到要和大卫讲话，她的心就怦怦跳，而罗伯则喃喃地说了些挖苦的话，有关保险费和那些摔死的客户。后来他又在粗糙的厚树皮上假装滑了一下，引来玛乔丽的一阵尖叫。这样的叫声和韦斯特兰的平静格格不入。

他们像调皮的学生一样嘲笑她，但是阿黛尔已经急切地向下爬去，不在乎 T 恤衫卷起时让腹部的皮肤擦伤了。她飞快地跑过草地，跑进屋里，即便到了走廊里也没有减速。她的脸红扑扑的，眼睛闪闪发光。大卫在等她。自从上一个电话之后，他已经太久没有打电话过来了。

这家中心不允许使用手机，和外界的联络被严格控制，反正这里可能也没有信号。不过大卫总是会定期打电话来的。但是这一周，他又因为胳膊的伤再次去了医院。她来到小办公室，抓起墙上老旧的电话听筒，他戴不了的手表空落落地垂挂在她的手腕上，像个厚重的手镯。对她来说，这个手表太大太男性化了，但是她并不介意。戴着他的手表让她觉得就像是他在身边一样。

“嗨！”她喘着气说，将凌乱的头发从她脸颊上拨开。

“你刚刚去哪儿了？”他问。线路信号很差，他的声音听起来很遥远，“我还担心你逃跑了呢。”他试图让这话听上去像个玩笑，但背后却有忧虑如同热水般沸腾冒泡。她大笑起来，听出电话那头他很是惊讶。自从那件事发生后，她再没有对他笑过。

“别傻了，”她说，“我能从这儿跑去哪里呢？这里到处都是荒野。而且我们还看过那部《美国狼人在伦敦》[①]，记得吗？我可不想独自漫步穿过无尽的荒野，外面什么都会有。你在医院怎么样？他们打算给你做植皮手术吗？”

“他们是这么说的。不管怎样，这并不会有什么实质性伤害。边缘的伤口最糟，但也已经稳定多了。别担心我。集中精力让自己好起来，早点回家吧，我想你了。我们可以重新开始，如果你愿意的话，远离这一切重新开始吧。”“结婚吧。”她说着微笑起来，“我们尽快结婚吧。”就像罗伯说的，她为什么不应该快乐呢？她为什么要觉得快乐是件很坏的事情呢？“你不能17岁就订婚。”她的父亲曾经说，“你17岁的时候不知道自己要什么。而且他太老了。怎么会有22岁的人想和少女搞在一起？”

但她爸爸错了。她从能记事起就想和大卫在一起。她第一次看进他那双蓝眼睛的时候就对他一见钟情。她妈妈对此从不多言，只是评价说他家的农场快被人收购了，这得归结于他那

① 《美国狼人在伦敦》是美国喜剧导演约翰·兰迪斯导演的狼人恐怖片代表作，描写两名美国青年大卫和杰克到英国伦敦旅行，露宿荒野时遭狼群攻击的故事。——译者注

酗酒的父亲，他不管做什么都会搞砸。而且他没有母亲，他名下不会有任何财产。选他就像是“买错股票”。有太多方式来表达“这个人配不上我们完美的女儿”，不必真正说出口。也许她母亲说的一切都是真的，但阿黛尔知道这和大卫究竟是个怎样的人毫无关系。那从来就没有关系。

当年她是个 8 岁的小女孩，在田里玩耍的时候看着他干活，当时她爱他，现在她还爱他。他即将成为一名医生。他无需再担心他的学生贷款。他即将成为她的丈夫，而她继承了一切财产。她父母的反对不再重要，她也不会让自己觉得愧疚。她的父母已经离开，而且，正如罗伯所说，一心希望自己也跟着他们离去并不能改变这样的事实。唯一的方法就是朝前走。

“你听起来很好。好多了。”他很疑惑，有点儿谨慎，仿佛并不太相信这种显而易见的高涨情绪。他会这样并不奇怪。上一次他打电话来的时候，她几乎什么话都没说。但那已经是 10 天以前的事了，那之后她改变了很多。

“我的确觉得好多了。”她说，“我想你是对的。这个地方对我有好处。哦，还有，”她补充道，就好像是后来才想到的一样，“我交了一个朋友。他的名字叫罗伯，跟我一样大。他很有趣，总是引得我朝这儿的人大笑。我想我们正在相互帮助。”她在滔滔不绝，她情不自禁，还有一点儿紧张。就好像在发生了这一切之后，罗伯的出现是对大卫的某种背叛。这很蠢，因为这完全是两回事。就因为她爱大卫，她就不能喜欢罗伯了吗？“有机会你一定要见见他。我想你也会很喜欢他的。”

12.

阿黛尔

在接完他下午的电话后，我有了更多的精力。他说他要晚点回家。显然他正在跟两个慈善团体会面，他可以通过他们帮助一些社区康复病人。

我喃喃着所有该说的话，回应着他断断续续的尴尬句子，但心里想的却是：那些住在肮脏塔楼里的贫困毒贩们究竟会怎么想？在看到大卫以那样一副努力伪装出来的中产阶级面貌突然出现，跟他们探讨他们的问题时，究竟会怎么想？我只能想象在他离去后他们对他的嘲笑。不过，这是他自作自受，这也很符合我的计划。我现在有计划了。想到这个，我的胃都兴奋起来了。

那一刻，我几乎都为他感到遗憾，但后来我想起，那甚至都未必是真的。他可能会喝醉酒，或者去约会某个人之类的。不论我们是不是有新开始，这样的情况都不是第一次。他从前就拥有自己的秘密。我没有时间去查他岗。总之，今天没有。我的头脑太兴奋了，想着太多其他的事情。

我告诉他我为卧室选了一些颜色，我想他会喜欢的。他假装很在意。我告诉他我吃了药，省得他开口问。我想，要是可以的话，他会回家看着我吞下它们，但恰恰相反，他把我的谎言当作真话。他想要我柔和顺从。我们有过短短几天接近圆满的日子，我很享受，但那并不能长久。除非我想拯救我们的爱情。但是现在，我很配合。我应付着一些事情。我只需要勇敢一点。我之前这么做过。我可以再次做到。

电话打完后，我上楼回到卧室，把墙上的颜料条刷得更厚更长。阳光斑驳地打在上面，从房间的另一侧来看，所有颜色就好像是一座森林。当然，都是叶子。也许我应该再买一些浅棕色和黄色，但现在太晚了。有绿色就足够了。我看着墙，想到了叶子和树。他看到时也会这样联想的。我觉得也许他只能想到这些。见木不见林。

我洗了手，洗掉黏在我皮肤上的已经干了的恼人颜料，然后往下走去地下室。搬运工在大卫的指挥下把几个箱子直接搬了下去。他没有问我想把它们放在哪儿，但后来他知道我并不在意。过去的已经过去了。为什么老是要自揭伤疤呢？我有好多年没看过那些箱子了。

地下室很冷，远离窗户和日光，只有一个黄灯泡照着我。我盯着箱子，试图找到正确的那箱。没人会在意地下室的样子。光秃墙壁上的尘垢和沙砾在某种程度上更坦诚地揭露了一座房子的灵魂。

我谨慎地迈着步子，不想让衣服沾上灰尘。沾了颜料斑点没事，但沾了灰尘就很可疑了。大卫知道我不喜欢脏兮兮的屋子。我不想让他问我灰是哪儿来的。我不想再对他撒更多不得已的谎。我爱他。

我发现我要找的东西靠在最远处的潮湿墙头，暗淡的灯光几乎都照不到那里。四个箱子堆在一起，比我们存放在这儿的其他亮棕色箱子（多余的书和旧档案之类的东西）更破旧，年代更久远，箱子边上褶皱下垂。这些箱子本身就很老，完全没开封过，硬纸板更厚实。牢固的纸箱藏着生命的遗迹。这些都是从烧坏的边房里抢救出来的东西。

我小心翼翼地把最顶部的箱子搬到地上，朝里看去。我想那是银烛台。一些陶器。精致的珠宝盒。我继续翻看，花了好一会儿才找到我要的东西。它藏在一些杂七杂八的照片和图册中间，还有一些书本，虽然躲过了火苗，但闻上去仍有烧焦的味道。那不是烟味，烟味是一种令人愉快的味道。而这些闻上去，是某些被毁坏、熏黑、令人痛苦的味道。照片在我手中飘落，我从散落一地的照片中看过去，在其中一张上我瞥见了自己的脸——更饱满，因为年轻而容光焕发，面带微笑。当时我也许 15 岁。这是一张陌生的脸。我不再看它，继续专注地翻找。它就在这儿的某个地方。我把它藏在大卫不会去看的地方，藏在一些他知道只属于我的遗物中间。

它就在最底下，在所有废旧物品之下，完好无缺。一本老旧的笔记本，记录的可谓是秘诀一样的内容。它很薄——多年以前我把最后几页撕掉了，因为有些东西应该成为秘密——但本子还是钉在一起的。我屏住呼吸，打开它。残余的纸页冷冰冰的，在长年的黑暗和潮湿中微微翘起，质地像发脆的秋叶。第一页上的字迹是小心翼翼地，整洁干净且带下划线。这是来自另一种人生的指示。

每隔一小时就掐一下自己，说：我醒着。

我看着它们，觉得那些字就像是几分钟前刚刚写下的。我能看到我们坐在树下，微风拂面而来，湖水泛起涟漪。那是眼下的生动画面，而不是10年前的旧日回忆，一种陌生的锐疼刺向我的胃部。我深呼吸，按住它。

我把箱子按原样归位，将笔记本拿上楼。我捧着它，仿佛它是某个脆弱的古文物，一经光照就可能碎在我手里，而不是一本多年前从韦斯特兰捡回来的便宜练习本。我把它藏在我健身包的外侧拉链袋里，这样就不会被看到了。

这正是路易丝需要的东西。我迫不及待地想要跟她分享了。她是我的秘密，很快我们将拥有自己的秘密。

他没有太晚回家，在7点5分的时候进了门。厨房里满是饭菜的香味，我用等他的时间做了一道美味的咖喱。我拽着他上楼看卧室的颜色。

“你觉得怎么样？”我问，“我决定不了是用左边的夏叶绿还是右边的森林雾。”没有一个是它们真正的名字，但他永远不会知道。这都是我一时冲动编造出来的。也许这举止过分了，我太过激动。但我甚至都不确定他听见了我说话。他正盯着那一条条在落日余晖中闪耀的颜料。他能透过它们看见我看到的一切。

“为什么是这些颜色？”他问。他的声音很单调、很冷静、很淡漠。他转身看向我，我在他冷漠的双眼里见到了一切。一切隔绝在我们之间的东西。

很好，我想。我准备好迎接即将到来的暴怒或沉默，准备好一些尖刻的讽刺话语去争吵。

现在，它开始了。

13.

路易丝

大卫到他办公室的时候，我甚至都还没开始工作，当时我正要去把外套挂起来，苏冲我抬起眉毛摇摇头。“某人今天早上吃错药了。”有一刹那我以为她指的是我，因为我看起来肯定疲惫不堪、脾气暴躁。晚上夜惊症让我无法入睡，我躺在床上想着莉萨怀孕的事情——我现在还没法把它想成是伊恩的新宝贝——还有亚当要离家一个月的事情。到早上 7 点，我已经喝了三杯咖啡、抽了两根烟，情绪极端喜怒无常。从某种程度上，莉萨怀孕事件让伊恩离开我时我心中的那些糟糕情绪卷土重来，他的幸福像是一种鲜活的背叛，我知道这种想法很蠢，但我控制不住。不过苏指的不是我，她指的是大卫。

“他甚至都没有说‘早上好’。”她给我倒了一杯茶，“在这之前我还觉得他很迷人呢。”

“我们都有不在状态的时候。”我说，“也许他不是个喜欢早起的人。”

“那他就不应该这么早来。你平时总是头一个到，现在他似乎取代了你。”

她说的对。我耸耸肩笑了笑，但心却剧烈跳动着。阿黛尔有没有告诉他我们一起喝咖啡的事情？他是不是认定我是某个偏执的跟踪狂，准备要解雇我？我几乎愧疚得坐立不安。不论她是否跟他说过，我都应该去告诉他。我的人生中有太多其他的破事，没有精力去替他的妻子保守秘密。我并不是真正了解她，但他毕竟是我的上司。而且，我当时并没有什么选择的余地，只能和她一起去喝咖啡。她邀请了我。我能怎么说呢？我记得她当时的脸，既担忧又尴尬，请求我不要说出任何关于我们见面的事情，而我有一刻的怀疑。她是如此脆弱。但是我必须得告诉他。我必须得说。他会理解的。他当然会。

我需要勇于面对，说出事实。因此我没有像往常一样扫描玛利亚留下的报告，并整洁地打印出来，而是前去敲了他的门。我的心都跳到了嗓子眼里。我没有等到他应答就推开门快步走入。自信是解决这种局面的方法。

“有些事情我需要……”

“真见鬼！”他大吼着打断了我。他正用力拉开一罐昂贵咖啡的厚铝箔盖——不是诊所的标配，是从家里带来的——他转身时，棕色的液体溅在了咖啡柜的表面。

“该死的，你就不能敲门吗？”

我不确定自己之前是否见过满面怒容的人，但是我现在见识到了。我感觉仿佛被他语气里的攻击性和怒意扇了一耳光。

“我敲过了。”我咕哝着，“对不起，我去拿块布来。”

“我会处理的。”他厉声对我说。他从桌上的盒子里抽出一些纸巾，“一块湿布只会让它更糟。”

“至少没有洒在地毯上。”我试图让声音听起来轻快些，“为洒了的咖啡哭泣是没有用的。”[1]

“你想干吗？”他瞪着我，样子像个陌生人。冷漠。疏远。完全没有往日天然的魅力与热情。我烦躁不安，神经紧绷。我不能现在去跟他讲我和阿黛尔一起喝咖啡的事情。现在他没心情听。我记不起上一次我什么都没做就把人惹得如此生气是什么时候了。这是他的另一面吗？一个想法慢慢滑入我的头脑，这就是阿黛尔要隐瞒友情的原因？

“我想来看看你是否需要我倒咖啡。”我说着，试图昂起头挺直腰。“但我看到你全都搞定了。”我转身僵着步子走出屋，静静地关上了身后的门。我能做的也只有冲出他的房间，保住自己的饭碗。但是当我坐下的时候，我气得浑身发抖。我没有做错任何事情。他怎么敢那样跟我说话？怎么敢那样恐吓我？

不论我对和阿黛尔喝咖啡的事情有多愧疚，都在我的怒火中消散了。再说，我跟大卫又真的发生过什么吗？一个愚蠢的亲吻，就是这样而已。日子一天天过去，它变得更像是一场从未真实发生过的梦境。一场白日梦。而且阿黛尔和我很可能会在某种情况下遇见，比如圣诞派对之类的地方。所以如果我已经偶然地遇见过她了，这又有什么要紧呢？

“我说的没错吧。”苏说，她经过我的办公桌，放下那杯被我遗忘的茶。“别放在心上。你知道男人的德行。他们内心全都是暴躁的孩子。”她斜倚过来，“尤其是长得好看又被惯坏了的。”我大笑起来，尽管他对我的态度仍然很让我受伤。

低下头，路易丝。我在启动电脑、开始工作的时候告诉自

---

① 英语谚语本为“为洒了的牛奶哭泣”，比喻覆水难收，此处被路易丝应景地替换为了“咖啡”。——译者注

己。继续做你的工作吧。不管怎样，你再也不会收到阿黛尔的消息了，而大卫只是你的上司。

下午霍金斯一家来了。显然病人（22岁的安东尼·霍金斯）并不想来这儿。他的父母是恬淡寡欲的中上层阶级人士，年纪接近六旬，身上融合了多种气味：昂贵的粉底、古龙水、香水。他们衣着考究，男士穿西装，女士穿高档的衬衫和裙子，佩戴珍珠首饰，但我能从她的眼里看到疲惫。我领着他们去了候诊室，一间像高级会所里的客厅般的屋子。她坐进一张靠背椅中，在边上歇息。她的丈夫站着，双手插在口袋里，大声对我道谢。尽管他做出一副自信过头的亲切模样，但是他没比他儿子好到哪儿去，他们都不愿意来这儿。

安东尼·霍金斯很瘦，太瘦了。他在抽搐，眼里充满了某种原始的防御性的怒意，似乎思绪很不稳定。他的眼神飘忽不定，像儿童玩具上的眼睛，轻微地摇动着，似乎并没有聚焦，至少没有聚焦在我们其他人能看到的东西上。他完全没有在看我。即便我没有事先知道他是个海洛因吸食者，也不难猜出来。安东尼·霍金斯是典型的吸毒上瘾的孩子。他看起来情绪快爆发了，我能分辨出主要还是恐惧。不过我还是保持了距离。恐惧和暴力之间毫无障碍，对要上法庭的病人，我总是更加谨慎。

“我不想来做这个。”在他喃喃低语时，大卫出来把他叫进了办公室。“我才没有什么该死的毛病。”安东尼·霍金斯说话带着标准的公立学校口音。“你父母可以等在外面。”大卫说。他态度温和但坚定，脸上看不出任何之前的坏情绪，但是仍然没有看我一眼。“不过是一小时而已，不会伤害到你。”他略微耸耸肩，朝安东尼露出他令人放下戒备的迷人微笑，“希望这能帮你远离监狱。”安东尼这时将注意力转向他，那双警惕又紧张的吸毒者的双眼充满怀疑，但是他跟在他身后走着，就像被判刑的人走向绞刑架。

随着他们身后的门被关上，我看到霍金斯太太的肩膀垮了下来，假装出来的力气不复存在。我替她感到难过。不管安东尼做了什么或没做什么，都给他父母带来了很大伤害，而不久以前，他还只是个像亚当一样的小男孩。在他母亲眼里，他可能仍然还是个小男孩。我给他们泡了茶，用的是给客户的瓷器，而不是员工的马克杯，并告诉他们马丁医生德高望重。我没有说他一定会帮上他们的儿子，我们不能给出承诺，但是我想说些什么安慰他们。我可以在另一个女子眼中看到感激，仿佛她正将我的话按在胸口好让自己安心。

这个不可靠的世界让我想到亚当，一瞬间母性发作，我突然担心起他可能会在学校或者在放学后的俱乐部里遇上问题。诊所电话一直占线，我翻开包查看了一下手机，没有未接电话——当然，一切照旧——但是，我收到了一条短信。是阿黛尔发的。噢真见鬼，为什么我没有告诉他呢？

要是你明天不上班的话，有什么想做的事情吗？我想我们可以去健身房？那里有桑拿房和游泳池，也许能让人放松一下。我可以给你一张一日票。有你陪伴会很好！

爱你的阿黛尔

我盯着它看。见鬼，我现在要怎么办？我没料到她居然会联系我。我的手指在键盘上徘徊，也许我应该忽略它。但是这样很没礼貌，之后我面对他们两个都会觉得尴尬。该死，该死，该死。我几乎要向苏菲发短信征求意见了，但我没那么做。我知道她会说什么，要是我不对她隐瞒我跟阿黛尔成了朋友的事情，她会想知道接下来发生了什么。我不想让我的生活变成她的娱乐。

我重新读了一遍短信。我应该回复她。我应该答应她。大卫的事情只是一次酒醉后的失误，而且已经过去了。一个双方都有责任的愚蠢错误。也许阿黛尔可以成为我的新朋友。我觉得她需要我。她肯定很孤单。昨天她时不时地表现出了这种孤单。但她不是唯一孤单的人。我也很孤单，而且很害怕在可以预见的未来，我的人生就这么孤单下去了，这一周周的日子全都融为一个样子。

阿黛尔和我都很孤单，不论她有多美丽迷人，要是他会外遇、醉酒、亲吻另一个女人，天知道他们的婚姻是怎样的。他说他通常不会那么做，但是他们全都那么说，不是吗？而且他还能说什么呢？我们还要一起工作呢，我们当时谁也没料到过这一点。没错，那天他很可爱，但是今天他很可怕。也许他对我好只是为了让我在塞克斯医生面前对一切绝口不提？想到这，我觉得我应该站在阿黛尔这一边。我知道和一个骗子生活在一起是怎样的感受。我知道得知真相会给我带来怎样的打击，现在我很讨厌自己居然成了引发那种痛苦的潜在原因。

也许我对她并不了解，但是阿黛尔很甜美，我喜欢她。而且有人发短信约我一起去干点什么的感觉很好。我应该见见她，这是种礼貌。如果我们有进展，之后我会告诉大卫的。会说我本打算告诉他我们见面了，但是他当时太严厉了，我就没说。

这是一个很好的解决方案。我已经感到好多了。

我只有一个顾虑。她为什么不提议去某个地方吃顿午餐喝杯红酒呢？一想到健身房，我就想躲起来。我有好几年没有锻炼了，除了追着亚当跑以外，而且现在亚当 6 岁了，所以哪怕是这种“运动”的机会都不太多了。阿黛尔显然身材健美，我在她身边只会感到丢脸。我甚至都不确定我有合适的运动服。不管怎么说，现在没一件穿得上了。

我正打算编些经不起推敲的借口临阵退缩，但是我犹豫了。我记起我喝醉时顾影自怜的决定，想要在亚当不在的时候多减几磅体重。去过属于自己的生活。在没来得及阻止自己之前，我已经发了短信。

当然行，但是我的身材很不好，别笑话我！

我对自己很满意。该死的大卫。我没有做错任何事情。她的回复立马发了过来。

太好了！给我你的地址，我来接你。中午怎么样？

尊贵的阿黛尔出现在我的小公寓里，这主意几乎比去健身房更让我心头一紧。

我去那里跟你碰头吧？

别傻了！我有车。

我别无选择，只得倦怠地打出我的地址，在心里默默记下今晚要把房间整理干净，用吸尘器打扫一遍。我是个住在伦敦的单身母亲，阿黛尔肯定知道我不住在大厦里，但我仍会觉得尴尬不已。也许不会像我即将在健身房中那么尴尬，不过你想想，这完全是场测试，考验这段新友情能否走下去。对我和大卫之间那件什么都不算的事情，这也能让它彻底终结。只是一天而已。没事的，我告诉自己。能出什么错呢？

与霍金斯一家的会面超时了半个小时，当安东尼最终走出办公室的时候，他平静多了。他仍然很焦躁，但是无疑放松了不少。在大卫跟他一家说话并送走他们的时候，安东尼一直抬头看着他。他脸上闪现出一种不合时宜的钦佩，哪怕他试图在他父母面前隐瞒这点。我很想知道大卫对他说了些什么，让他这么快就打开了心扉。但是后来我略带怒意地提醒自己，我当时在酒吧里是怎样的感受。他会让你觉得你很特别，我有过这样的体验。我能懂。我和安东尼都曾被他欺骗，被他的表象所迷惑。

当他走向办公桌的时候，我假装在写一封邮件。他看起来也更平静了，仿佛解决了一天别人的问题，他自己的问题也被消除了似的。尽管如此，我仍维持着冷漠的表情，希望他别再让我紧张激动。他靠近我的时候，我的掩饰太过笨拙。

“我已经为安东尼预订了本周五，进行另一次会面。”他说，“同样的时间，3 点 45 分。已经登记在系统里了。”

我点点头。“他今天那额外的半小时我需要收费吗？”

“不必，那是我的问题。一旦他开口讲话，我就不想阻止他。”

塞克斯医生会怎么看这事？大卫也许想做些慈善工作，但是这个行业可不是做慈善的。不过他做的是好事，那让我有点儿困惑。他真是个矛盾的男人。

他开始往他的办公室走，然后突然转过身，快速迈步回来。

“路易丝，早上对你这么粗鲁，我真是很抱歉。”他说，“我当时心情很糟，但我不应该发泄在你身上。”

他看上去如此诚恳。我试图继续保持冷漠。

“是的，你不应该这么做。”我说，“但我只是你的秘书，所以这真的没关系。”

这话说得比我预期中的更冷淡。他稍稍畏缩了一下。我专注于工作中，却心跳如鼓。难受的汗水刺痛着我的掌心。“哦，我想来道声歉。”他的声音不再柔和，然后他径直从我身边离开。我几乎要把他叫回来了，我当即就为我的坏脾气后悔了，心想我真是太蠢了，我们应该做朋友的。然后我想起明天要去见阿黛尔，我被那个我不曾告诉他的秘密困住了。我现在应该去告诉他吗？我盯着他那扇关上的门。不，我想。我要坚持自己的计划。如果我觉得跟阿黛尔的友情会有所发展，变成寻常的事情，到时候我会告诉他的。

我需要一杯咖啡。我其实是需要某些更浓烈的东西，但现在我必须喝咖啡。我的生活怎么变得如此复杂？

14.

阿黛尔

“噢上帝，这感觉真好。我可以在这儿待上一辈子。”在我身边，路易丝将头向后靠在木头上，发出一声满足的叹息。我们坐在蒸汽浴室的台阶顶上，沉浸在香喷喷的雾气里，光洁的皮肤上沾着水滴和汗。

“我从来没成功坚持超过10分钟，”我说，“你肯定很喜欢高温。”这种体验很令人愉悦，所有的紧张都消失了，我的身体除了放松别无选择。这两个小时棒极了。我抵达路易丝的公寓时，她那笨拙的表现十分可爱。我能看出她其实并不太想让我进去，她已经把她的包准备好放门口了，但是我坚持要进屋参观一下。她几乎没法拒绝。她的身上有太多特征，粗鲁并非其中一项。这很好，因为我想要进去看看。

“这是我今年最接近度假的时刻。”她微笑着说。

我也闭上眼，在心里回想了一下她家的房间。客厅：一台电视机，米黄色的沙发，盖着旧靠垫的浅褐色沙发罩，左侧扶手上一小块烟头烫过的痕迹，蓝色地毯，很耐磨，不会伤害孩子。主卧室：虽然小，但空间足够放下一张双人床；床后面是特色墙纸；白色的嵌入式衣柜、表面堆满杂乱化妆品的白色五斗柜，缠作一团的廉价珠宝从一个小包里露出来，小包可能是买面霜或者礼品套装送的；门后挂着一件睡袍，曾经松软的白睡袍被洗了太多次，现在粗糙又松垮，袖子上还带有咖啡和茶渍。

经过学习，我很擅长记住细节。当你需要去看一个地方的时候，细节是很重要的。这是一间很拥挤的公寓。亚当的房间我没太仔细研究，面积要小得多，东西也塞得更满、更多彩，当然也很朴素。我住过这样的屋子。

“而且，”路易丝继续道，我留神去听她说话，现在我确定我已经把一切都牢牢记在了脑子里，“坐着一动不动总比健身舒服，我明天肯定腰酸背痛。”

“但是这会让你感觉更好。”我补充道。

“我已经这么觉得了。”她说，“谢谢你帮助我，而且也不嘲笑我。”我一下子很喜欢她。总而言之，她的表现非常好。至少她尝试了。我跑得不像平时那么快，也没有那么久，我不想让她退却。今天的目的是要让路易丝产生健身的想法，而不是我自己锻炼。而且昨天我几乎在床上躺了一整天，关节都快僵硬了。运动起来的感觉很好，哪怕强度没有之前那么大。我们做了一些轻松的有氧运动，然后我给她展示了各种举重器材，她勇敢地都尝试了一遍。与此同时，我给她设计了几套健身操，让她的肌肉保持新奇体验。

“我想找个一起定期健身的伙伴。”我说，仿佛我是才想到这个主意似的。“要不你不上班的时候就跟我一起来？”我停顿了一下，低下头，放低声音，“周末要是我一个人的话，你也可以来。你知道的，不跟大卫一起。”

当时她瞥了我一眼，眼神中掺杂着担忧和好奇，但是她没有问我原因。我知道她不会问。我们还没有亲近到可以问这样的话题。

“那很好，”隔了一会儿，她说，“这将是很漫长的一个月。亚当要和他父亲去法国。我知道这不光对他好，对所有人都好。因为大部分时间他都让我筋疲力尽。能有一个月属于自己的时间，我应该很心动才对，然而我已经觉得有点儿不知所措了。”她的这些话脱口而出。“到明天午餐时间，学期就结束了，然后他的父亲会在5点半接他。那么快一切就都安排妥当了，我还没有反应过来呢。”她突然坐了起来，仿佛想到了什么似的瞪大眼。“噢糟了！我本来想请一天假的，我完全忘记了。我要打电话给他们请求准假。”

“放轻松。”我说。她当然忘记了。她脑子里想的是其他事情。“打电话说你病了。为什么要损失一天工资呢？”

她的脸色沉了下来。“我可不敢。”她瞥了我一眼，“你丈夫昨天心情差极了，我可不想火上浇油。”

我低头看着我的膝盖。“他可能是会那样。”我尴尬地说完，在低下头之前，给了她一个温和的微笑，“但是你打电话请病假并不会让情况改变。不过是一天而已。这对你来说意义重大，但对他们而言算不上什么。”

“没错。”她说，“也许我会去打电话的。”

我们静静地坐了一会儿，然后她问：“你结婚多久了？”

这是个无伤大雅的问题。如果是一般的朋友，她可能早就问过这个问题了。但是显然，我和路易丝之间并不一般。

“10年了。”我说，“我18岁那年结的婚。我对他一见钟情。我知道他就是那个真命天子。”

“那可真年轻。”她说。

“也许吧，我想是的。你知道他救过我的命吗？”

“真的？”尽管高温令人昏昏欲睡，可她现在全神贯注，“是字面意思，还是打比方？”

“字面意思。那一晚，我父母死了。”

“噢上帝啊，我很抱歉。”她看起来很年轻，湿漉漉的金色卷发被从她脸上拨开，水滴在她的肩膀上。我想她要是再瘦几公斤，她那骨架子可真是羡慕死人。

“没关系，已经是很久前的事了。”

“发生了什么？”

“我其实并不记得那晚的任何事情。我当时 17 岁，快满 18 岁了。我睡在我父母在佩思郡庄园的房子里。”

“你的父母有个庄园？就像一个真正的乡村庄园？”

“是啊，房屋的名字叫菲尔代尔。”一个美丽又受伤的公主——我能感觉到自己正变得更吸引路易丝。“我跟你提过，我并不真正需要工作。总之，”我耸耸肩，仿佛有点不安，“我的卧室跟他们的不太近。我们希望拥有自己的空间。他们爱我，但他们并没有正确地把爱表现出来，如果你懂我的意思。当我到了一定的年纪，我们之间的距离就变成了好事。我是说，我可以把音乐想放多大声就放多大声，也可以在晚上偷偷溜去大卫家，不被他们发现。这时候距离很管用。”

“然后呢？”她听得很入迷，但是我知道她想要听的是故事的精髓——大卫。对此我很高兴。反正我也不知道任何有关火灾的细节，它们全都是二手消息。

“大致情况就是，我父母请了一些朋友过来，侦查员认为他们在宾客离开后都喝得很醉。在那晚的某个时间，火势开始蔓延，而且没有被真正控制。等大卫在凌晨 2 点破门而入，来到我卧室把我拖走的时候，有一半的建筑都已经着了火。是我们主要居住的那一半。我的肺被烟熏坏了，大卫胳臂和肩膀上是三级烧伤。他得做植皮手术。我想这也是他选择精神病科而非外科的部分原因。他的神经受损了。尽管被烧伤了，他仍然试图返回去救我的父母，但这是不可能办到的。如果没有他，我也会死。”

“哇哦。”她说，“这真是令人惊叹。我是说，显然这事很可怕，但也带点儿传奇色彩。”她停顿了一下，“他半夜去那儿做什么？”

“他睡不着，想见我。几天后他就要回大学了。我想，只是侥幸而已。不管怎样，我试着不去经常回想这一切。”

她沉浸在了故事里，我想这肯定有点儿刺痛她。这会让她觉得她是退而求其次的选择。也许她一直觉得自己是退而求其次的选择。她有着天然的美丽，哪怕她并不自知。人们总喜欢让明珠蒙尘，而我一心想擦亮它，重现它原有的光彩。

“我打算去池子里凉快一下。”我说。这一切有关过去的谈话让蒸汽变得难以忍受。“之后我们去餐厅吃点色拉怎么样？味道很不错，健康又美味。”

“当然好。”她说，“按这样的速度，你会让我不知不觉地又能穿回之前的 10 号牛仔裤了。”

“有何不可呢？”

“没错，有何不可？”

在我一头冲进美妙的冷空气里时，她热情地冲我咧嘴一笑，我觉得很开心。我喜欢她，我真的喜欢她。

我在水中游得又快又用力，画出狭长的斜线，令人愉悦的凉意打在我的皮肤上。我刚才错过的锻炼得到了一些弥补。我需要随之而来的兴奋感，我爱这种兴奋感。

我们朝咖啡馆走去，脸上神清气爽，头发也擦干了。我抬头瞥了一眼墙上的钟，当时是两点钟。

“已经这个点了吗？你等一等。”我突然焦虑地说着，蹲下身在包里翻找起来。

“你没事吧？”路易丝问，“你是把什么东西忘在更衣室了吗？”

“不，不是的。”我心烦意乱地皱起眉头，“我的手机。我忘了带手机。我还没习惯拥有一部手机，但是现在两点了，要是我没有接……”现在轮到我说话不经大脑了。我抬头勉强露出一个微笑，并没有多大说服力的微笑，“要不我们去我家吃午餐？这儿的色拉是不错，但是我冰箱里有一些很美味的熟食，我们可以坐在花园里吃。”

“呃，我不——”她开口，显然并不热衷于要去我家——大卫的家——但我打断了她。

“之后我会送你回家的。”我再次微笑起来，试图让自己光彩照人、美丽无比，“那会很有意思的。”

“好吧。”过了一会儿，她这样说，哪怕她仍然很为难。“那我们就这么决定吧。但我不能待太久。”

我实在是很喜欢她。她坚强、温暖、有趣。

而且还很容易被人牵着鼻子走。

15.

路易丝

我试图在车里跟她说，告诉她我只能在她家待一个小时左右，因为5点我要在亚当课外活动结束后去接他，所以最晚我需要在4点半的时候回去，但她并没有在听。她喃喃着应和，可是却不停地在看仪表盘上的钟，驾着车在拥挤的伦敦街道上飞速奔驰。她为什么这么着急？她怕错过什么重要电话？她的眉头因为担心而紧紧皱起，只有当我们穿过前门时，她才终于放松下来。这很讽刺，因为这跨过门槛的举动让我觉得有点儿不舒服。我不应该来这儿。完全不应该。

“还有10分钟。”她说着微笑起来，“赶上了。”

这是个很美丽的家。富丽堂皇。木质地板——是昂贵的厚实橡木板，而不是便宜的层压板——铺了一路走廊，楼梯优雅地通向一侧高处。这是一座你可以在里面深呼吸的房子。室内空气凉爽，砖墙老旧而坚实。这座房子已经矗立了一个多世纪，无疑还能再矗立另一个世纪。

我朝一间房间看了一眼，看样子那是书房。窗边有一张桌子，一个文件柜，一把靠背椅。书在架子上排成一排，全都是厚厚的精装本，这里没有休闲读物。后面是美丽的客厅，风格现代，但非常整洁，明亮又宽敞。一切都是崭新的。我的心怦怦跳得太厉害，连脑袋都抽痛起来。我觉得自己像是个入侵者。要是大卫知道我在这里，他会怎么想我？和他妻子喝咖啡是一回事，但是在他家里又是另一回事了。也许他会觉得这两件事情同样疯狂。要是阿黛尔知道我和大卫之间发生的事情，她也会同样想的。她会为邀请我进她家而憎恨自己。她会憎恨我。最糟糕的是即便是在这里，在最让我觉得格格不入的地方，“酒吧男子”依然让我感到很心痛。我不想让他憎恨我。我得把事情都告诉他，我得坦白一切。

上帝啊，我真是个傻瓜。我绝不该让阿黛尔和我之间的事情发展成这样。但是现在我该怎么做呢？我又不能直接走出去。我需要遵守约定留下来吃午餐。而且我喜欢她。她那么甜美，完全没有高傲冷漠的样子。

“就在这里！”

我跟着她进了厨房。厨房差不多有我的整间公寓那么大，也许费用也差不多。花岗岩的台面被擦得亮晶晶的，我看不到任何咖啡渍。阿黛尔举起黑色的诺基亚小手机。在这座豪宅里，它看起来非常反常。为什么她会有一部这么差劲的旧手机？为什么她这么恐慌地要回家？

“你还好吧？”我问，“漏接一个电话有什么大不了的？是有什么重要的事情吗？”

“哦，这听起来很蠢。”她的肩膀微微隆起，集中注意力用滤壶倒满水壶，闪躲着不去看我，“是大卫。要是他打电话来我没接，他会担心的。”

我很困惑。“你怎么知道他要打电话来？”

"因为他每天会在同样的时间打电话。他很担心我，就是这样。"

我盯着她看的时候，他们家带给我的不安和大卫带给我的剧痛都烟消云散。这个美丽优雅的年轻女子惊慌失措地冲回家，只是为了接她丈夫的电话？"他给你打电话的时候你一定要在家里吗？他多久打一次？"

"事情不是你想象中的那样。"她说着恳求地看着我，"一天就两回。而且我有手机了，所以我不必一直待在家里。"她是在恐慌或者害怕吗？这仿佛是一记耳光扇在我脸上。关于大卫，我又真正了解什么呢？我不过是凭着一个醉酒的晚上勾勒出了他整个人的性格。一场幻觉而已。我想起他昨天的坏脾气。那也不属于我幻想出来的他。

"那就好。"我说着交叠起手臂，"因为这听起来可不止是一点点头脑发疯和控制欲。"

她红着脸把一些薄荷茶包放进瓷壶里："他想知道我平安无事，就是这样而已。"

"为什么呢？"我问，"你是个成年人。"电话铃大声响起，我们都吓了一跳。"也许你该忽略它。稍后再给他打回去。"

当时她看着我，瞪着眼睛，满是不安，让我感觉很糟。这不关我事。我微笑起来："我只是在开玩笑，我会保持安静的。"

她冲到外面走廊里，已经把手机按在了耳边。当水壶停止沸腾，我将水倒进茶壶里。我不能听见每一句话，但要是我仔细分辨，还是能听到一些的。现在我真的觉得自己是个入侵者了，但我控制不住。我太好奇了。这太奇怪了。大卫可能是比她年长好几岁，但是这不足以把他变成某个类似父亲的角色。

她的声音向我飘来：

“我没有忘。我现在就吃。我只是刚从健身房回来，就是这样。不，一切都很好。我在煮茶。我爱你。”那声音里包含着什么？她是在害怕吗？很好？还是很尴尬？这太难分辨了。也许这就是他们平常相互说话的方式。我注视着打开的后门，在她回来前快速抽了一根烟。她打电话的时候我没有听到她笑过一声，但是现在她看起来更放松了。

“我把茶壶倒满了。”我说。

“太好了。”她没有再说起任何有关电话的事，我也没有问。“从碗柜里拿些盘子出来吧，冰箱里还有一些鹰嘴豆泥、冻肉和美味可口的填料辣椒。”

当我被他们的意大利斯麦格牌[①]大冰箱里堆放的种种美食所吸引时，她从冰箱里拿了一些空心圆面包，然后偷偷打开了上方的碗柜。

“哇哦，这是药柜吧。”

“哦，我有点焦虑症。”她很快地关上了柜子，“我想可能是天生的紧张。所以我才这么热爱健身，健身能帮助我把焦虑都消耗掉。”

“你每天要吃多少药？”那里堆了许多药包，过多的药物治疗对任何人都没好处，我不禁这么想。

“只有一到两片。都是大卫开的药方。我稍后就会吃，在吃过点东西以后。”

我把她弄得不安了，但我的脸总是像一本打开的书，藏不

① 斯麦格（Smeg）公司成立于 1948 年，是世界上最大的专业厨房电器生产商之一。——译者注

住心事。我觉得她看起来很正常，不正常的是那些电话和药片。药方是她丈夫开的？我甚至都不确定这符合伦理。突然之间，我完全不想待在这儿了。看起来这里没有一处是正常的。我曾幻想他们婚姻美满幸福，但现在，即便见过了这座美丽的住宅，我也毫不忌妒。我甚至都不忌妒阿黛尔的美貌和优雅。真不忌妒。这屋子就像是个金笼子。她一整天能找点什么事做呢？我的人生也许因为无止境的日常琐事而筋疲力尽，但至少我忙得很充实。

“让我们把这些全都拿出去吧，享受一下阳光。”她说。我想，这个话题到此为止了。

食物很美味，健完身我饿坏了。更棒的是，我看到阿黛尔吃东西的模样并非我所想的那样。我以为她是那种吃了三口色拉就说“哦，我吃饱了”的女人，但相反，她大口吃喝，像我一样痛快。没多久我们就消灭了拿出来的大部分食物，阿黛尔进屋去拿更多的面包。

“你们为什么不要孩子？”我的问题脱口而出。我不明白他们为什么不要孩子。他们很富有，她也不工作，而且他们有很长时间待在一起。

阿黛尔在回答我之前抿了口茶。“我想，是因为我们想要孩子的时间对不上。早些时候大卫想过要孩子，但我还没准备好。现在情况则反过来了。”

“是生物钟的关系？”我问。

“也许吧，有一点儿。”她耸耸肩，“他很重视他的工作。”

“他可能是，但你肯定会无聊。”我不知道我为什么要问这些。我不知道我为什么会想去帮她，但我的确是这么想的。她看起来有点儿脆弱无助。

“我做饭，还亲自动手打扫屋子。我讨厌让别人进来干这些事。我想，我喜欢当个传统的妻子。我只是想让他高兴。”

我真不知道该说什么好，我觉得汗水刺痛了我的大腿。当她在家里煮饭、打扫，当她去健身房保持完美身材的时候，他却在外面花天酒地，亲吻一个胖乎乎的单身母亲。

“噢上帝，我都忘了！”她跳起来冲进屋，敏捷得像头小羚羊。我很好奇，现在又怎么了？是她忘记了某个别的被大卫灌输的专制要求吗？这屋子里究竟是怎么一回事？但后来她又回到了屋外，喜气洋洋地抓着一本旧笔记本。“我本来想在健身房给你的，然后出了手机的事，我就给忘了。这能帮助你治疗你的夜惊症。”

该死，她怎么还记得这些？当然，我在跟她喝咖啡的时候提起过这事，但只是顺便一提。

“我曾经也有夜惊症。很可怕。大卫试图用他自己的方式来帮我，他给了我一本慈善商店买来的书，有关梦的力量，但是我最终还是得接受治疗。”

“是在你父母过世的时候吗？”我感同身受，心痛不已。

“不，在那之前。当时我很小。在我父母过世后，我的睡眠产生了别的问题，但那完全是两码事。你得夜惊症多久了？去看过什么医生吗？”

我觉得心被重击了一下。上帝，瞧瞧我和阿黛尔，得了同样的夜惊症，选男人的眼光也同样差。

“我小时候就有这毛病。”我强迫自己用轻松的语气说，“我想大概和你一样。我妈妈带我去看了医生，但显然他们觉得我长大了就能改掉这种坏毛病。可是没有，长大后我只是习惯了。和男朋友待在一起时我跟个杀手似的。我会睁着眼睛在四周游荡，像是恐怖片里的疯子。当他们试图叫醒我时，我会打他们，然后爆发出一阵可怕的哭声。”我微笑着，尽管这种回忆并不有趣。伊恩觉得这太让人厌倦。我仍然在想，也许这是我们分手的部分原因。“我去医生那里复诊过，但他说这不是真正的夜惊症，因为我醒来后还记得。所以我只能跟这种病和睦相处。安眠药有点儿帮助，但是那会让我第二天感觉很糟糕。而且要是我喝过酒的话，就不想吃安眠药了。”

我没有加上“我每天晚上都喝酒”。她不需要知道那个。我并不是每天晚上都会喝醉。不管他们怎么说，喝上一两杯并没有什么真正坏处。这适用于法国人。我不愿去想法国，去想怀孕。

“那个医生错了。”阿黛尔说，“有些人真的能记得他们的夜惊状况。像你和我这样的人。你知道我们有多罕见吗？”

我从来没见过她这么容光焕发的样子。她注视着我，很专心，挺直了背脊。我摇摇头。我从没真正想过这事。它不过是我的一部分而已。

“有夜惊症的成年人不到百分之一。而且其中只有非常少数的人才记得。像你和我这样的人。”她微笑起来，笑容里是纯粹的快乐，“我们两个能找到彼此是多么小的概率，这太了不起了！”

她看起来如此欢天喜地，我心里又泛起另一波愧疚。我应该回家去。回归我自己的生活，不再掺和她的人生。我不想要她的帮助。但是我很好奇。她曾说她得的是焦虑症，而不是睡眠方面的问题。如果她和我一样，那我会觉得睡眠才是她最重要的问题。我看着那本放在我们中间桌上的薄薄的笔记本。

“那么这要怎么用呢？”

“你需要学会控制你的梦境。”

当时我情不自禁地大笑起来。这听上去像是新时代的冥想，什么鬼东西，我生来愤世嫉俗，对此不屑一顾。“控制它们？”

“我就是这么做的。我知道这听起来很傻，但这改变了我的人生。拿着这本笔记本，读一读它。相信我，如果你付出努力，夜惊症就不会再有了，你只会做自己选择的生动美梦，头脑清晰地去做梦。”

我捡起笔记本，瞥了眼第一页。纸上印着整齐的字，还加了下划线。

每隔一小时就掐一下自己，说：我醒着。

看着我的手，扳着手指头。

看着钟（或表），看看别处，再看回来。

保持冷静，保持专注。

想一想门。

“这是你的吗？”我快速翻阅了一遍。有些页面字迹潦草，显然从第一页后就不再整洁，后面有好几张纸被撕掉了，完全没被好好爱惜。

“不是。”她说，“这是我的一位旧友的东西，但有一部分是我的。当他学会怎么做的时候，我也在场。”

16.

当时

“掐一下自己，说：我醒着？每隔一小时这样？你想让我在这地方到处走动做那事？就好像觉得我们是疯子的人还不够多似的。”

“所以他们的看法不重要。”

“你说是就是吧。”

“关手指什么事？”

河边树下的位置成了他们的据点。天公作美时，他们就在那儿消磨时光，在暖洋洋的天气里懒散又开心地待在树枝底下。

“当你做梦的时候，你的手看起来是不一样的。我小时候大卫给过我一本书，这些全是我从那本书里学到的。我的父母没收了它，他们说这是垃圾，我想大卫也有点儿认同他们，但它并不是垃圾。我要教你的一切都是它教给我的。”她现在很知足，虽然这样的时刻稍纵即逝，她目前内心仍充满她尚无法应对的悲伤和愧疚，但无疑这样的时刻更多了。和罗伯成为朋友拯救了她自己。他带给了她新生。

“他们没说错。”罗伯说，“你是个疯子。”

她用力打了他一下，大笑起来：“是真的。你会看到的。时间也一样。在梦里时间从来不是固定不变的，钟会走得更快。”

“我醒着。”他对她微笑，“看到没？我正在做。”他扭动着手指，盯着它们看。

“你没必要都同时做。”

“如果我要看起来像个精神病，”罗伯说，“那我打算看起来像个真正的精神病。”

阿黛尔看着她自己的手，指甲上面是干了的蓝色颜料。大卫的手表在阳光下闪闪发光。罗伯是对的，她以水为主题的新艺术画作（如果可以这么说的话）让护士们很高兴，但是这并不能帮助她让她的家人安息。相反，她发现自己在想象她父母家后面树林里那口废弃不用的老井。她看到自己站在井边，把她的过去往井里面倒。也许有朝一日，她会发现井在隐喻意义上被灌满了，然后她就能盖上它往前走了。也许那时候她就能入睡了，像从前一样。她很想念过去的那段时光。那是她的一部分，而愧疚还不足以把它彻底隔绝。

“你就照做吧，罗伯。”她说，“到时候你会感谢我的。”

“好吧，好吧。但我这么做只是为了你。”他朝她眨眨眼，他们彼此微微一笑。温暖并不仅仅来自阳光，也来自她此刻的内心。

17.

路易丝

亚当冲出公寓，我心里觉得难过。只有兴奋的孩子才能造成这种不经意的伤害。想到他要离开一个月，一波难过的情绪涌来，彻底洗刷了我装病请假的愧疚。门在他身后关上的那一刻，我们的小公寓变得那么大，那么空虚，仿佛所有人都搬出去了，唯独留下我一个。我不知道自己一个人要做什么。我在公寓里踱着步子转悠，直到我无法再抵制酒瓶的诱惑。当我去拿开瓶器的时候，我看到了被我扔在抽屉里的本子，阿黛尔给我的笔记本。我盯着它看了很久，才把它取出来。

在这个本子的内封上，角落里高高地挂着一个名字，印得小心翼翼：罗伯特·多米尼克·霍伊尔。这些字比对页上列出的指示更吸引我。“每隔一小时就掐一下自己，说：我醒着。”我暂时忽略了上面列出的要做的事情，只盯着那个陌生人的名字。我一直很喜欢带手写名字的书本，比如那些你在慈善商店里买的书：它们曾经被作为礼物赠送他人，内页潦草地写着问候，寥寥数语背后隐藏着整个故事。这一本也不例外。这个男孩是谁？他现在还是阿黛尔和大卫的朋友吗？在阿黛尔最初试图帮助他的时候，他是不是也跟我一样觉得这整件事很愚蠢？

我翻了页，期待看到更多的指示，但后面却只有潦草的文字。紧密而尖锐的圆珠笔字迹，没有完全都写在横线上。我想，这是在记录他的尝试。我打开酒瓶，倒了一大杯酒，舒适地坐下来。我很好奇这个“时间胶囊”里写着怎样的内容，好奇阿黛尔过去的片段，我开始阅读：

要是我像个傻子一样不停地掐自己，那么我的胳膊就会有瘀青，护士们会觉得我又乱吃药了（我真希望是这样），但这能在这个鬼地方帮我标记时间。我数了两天手指，看了两天钟，都快把自己掐死了，什么也没发生。阿黛尔说我得耐心点儿。她说的时候面带微笑。我不擅长耐下性子。但我擅长逗她笑。真是多亏了阿黛尔。要是没有她，这个充满了不切实际的伪善的狗屁地方足以让我无聊到投湖自尽。我都已经康复了，真不知道他们为什么还把我送来这儿再次惩罚我。艾尔莎真该死。是免费的那就去吧。肯定是她说服医生送走我，这样我就不会把公寓弄得一团糟，她可以随时随地勾搭任何人。

阿黛尔是与众不同的。我会尝试这个鬼方法，只是因为她。那些梦境并没有真正困扰我，有时候我还挺喜欢它们的，以一种扭曲的方式。它们让我觉得我比在真实生活中更有存在感。有时候，那感觉就好像在水里走。所有人都是沉闷无趣的。所有人都是可以预测的。所有人都一心只为自己。包括我。所以人们还在期待什么呢？他们看到我生活在什么鬼地方吗？人们免不了卑鄙下流，就该被当作废人对待。但阿黛尔不是这样的人。阿黛尔由内而外都非常美丽。当然，现在我写的东西她永远看不到。我不想让她嘲笑我。我也许幽默又聪明，但我知道我还瘦得皮包骨，满脸粉刺，还带着愚蠢的牙套。她不会懂的。她会认为我想得到她（我真不是）。我只是不喜欢大部分人。大部分人甚至对我来说是不存在的，在任何真实的形式上都不存在。但是我喜欢阿黛尔。我喜欢和她在一起。我和她在一起的时候很开心，我的皮肤也不再那么发痒得渴望被注射麻醉品，得到快感。我们是朋友。我想我们可能是最好的朋友。我记不得上一次我有一个最好的朋友是什么时候了。阿黛尔·拉瑟福德-坎贝尔是我第一个最好的朋友。这真的——很古怪——是一种特别好的感觉。

门铃响的时候，我起身太急，几乎撞倒了脚边的酒瓶。我冲出客厅，笔记本随即被抛诸脑后。是亚当，肯定是他。他改变了主意，到底还是不愿意离开我一个月，哭闹着踢打着，要求伊恩送他回家，回我这儿。他要母亲，要妈咪，要他世界的中心。虽然他5点半离开时曾大声嚷嚷，一只胳膊紧紧夹着帕丁顿熊，样子过度兴奋，但是我醉醺醺的头脑深信不疑地认为，就是亚当回家了。所以当我打开门，我能做的只有困惑地干瞪眼。

“哦，”我说，“是你。”

“嗨。”

不是亚当。是大卫。大卫出现在我家前门，倚着门框仿佛靠它支撑似的。我的眼睛望着他，内心却在挣扎，不敢相信这是事实：大卫在这里。

“你打电话说病了，我想我该来看看你。”他看起来很尴尬，但不知怎的，这让他变得更好看了。我突然非常在意手中的这杯酒。见鬼，他究竟在这儿做什么？他为什么会来这里？我为什么没有化妆？我为什么头发这么乱？我为什么像个傻子一样要在意这些？

“就是头疼而已，我现在觉得好一些了。”

“我能进来吗？”

我心跳加速，面上一红。我看起来糟透了。但那不应该是要关心的事情。那不重要。我还觉得自己撒的谎被发现了，一切谎言之下是一个愚蠢的秘密，我被这个秘密所束缚。**我和你的妻子做了朋友！**

“当然。”我让到一边。只有到了那一刻我才意识到，他并不完全神志清醒。他没有酩酊大醉，但眼里却一片迷蒙，脑子也不听使唤。他徘徊着进了厨房，我把他带到客厅，又拿了另一个杯子，从冰箱里取出一瓶新酒，然后去客厅找他。阿黛尔昨天给我的笔记本在沙发边的茶几上，我坐下的时候悄悄将它塞到地板上他看不见的地方。我觉得有点儿难受，他究竟要在这儿做什么？我要被解雇了吗？他现在是什么心情？

他正坐在沙发边缘，在我这一团糟的生活中显得格格不入。我记起他的家宽敞又整洁，我有点儿束手无措。电视机上永远有没擦掉的积灰，亚当永远像旋风般跑动，角落里遗落的玩具和凌乱的游戏道具就是证明。我把杯子和一瓶新酒递给他，又把那瓶几乎已经被喝光的酒瓶里的剩余残渣倒进我的杯子。明天上班时我会带有宿醉，但我怀疑我不是唯一宿醉的那个。明天是星期五了，至少，我不必担心叫亚当起床上学的事情。这让我觉得空虚，我又喝了更多的酒。

“你怎么知道我住在哪儿？”像这样挨着他坐是种怪异的感受。我的整个身体如遭电击，即便我的心想试图保持冷静，身体却出卖了我。

“我担心你不来上班是因为我的过错。”他没有看我，“你知道的，因为我对你的差劲态度。他们说你从来不请病假。”

最后那句倒是没说错。这是份好工作，还离我家很近。我情愿拖着感冒的身子去上班，也不愿承担丢工作的风险。而且它给了我从学校里的妈妈和孩子们之间脱身歇口气的美妙时间，让我一周有三天可以与成年人为伴。请病假让我有愧疚感。我应该诚实一点，但是阿黛尔让这件事变得那么合理，平心而论，这个国家里谁都会偶尔这么做的。

“我从你的档案里找到了你的地址和电话号码，但我想要是我打电话来，你会挂断的。”他侧眼看我，眼里是戒备、悲伤和醉意。他是那种你想要去治愈的人，也是那种你想让他来治愈你的人。不管怎么说，他是什么人？他为什么连我缺席一天都要在意？而且我为什么要挂断我上司的电话？我想到药柜、电话，还有阿黛尔甜美的笑容。他也想试图控制我吗？又或者，是因为伊恩和别人在一起的幸福生活令我生气，所以我看每个男人都觉得举止可疑？呃，我真讨厌自己想太多。

“也许你应该回家去。”我说。

他皱着眉头环顾四周，仿佛突然注意到了之前忽略的事情：“你儿子还在睡觉吗？”

“没有。他跟着他父亲走了，要离开一个月。他们今天走的。”我又咽下一大口酒，即便我的脑袋已经觉得略微晕眩，即便大卫的到来让我一阵激动。

“啊。”他说。他也许有点儿醉，但是还努力保持清醒。

“有家的感觉一定很好。”

“我有过一个家。”我说，我的话听起来比我想表达的更尖刻。莉萨怀孕了。“现在我是个在伦敦的单身母亲。一个人在三十几岁的时候，总是太容易在伦敦结交新朋友。或者，太不容易。”我举起酒杯。“过着摇滚式的潇洒生活。不过，”我补充，“你们可以有个孩子。你们两个都足够年轻。”我说的这话几乎是攻击性的——是坚定地在提醒他，他已经结婚了。提醒他，也提醒我自己，提醒我那近距离接触他就手足无措的身体。

他很快喝光了酒，又给自己倒了更多。哪怕在我这远远不够清醒的头脑里，他倒酒的动作都有点儿太过老练。这是他们问题的一部分吗？他酗酒？他醉酒的频率怎样？

“我在想，这是不是命中注定。”他说，“我们在酒吧的相遇。”

我几乎要大声笑出来，但我发出的只是疲惫的咯咯声：“我想，这只是运气太差。”

当时他看着我，是真正地看着我，直视着我的眼睛。他似乎没有注意到我的头发乱成一团，没有化妆，样子基本上糟糕透了。

“你是这么认为的吗？”

我稍稍兴奋起来，情难自已。他的确对我做了什么。我的大脑仿佛被关进了盒子里，全凭身体做主。“哎，总的来说，这事的结果对我并不好。我终于遇到了一个我真正喜欢的人，但他结婚了。”这话很轻浮，借着一半醉意捅破半层窗户纸。我本可以说这是一个错误，绝不会再犯的错误。我应该那么说。但我没有。

“我已经有很久没跟人这么轻松地在一起了。”他说，“我们真的笑得很开心，不是吗？人们应该能让彼此笑才好。不管发生什么，都应该维持那样的关系。”

这让我想起苏菲说的，要和你的丈夫做最好的朋友。我觉得怅然若失。他想从我这儿得到什么？

“这间公寓真温馨，很有生活气息。”他看出了我的尴尬，“你知道我的意思，这里生活着一个家庭。”

“我想，你要用的形容词是凌乱吧。”

“我一直都在想你。”

虽然他是用无比遗憾的语气在说，但是我的心仍然怦怦直跳。他在想我。我当即就想知道，他多久想我一次，在什么时候想我，是怎么想我的。我的良心一直在低语：你认识他的妻子，你喜欢他的妻子，而且他脾气古怪、情绪不稳，婚姻也透着诡异。然而我还是心头一紧，涌来一股暖意和渴望。

“我没什么好想的。”我说，我每个神经都刺痛着，在他身边感到尴尬，“你的妻子非常美。”

“没错，”他说，“她是很美。”他喝了更多的酒，我也一样。事情会朝着哪个方向发展？会朝着我想要的方向发展吗？我应该让他离开，我知道我应该那样做，但恰恰相反，我坐在那里，猛地喝着酒，浑身上下的神经都在颤抖。“但是你……”他看着我，我想融化在他的目光里，“但是你很可爱。”

“你们在一起有多久了？”我需要让这情形平复下来。我需要让自己平复下来。我应该告诉他我认识她。我应该这么做，但我没有。不管要发生什么，这样一来就什么都结束了，我现在还不能这么做。但这并不是说会发生什么事。

“很久了。”他盯着自己的脚说，“真是久得就像永恒。”

我想起她是怎么描述他们的故事的，他是怎么从火场里救了她的命。为什么我现在看不出他对她有那样的爱情呢？而且，他为什么要对我展现出这一面？“她也是个医生吗？”我问。这是谎言，是真相，是考验。

“不，不，她不是。我不确定她是做什么的，她不工作。”他仍然没有看我，但在开始另一番痛饮前，他晃着酒杯，让酒在杯中打转。“而且她很久没让我笑过了。”他看着我，他的脸近在咫尺，我觉得自己的心都快从胸腔里跳出来了。

“那为什么还要继续在一起？”这些话对阿黛尔是极大的背叛，但是我想推他一把。我想看看他是否会崩溃或者充满懊悔，起身离开。不论我的决心是什么，它都在土崩瓦解。要是他在这儿留得太久，我会再次犯傻的。“如果你不幸福，那也许你们应该分开。”我说，“一旦你做了，就会发现这事并没有那么困难。”

他发出一声短促的大笑，仿佛这是他在听了一整天疯言疯语后，听到的最疯狂的事情。然后他沉默了一会儿，盯着自己的酒杯。在他迷人聪慧的外表下，隐藏的是个怎样的男人？为什么会是这副醉醺醺的阴郁模样？

“我不想谈论我的婚姻。”终于，他说，“我不想去思考我的婚姻。”然后他摸摸我的头发，一缕松散的发丝缠绕在他的手指上。我觉得仿佛有人把我架在火上。红酒，亚当的离去，孤独，还有他在我家给我带来的可怕成就感，这些统统都是我欲望的导火索。我想要他，我控制不住。而且他也想要我。他俯下身，嘴唇在我的嘴唇上游走，细致的挑逗引发蝶翼般的轻颤，我再也无法呼吸。

“我要去……”我尴尬地朝走廊点点头，然后起身去卫生间。

我泼了点水在脸上。我不能这么做，我不能。即便我这么想着，我仍然很快地洗了个澡。谢天谢地，我在跟阿黛尔去健身房之前刮了腿毛，并用热蜡去除了比基尼线处的毛发。我喝醉了，不能正确思考。第二天早上我会讨厌自己。我想着这一切，但一阵白噪音和醉酒后的欲望淹没了它们。亚当要离开一个月。莉萨怀孕了。我为什么不能贪欢一次？镜子中，我满脸通红。

只有今晚。我告诉自己。之后这事绝不会再发生。现在他甚至可能已经回家了，他意识到来这儿是错误的，便离开这儿回到自己完美的家中，回去找他完美的妻子。*那样会很好*，我心想，哪怕我的身体在大叫着你撒谎。*我不能这么做。我不该这么做。*

我打开门的时候，他正站在外面等我。我还没能开口说任何话，他就一把拉近我，用嘴堵住我，一股电流从脚趾涌向头皮。我想我喃喃过我们应该停下，但是我同时也扯着他的衣服。我们跌跌撞撞、醉醺醺地朝着卧室走去。我需要放纵一次。之后我会忘掉它。非这样不可。

当我们平复了呼吸，一时间不知道该如何相处。他离开去冲澡，我穿上破旧的睡衣，去清理客厅里的酒杯和酒瓶。我不知道自己的感受是怎样的。我不知道自己应该有怎样的感受。

我的头很痛，性和酒结合在一起，让我比往常醉得更厉害。*他正在洗掉我的痕迹。*

我试图不去想阿黛尔在等他，炉子里还准备着家常菜。我的肌肤仍因他的触摸而激动，即便我的心里一片空虚。太久没有这样，我的身体仿佛刚刚才被唤醒。这场性爱并不算好——我们都醉得太厉害了——但是它亲密而温暖，我们做爱的时候他看着我，是真正地看着我。那一刻，他是酒吧男子，不是我的上司兼阿黛尔的丈夫。我没有把目光或手停留在他的伤疤上——他从火中救出他妻子时留下的伤疤。

当他走进厨房时，已经穿戴整齐，他不太敢看我的眼睛。我觉得自己很廉价，我活该。他冲了澡，但没弄湿头发。避孕套被扔进马桶冲走。一切出轨的证据都被洗净。

“我该走了。”他说。我点点头，试图露出微笑，但我做出的表情更像是怪脸。

“明天工作时见。”我以为他会打开门冲出去。有一瞬间，看起来他是会这么做。但他转过身亲吻了我。

“很抱歉，”他说，“我知道这事糟透了。”

我想起阿黛尔甜美的微笑，我想告诉他，背叛了她我跟他一样觉得愧疚，但是我不能。

“忘了它吧。事情都已经做了，我们反悔不了。”

“我不是想反悔，但是事情……”他犹豫了，“很难办。我没法解释。”

事情并没有那么难办，我想说。人们一直都在撒谎。撒谎的理由总是自私又卑鄙的，复杂的其实是我们为此所找的借口。但我保持了沉默。我的脑袋在抽痛，我的情绪一团乱。

“你该走了。”我说着将他推到门边。我不想让他再说出其他任何话，把我原本就很差的情绪变得更糟。“别担心，我不会把这事带到工作中去的。”

他看起来松了口气。“很好。有时候她……我不知道怎么……”他的话没有任何意义，但我任由他说了下去，“我不喜欢……这事应该远离办公室。”

他公私分明。阿黛尔曾这样说。要是她知道这程度有多深就好了。

“走吧。”我重复道。这一次他走了。

哎，门关上，突然间只剩我一个人，无比孤单的一个人。我心想，就这样了吧。一波新的低落情绪涌来。哪怕是苏菲，也不会做这种事。即便他对待阿黛尔的方式让我有种种顾虑，我仍然在一有机会的时候就跟他上了床。

我倒了一杯水，拿了一些布洛芬，拖着沉重的脚步走回我的床。我不愿去想它。我不愿去想他们。我不愿去想我自己。我只想一觉睡过去。

我醒来的时候在厨房，水龙头开着，我的手臂在脸周围乱挥，想把噩梦撵跑。我气喘吁吁，头脑发热。天色已经微亮，我眨眨眼，急促地喘着气，一时间还以为清晨的阳光是我周围的火焰。然后我慢慢回到现实中来，但梦境仍然很清晰。一如既往的梦境。亚当不见了。活生生的黑暗要困住我。但这一次，场景略微有些不同。每当我接近传出亚当声音的地方，在废弃的建筑里打开一扇门时，会发现阿黛尔或者大卫在一间着火的房间里，他们两个都朝我大喊着一些我听不清的话。

现在是早上6点。我的感觉糟透了，胃里搅着宿醉、愧疚和梦的余烬，我筋疲力尽。这个点再回去睡觉太迟了，有一秒钟我想打电话再请一天病假，但我不想做那样的人。苏已经注意到我现在每天去得不像往常那样早了，再请一天病假会让她担心的。而且，我想让事情回到正轨，假装昨晚的事从未发生过。我这个人真是差劲极了，但即便我这么想，回忆起那场性爱我仍然有点激动。虽然我没有高潮——第一次时我从不会高潮——但是他唤醒了我的身体，我需要一点时间才能回到我那缺乏性爱的生活之中。

我煮了咖啡，走进客厅，看到那本躺在地板上的笔记本。它让我再一次感到愧疚。阿黛尔在试图帮助我，可我却和她的丈夫上床了。我是怎么让这事发生的？

我需要把和大卫之间发生的事情用箱子装起来，和阿黛尔的事情隔绝开。因为不这样的话我也许会二些蠢事，比如干脆把事情告诉她，好让我自己感觉好些。事实上，我不会觉得好受，而她的感受则更糟。我想着苏菲和她的风流事，从没有人把这些事告诉她情人的妻子，在追根究底的时候，也许你会发现，每个人的人生都是乱作一团的秘密和谎言。我们永远都看不到一个人隐藏在外表背后的真正样貌。从某种程度上我和阿黛尔是同一立场的，这么想着，我掐了一下自己。

"我醒着。"我说，听到我自己在空荡荡的公寓里大声说出这样的话，我觉得很愚蠢。整件事都很愚蠢，但是我坚持着去做了。我看着我的手，掰着手指头。我压根起不来，没法去厨房看表。我想那部分我可以上班的时候做。不过，这么做不算是真正的忏悔。不是为了我所干过的事。当个好学生几乎不能弥补这种背叛。上帝啊，我头很痛。大卫和阿黛尔——我真不知道他们各自对我意味着什么。一个目前的情人？一个新交的朋友？或者都不是？他们令我着迷——不管是作为个人还是作为夫妻，但也许真的就仅仅是着迷而已。不然会出乱子的。我不能两个人都要。我不能。我得选一个。

我的手机还在卧室里，电话铃开始响起。我心跳加速。

“早上好，妈妈[①]。”亚当说着咯咯笑起来，“你好妈咪！我现在在法国，我还没有吃蜗牛，但是爹地说我应该在你去上班之前给你打个电话……”

那一刻，听着他一大早激动地一口气讲了一大串话，我疲惫的眼睛恢复了一点儿神采。我真想给伊恩一个吻。他非常了解我付出了怎样的代价，让我的宝贝离开我跟他们在一起，尤其是现在，尤其是现在莉萨还怀孕了。他知道接到亚当主动打来的电话（而不是我迫不得已打电话过去）对我有多重要。他知道我不想做出索取的姿态，哪怕亚当是我的宝贝，而且永远都会是我的宝贝。他知道我很骄傲，知道我在痛苦的时候会拿自己出气。他了解我。我也许会憎恨他曾那样对我，我也许会憎恨他现在的快乐，然而他是了解我的。在昨晚和大卫发生了那样的事以后，我得到了一种奇怪的安慰。

我和我的小男孩说笑了两分钟，然后他跑开了。伊恩告诉我一切都很好，天气晴朗，飞机没有延误。这不过是寻常的礼貌对话，却让我感觉好多了。这才是我真正的人生，即便现在

---

① 此处说的是法语。——译者注

我正站在它的边缘，充满不安。这是我不得不与之和平共处的人生。

一旦那可怕的混乱场面一触即发，至少我还拥有亚当，还有伊恩——我们以自己的方式相处。我们的孩子把我们联结在一起。

挂电话的时候，我感觉好多了。淋浴冲走我的宿醉。我在水雾下低头看着手，掰着手指头。我掐了一下自己说“我醒着”。我试图不去想和大卫之间的性爱，即便我正在冲洗它的痕迹。我今天会穿上裤装，化最淡的妆。昨晚发生的一切不能再重演。真的不能。我需要去做正确的事情。那件事不是选择大卫。

18.

阿黛尔

我用信用卡买了它，把它混在一堆超市买的东西里。通常我会留着所有购物收据，万一他问起的时候可以拿出来，但他已经近两年没过问这事了。哪怕他现在又开始想到要问，我也可以假装弄丢了一张。不是所有我需要的东西我都会这样买，但现在，这张信用卡有它自己的用处。我必须削减一些家用零钱，因为我已经花得够多的了。我用这些钱替路易丝在健身房办了一张月卡，用大卫的口头禅来说，我得相应地调整我的花费。

这意味着我必须要在食物质量上做出一些牺牲。星期天的正餐用超市买的玉米喂养的鸡代替有机肉鸡。反正大卫不会注意这区别，即便他层层伪装，内心依然隐藏着一个乡村男孩。他可以分辨出新鲜土鸡蛋和超市的养鸡蛋，但仅此而已。我才是那个享受奢靡食物的人，而他也准许我这样。

我看着电子香烟、备用电池和额外的盒子。她现在也许没心思尝试彻底戒烟，但她会尝试这个的。我知道她会。她是个会让别人高兴的人。又一波巨大的悲伤向我涌来。一个会哄人开心的小胖子。我忍住了把那昂贵的设备朝墙壁上扔的冲动。

想到她，我坐在厨房里又哭了一场。阳光穿过后门涌进来，鼻涕从我鼻子里涌出来。我害怕去想自己现在的样子。一定惨不忍睹。我今天甚至都没照过镜子。美丽的脸辜负了我的期望，我不想去看它。我的咖啡放在桌上，没有动过，已经凉了。我把手机紧紧攥在手中，泪眼模糊地低头盯着屏幕。我做了个深呼吸，控制住自己，迅速敲打出脑中准备好的文字。

希望你过得还好，即便亚当不在 :-(我有个礼物给你，能让你高兴起来！我们周一在健身房见怎么样？然后再一起吃个午餐吧？让我们把比基尼身材准备好，哪怕没有假日！

爱你的阿黛尔

我没有提起自己昨晚和大卫吵架了，没有提起昨晚他冲出家门，没有提起当他终于悄悄回到客房时，我假装睡着了。我没有告诉她，在半夜里他走进了我的房间，俯视着我，沉默地盯着我。尽管我躺在那儿紧紧合拢双眼，但仍能感受到从他那紧绷的身体中朝我散发出的全部憎恨和怒气。在他离去前，我几乎无法呼吸。我没有告诉她，我早上甚至都没起来送他去上班，而是埋头在枕头里哭泣，试图克制呕吐。现在我仍然在试图克制呕吐。

这些事情我都没告诉她，因为哪怕我很生气，也不想让她觉得更难过，她已经很不好受了。我不想失去我的新朋友，即便她背叛了我，即便我充满了对她的愤怒和忌妒。我需要克制住。这样做对我没有任何好处，也不会让大卫爱上我。

这只是来得太突然了，我没料到他们的关系发展得如此迅速。那一晚的争吵是我挑起的，那并不难。我们在平静的表面下有太多一触即发的事情，比如森林绿的卧室墙壁、猫、搬家前发生的事情，还有，还有那个老是会引发争吵的问题，把我们紧密捆绑在一起的从前的秘密。但是我没料到他会从酒吧出来去路易丝家门口。还不是时候。不该是昨晚。

眼泪泛滥而出，我体内仿佛有一口深不见底的井。我试图深呼吸，控制住泪水。我知道这会很艰难，但我需要压制住这股情绪。至少路易丝试图说了不。她很善良。她是个好人。她提到了我，试图让他回家。而且她自己也醉醺醺的。当你喝醉的时候，是很容易失控的。我们全都有错。我憎恨她和他上了床，我憎恨这事对我的伤害，但是我甚至不能因此而责怪她。她是先遇见了他，再遇见的我，她的欲望已经被点燃。至少她没有试图在工作中同他进一步发展，哪怕第一晚在酒吧的经历肯定在她悲哀渺小的人生中留下了特殊的体验。我喜欢她这一点。她当然是迷恋他的。我怎么能因为她觉得他迷人而生她气呢？我自己都如此深爱着他。

事情发展的比我想象中更快。他比我想得要更喜欢她。这让我喘不过气来。

我需要变得坚强。我已经软弱了好多年了。路易丝能让大卫快乐，这点是最重要的，尽管我很想跑去诊所，拽着她的头发把她拖上大街，冲她尖叫骂她意志薄弱——如此轻易地就用双腿缠上了我那个不忠的丈夫。我提醒自己，我需要她让他开心，我需要振作起来，制订计划。

我抿了一口冰咖啡，强迫自己走到阳光下。清新的空气让我灼烧的脸庞感觉好多了。我希望我没弄错这一切。我希望路易丝别辜负我的信任。我希望她完全是我以为的那个样子。不然，所有事情可能都会变得非常复杂。我不会让自己纠结于此，我必须变得积极。

首先我需要去睡觉。真正睡一觉。我累了，在精神和身体上都累了，但是每次当我闭上眼，就满脑子都是他们。他悲哀地坐在她简陋的沙发上。他们酒后乱性。他冲走避孕套后，在淋浴时落下自怨自艾的眼泪。他用外套口袋里放着的旅行装沐浴露搓洗着自己的肌肤。和他在家里用的是同一款，以防我在走廊里闻到她留下的气味。她的愧疚和渴望。我再一次觉得恶心起来。

第二部分

PART.2

19.

路易丝

“你为什么会成为精神病医生？”我问。我没法相信我居然躺在他的臂弯里。这是他第一次留宿并对我说话，而不是带着愧疚冲个澡然后离去。今晚我们有了真正的交谈，谈我的离婚、我的夜惊症，谈这么多年来苏菲试图为我安排的荒唐约会。我们谈笑风生，能够听到他的笑声真好。

“你真的想知道吗？”他说。

“想啊。”我靠在他温暖的胸膛上点着头。我当然想知道。我想知道有关他的一切。尽管我发过誓绝不再让这事发生，但这是十天里他第三次出现在我公寓了。有一次是在周末——即便我每次都叫他回家，但我们还是照做不误。我仍然让他进了门，上了床，我似乎没有办法阻止自己。好像每次我见到他的时候，决心就动摇了。更糟糕的是，我其实很想见到他。我们喝酒、做爱，他那么渴望地看着我，看得我心都碎了。这很愚蠢，这很疯狂。但这让我心跳加速，悸动不已，让我一时间迷失了自己。我试图假装当他是酒吧男子，这样我的感觉就不会那么糟糕，但我知道我是在自欺欺人。冥冥之中，我被吸引到他们两个身边。

我应该把认识阿黛尔的事情告诉大卫，但是我们已经认识很久了，如果我现在告诉他，他会觉得我疯了。我也不能和阿黛尔绝交。她是那么脆弱无助。而且她向我展示了大卫的另一面，那几乎和她本人一样吸引着我。每一天我都在抉择要离开他们中的哪一个，每一天我都拒绝做出抉择。

不知怎地，我已经有点爱上阿黛尔了。她是那么美丽、悲惨又迷人，对我还那么好。而大卫是黑暗的谜团。他在床上温柔又热情，却从不谈论他的婚姻。据我所知，他的婚姻在某种程度上是“有毒”的。我知道我应该放弃他们中的一个，但是我下不了决心。我觉得我和他们已经紧密交织在了一起。我越是迷恋大卫，就越是被阿黛尔吸引。这是一个恶性循环。

我开始试图公私分明，像他的做法一样。我已经把他们区分开来。阿黛尔是我的朋友，大卫是我的情人（不是她那控制欲很强的丈夫）。这并不是最好的方案，但是现在它差不多能起到作用。我白天和阿黛尔在一起，晚上和大卫在一起。也许我甚至要比她更了解他。我不喜欢那种感觉，几乎是凯旋的滋味。

“我少年时期在农场里遇见了一个小女孩，她老是跟着我转。她很孤单。她的父母很富有，他们有一套大庄园。他们宠着她却也忽略着她，如果你懂我的意思。她父母是大忙人。有时候真是忙得没有任何时间陪她。总之，她会在我劳作的时候喋喋不休，跟我说着她的夜惊症，说这老是吵醒他们一家。”大卫说，“在我意识到她真的很担心时，我在慈善店找了本有关睡眠和做梦的书给她。”我身子略僵，想起了阿黛尔提起的那本书，显然她就是他说的那个小女孩。一瞬间，我既愧疚又好奇。为什么他不说他的妻子曾经会做噩梦呢？我又不是不知道他结婚了。为什么他从来不提起她？

“那书有用吗？”

“我想没有。如果我没记错的话，书里尽是些很新潮的内容，都是些疯狂的念头。而且这本书也太旧了，她很难读懂。我想最后她父母从她那儿拿走了书，送她去接受了一些治疗。她当时只有八九岁。我的父亲是个农民。呃，他做酒鬼做得比农民更称职。每当他操作机器时出了意外，总是我去替他处理伤口。我知道，我想成为治某种病的医生，哪怕这在当时似乎是白日做梦。但是把那本有关梦境的书送给那个小女孩后，我第一次想要帮助人们解决头脑里的问题。那是手术刀无法触及的部分。”他把我抱得更紧，即便并没有真的跟我讲太多有关他自己的事情，我也能感觉到这是他在努力试图分享。

“而且这是个很有趣的工作。”他继续道，“走进人们的头脑里，看看是什么在影响他们。”他向下看着我，“为什么你在皱眉头？”

“我没有。”我说。

“你有。不然就是你的前额突然之间衰老得生了皱纹。”他滑稽地皱起了自己的眉头，让原本不该沉重却不知怎的凝滞起来的氛围变得轻快了些。

“我不知道。”我说，“我只是在想，人们的头脑，总体上是不该被打扰的。我不喜欢任何人在我头脑里乱来。”我的确是这么想的，但我皱眉还有一个原因是因为阿黛尔。他是站在怎样的角度来讲她的故事？一个他曾经认识的小女孩。他没有撒谎，但也算不上说了真相。

他对我微笑，我抬头看去，情不自禁地享受着他那宽阔有力的胸膛。一个农民的儿子。也许他避免提及她是怕伤我感情，但我又不是不明状况的天真少女。“你确定你选对了上班地点？”他问，“我们的工作正是修缮头脑。”

“所以我留在办公桌后面，不会去沙发上。”

“我敢打赌我能说服你躺上我的沙发。”

“别太骄傲，那不适合你。”我戳戳他的肋骨。我们都大笑起来。

“但是说真的，”过了一会儿他说，“要是你想让我帮忙看你的夜惊症，我保证不会丢给你一本迷信骗人的书，让你自生自灭。我现在受过了更好的训练。”

“那我就放心了。”我试图让声音听起来轻松愉快，但我想到了阿黛尔给我的那本笔记本。要是大卫知道，他会怎么想。我几乎希望他此刻已经起身离去。

“也许你应该找到那个小女孩。”我喃喃道，“看看她是否还需要你的帮助。”

那之后，他什么也没说。

20.

当时

暴雨猛烈捶击着窗户，让阿黛尔昏昏欲睡。罗伯上完心理辅导课后，他们一起躺在她的床上。她应该待在画室里的，但她厌倦了画画。她去做了瑜伽以安抚护士——显然这会有助于让她放松，也的确如此，大致是因为它的枯燥乏味——但其实她很想和罗伯一起去外面呼吸新鲜空气。也许去外面的荒野上，湖边待腻了就换个地方。虽然没有“队长”的带领不该离开场地，但是他们也许可以偷偷溜走，没人会注意到的。据罗伯所说，嬉皮士就是这样的。他们太相信别人了，甚至白天都不锁大门。

“我醒着。”罗伯在她身边掐了一下自己说，“但也只是醒着而已。这一切都太沉闷了。”

她咯咯笑着叹了口气。她希望暴风雨能彻底清洗一下这里的空气，但正相反，猛烈的力量消融于这不间断的倾盆灰雨里。他是对的，沉闷就是那个恰当的形容词。

“这要什么时候才能起作用？”他问，“扳手指真是太无聊了。我都有点期待某天能数出 11 根来。”

“很好。”她说，“如果这样的话，你就会知道你是在做梦了。

然后你可以想象一下门的样子，打开它去任何你想象得到的地方。不管怎么说，你才做了几天。耐心点，年轻的绝地武士[①]。”

“要是这一切不过是恶作剧，那我报复起你来可是既甜蜜又可怕的。”

“你在梦里都会去哪里？”她说，“当你可以创造出那扇门的时候？”躺在他身边的感觉很舒适，和躺在大卫身边不同，没有激情的热度，没有怦然的心跳，却有一些不同的感受。一些平静而舒适的感受。“你会回家吗？”

当时他大笑起来。不是带感染性的温暖大笑，而是一声带着嘲讽的短促尖笑。现在她明白这些区别了。

“不，去他的！不过我可能会梦到一些像样的食物。这个地方真的需要给午餐加点调料了。哎。”

她注意到了，他试图转移话题。她一直觉得罗伯不谈论自己的家庭是因为她的缘故，因为她不再拥有家人。突然间她觉得自己是个很糟糕的朋友。他们之间谈论了太多关于她的事情：她失去的东西，她怎样才能振作起来，怎样才能继续前进。她意识到他从未真正敞开心扉透露自己的世界。他总是用他吸毒的故事来逗她开心，但仅此而已。没有真话，没有情绪。

“那么差劲？”他们仰面躺着，盯着天花板。但现在她翻身到自己那边，支起一个胳膊。“这就是你吸海洛因的原因？”

“不，”他微笑，“我吸海洛因是因为那感觉很棒。至于家庭，哎，我基本上和我姐姐住在一起。她叫艾尔莎，30 岁。”他看

① 绝地，是美国著名导演乔治·卢卡斯拍摄的科幻系列电影“星球大战”中的重要组织。绝地学习、研究和利用一种称为原力的、存在于（星球大战）银河中的基本力，通常是原力的光明面。其使命是保卫和维护银河共和国和银河系的安定。——译者注

到了她对这年龄差距的反应。“没错，生我就是个意外。反正，我现在和她住。她笨得要死，不过是跟我不一样而已，就觉得自己很了不起。都是些垃圾事——你不会想要了解的。”

“你是我的朋友。”她说着戳戳他极瘦的肋骨，“也许是我除了大卫以外唯一真正的朋友。我当然想知道你的事情。”

“哎，你啊，我可怜的睡美人公主，你可比我有魅力得多。”

“那当然。”她稍稍脸红了。她喜欢他这么称呼她，即便这并不应该。而且她的父母死了，这听上去几乎是对他们的嘲笑。

他戏剧性地叹了口气：“上帝啊，我真想吸个过瘾。”

“我从没接触过毒品。”她说，“甚至都没抽过烟。”

这次轮到他惊讶了：“不是吧，别鬼扯。”

“是真的。我们曾经住在一个前不着村后不着店的地方。坐车往返于家和学校，两点一线。我出状况的时候已经在家念书有一阵子了，没机会跟外界的妖魔鬼怪牵扯。”

“噢，你那无瑕肌肤后面藏着的每一面都变得更令人着迷。在家念书？上帝啊，难怪你爱上了那个乡村男孩。”

她把这略带挖苦的话当耳旁风。她知道他已经觉得她太过依赖大卫了。他说不说都一样。

“我们可能得扭转一下你这种局面。”他说，“你会喜欢它的。”

她大笑出声。罗伯让毒品听起来像是这世界上再正常不过的东西。她想，对他来说，差不多就是这样吧。而他并没有那么坏。

“至少尝试些烟卷。”

“好吧。”她很配合地说，“我准备好了。”那一刻她的确准备好了，但她也知道，这种事情并不太可能在韦斯特兰发生。

她不必真的去做这事，也能像罗伯那样感受到自由和狂热。但也许她应该去做，她叛逆地想。也许她偶尔应该表现得像个正常的青少年。

大卫会怎么想？她试图粉碎这个问题。她知道答案。大卫不会高兴的。但她应该在做每一个决定前，都首先去问大卫想让她怎么做吗？这不正常。也许她应该多学一下罗伯。玩世不恭，独立自主。光是想一想这个念头，她就觉得是种背叛。大卫爱她，她也爱他。大卫救过她的命。

不管了，她想。也许她应该去做，别告诉他就好。这不是什么重大秘密，只是她偶尔偷偷自娱自乐一下。她甚至可能不会喜欢它。她低头看看大卫的手表，手表空落落地挂在她手腕上。两点了。

“我会让你说到做到的。”罗伯说，“让我们一起陶醉吧，那感觉棒极了。”她已经能看到他的大脑在缓慢运行，思考着他要如何实现这事。她很想知道如果他经历的是她的人生，会变成一个什么样的人。也许他现在已经上了某个很好的大学，拿了奖学金。也许他会是她父母真正想要的儿子。

“我得走了。”她说。他惊讶地抬起头。

“不是去上另一节课吧？”

她尴尬地摇摇头。她没跟他提过这事。“不，是去见我的律师们。他们要来了。我想和他们谈些事情。你知道的，一切有关遗产的事情。”她不知道她为什么觉得如此慌乱，但她的确躁动不安，“去看看房屋损失清算得如何了，还要让保安在房屋周围安装警报器之类的东西。”

“他们是为了这事来的？”

她起身时任由发丝垂落在脸上。“是的，这很复杂。”最终，她咧嘴给了他一个耀眼的笑容，看得人心都要化了。这个笑容表示，一切都好。“你就集中精神掐自己吧。要是你没有很快掌握它，我会觉得你的噩梦都是装出来的。”

他回以微笑：“好吧，尤达大师[①]。但这么做只是为了你。不过，我可能得先手淫一下。”

“真恶心。”

她离开时两个人都在微笑，这让她很快乐。她知道罗伯在担心。她知道他觉得大卫对她管太多。她也知道，她接下来要做的事情绝不会让他开心。

① 尤达大师，系列电影“星球大战”中的人物，绝地委员会大师，德高望重。——译者注

21.

路易丝

距阿黛尔给我电子烟入门套装已经有 10 天，而我也有一周没抽过真正的香烟了。我把它塞进包里，漫步去上班，心里不禁有点儿骄傲得沾沾自喜。我真应该早点尝试它。电子烟其实随处可见，但就像我个人待办清单上的其他事一样，戒烟的尝试总是以第二天照常抽烟而告终。但是这一次，阿黛尔为此花了钱，还准备得面面俱到，我没法拒绝。我没指望自己会喜欢它，也没指望它能起作用，但是醒来时头发不再沾着烟味的感觉真不赖。我的衣服上也不再有烟味。亚当会很高兴的，伊恩也一样。并不是说我真把他看得那么重要，但是我可不想成为那种抽烟的母亲，被前夫的新任妻子指指点点。

我呼吸着夏天早晨的空气，脚步轻盈，心情愉悦。我不该这样。从太多方面来看，这一切都是一团乱，都是我的错，但不知怎的，我设法忽略了它。我甚至有点儿愧疚地享受起亚当离开的时光。我一直在想念他，但现在我有了更多的自由，可以做个独立的女人，而不只是**亚当的妈妈**。

今天早上体重秤已经显示减了一公斤多。这不仅是改抽电子烟的 10 天，而且也是没有比萨、土豆和面包的 10 天。这已经让我觉得好多了，我真不敢相信。阿黛尔是对的。碳水化合物是魔鬼的作品，把它们留到犒劳自己的时候吧。亚当不在家的时候，控制饮食也变得简单多了。丰富的牛排、鱼和色拉。早餐吃鸡蛋。我甚至完全不觉得饿。但这有一部分原因是欲望和愧疚大多数时间都在我的胃里纠结成了一团。也许我最终还是能减掉多余体重的。我甚至减少了饮酒，我把我喝的东西分解为了一天所需的卡路里。现在，我需要让梦境开始生效，这样我就能在晚上睡个好觉。今天我需要每小时按部就班地照着本子上去做，做事不能虎头蛇尾。我决心更努力地去尝试。我觉得，自己似乎在接受了阿黛尔的种种帮助之后，却辜负了她。我也知道这听起来有多疯狂。

我到得很早——这些天里这还是头一次——我没有直接进办公室，而是决定去街区周围散散步，享受一下这美丽的早晨。这样还能增加我的步数。我手机上的新软件正默默要求我走满一万步。这又是阿黛尔出的主意。对我来说，她真是个好朋友。最糟的情况是，要是这一切最终上了八卦电视的谈话节目，我会被看成是一个坏极了的贱女人。也许我就是这样的人。不管怎样，我的表现就像个贱女人。我知道。但一切从未如此清晰过，不是吗？我真的很喜欢阿黛尔。她是我这么多年来拥有的最好的朋友。她是那么与众不同，那么优雅、健美、亲切，还对我那么感兴趣。和苏菲在一起，我觉得自己是在求着她要挤进她的社交日程里。和阿黛尔在一起就不是这样。阿黛尔出现后，我几乎都没有和苏菲发过短信。我知道，人生得此挚友足矣。然而我并不满足。也许这些天我吃得没有那么多了，但是我仍然很贪婪。阿黛尔和大卫。我两个都想要。这是另一个我不跟苏菲说话的原因。她会唠唠叨叨地训我一顿。我掏出电子烟，边走边抽。

不管怎样，在重返诊所时，我告诉自己，这地下情不能持续下去。亚当再过两周左右就要回来了，之后的晚上我不会再放大卫进来了。要是亚当见到了阿黛尔会怎么样？要是他说起大卫会怎么样？什么样的母亲会想给自己的儿子树立这种榜样？会允许一个已婚男子来家里寻欢作乐然后离开？我试图告诉自己，这是我最主要的顾虑。但我在自欺欺人。我的主要顾虑是亚当年纪太小，守不住秘密。要是他因为某些原因在放学后来到诊所，我最不希望发生的事情就是他认出大卫，认出那是经常在晚上来找他妈咪的人。这一切都太过肮脏。更糟的是，这么做还很愚蠢自私。但是每当大卫触摸我的时候，我就觉得自己容光焕发。我爱他留在我身上的味道。我爱他肌肤的触感。我爱他的微笑。他在的时候，我就像个少女。而当我和阿黛尔在一起的时候，我觉得自己很重要。我对她很重要。

我伸手去掏办公室钥匙的时候感觉到腰带稍稍动了动，我无疑变得更苗条了。也许，夹在阿黛尔和大卫中间，我靠着他们重新活了过来。

“不知道你要不要吃一个。”苏烧着热水，举着一个培根卷。我可以看到包装纸上沾着番茄酱。“你不想吃也没关系。我总能给它找到别的归宿。”她微笑起来，“当然也可以自己吃了它。”

“我不吃，谢谢。”我说。我很高兴打破了另一项惯例。“明天才是犒劳自己的日子。”昨晚的性爱让我饥肠辘辘，但是我在锅里放了两个煮熟的鸡蛋，我吃那个就好。做好准备是控制饮食的关键，阿黛尔也教过我这一点。我一次煮了六个鸡蛋，放在冰箱里。培根的确闻上去很美味，但拒绝它时我有一种陌生的快乐，就好像我至少还能掌控某些东西。培根并非我应该拒绝的乐趣，但它是个开始。“抱歉，我应该发短信告诉你的。我会付你钱的。”

“你可别这么做。”苏把茶放到我面前，“你现在看着很好，几乎容光焕发。”她好奇地打量着我。

“我没有怀孕，如果你想问这个的话！”尽管我最近心情好些了，但是怀孕这个词从未远离我的头脑。

“我要问的是，你的生活里是不是真的出现了新男人。”

“我要是这么走运就好了。”我大笑起来，集中注意力剥着鸡蛋。

“哈，继续保持下去，你会征服他们的。”她说，“一个像你这样漂亮的女人不应该单身。是时候重新开始约会了。”

“也许吧。”我说，“现在我只集中精力管好自己。”我仍然在微笑，尽管我觉得心里有点不痛快，因为我在想象我试图去跟苏解释这一切的画面。跟苏这样一个拥有从一而终的婚姻和稳定保守的生活的人去解释，苏会觉得我发疯了，做错了，我的确如此。但我也是第一次为了某件似乎可以永远持续的事情而那么高兴。而且只要没有人受到伤害，这真的有那么糟糕吗？我们全都藏着秘密。阿黛尔，我，还有大卫。只要情况保持这样，我真的不能拥有这些吗？我不能同时拥有他们两个吗？

苏仍然在看着我，她确信我隐瞒了一些事情。这不怪她。我知道我眼里闪着光芒，脚步里是好一阵子不曾有过的轻盈。

我吃完了鸡蛋，低头看着我的手，扳着手指头。我希望阿黛尔没事。他们昨晚吵架了吗？这是他来我这儿的原因吗？或者他是借口去做社区服务才出的门？有时候，我想这些事情比想我自己还要多。他喝了酒，但离开时并没有醉。他也许能掩饰过去。我开始想，他很擅长掩饰他喝过酒。也许我应该试着跟他谈谈这点。他喝酒的毛病。也许这就是他们婚姻里的问题？阿黛尔不怎么喝酒。我们吃午餐的时候，我也许会点一杯红酒，但是她不会。我自己也需要减少饮酒了。少喝酒无疑能帮助我更快地减掉多余的体重。

我抛下苏和她的第二个培根卷，去了大卫的办公室，打开咖啡机。在某个愚蠢的角度，这就好像是假装和他一起玩家家酒。我心神不宁，没法抑制这种激动。我一直都很喜欢自己的工作，但现在它平添了一种紧张兴奋。我会在他签署处方和信件的时候盯着他的手看，回忆着它们是如何抚摸我的，回忆着它们曾到过的地方。

有时候，我仍然会想到阿黛尔以为自己漏接电话时那恐慌的样子，还有他们橱柜里的那些药片，但其实这也许并没有什么恶意？也许她真的神经过敏。甚至她自己都承认，她过去曾有过一些问题。也许大卫的行为只是出于保护，而不是控制？谁知道紧闭的大门后真正发生了什么？总之，我不能问他这事，不然就会泄露我认识阿黛尔的事情，那他真会觉得我是个疯狂的跟踪狂，而且我会背叛阿黛尔。这真是一团乱。我知道。但这无法阻止我因为他出现在门口而心跳如雷。

“早上好。”我说。

“你也早上好。”他看起来很疲惫，但笑得温暖而真诚。他的蓝眼睛只为我而发光，一刹那我脸上的痘痘都在发热。这很荒谬。我们每天都在一起工作，现在我应该已经习惯了见到他。但今天早上是与众不同的。昨晚我们躺在床上交谈过之后，有什么东西发生了改变。当然那并不持久——熟悉的愧疚感很快隔在我们冷却的身体之间。男人很奇怪，就好像背叛是发生在欢笑和亲密里，而不是性爱中。但我想，的确如此。一旦我不再困扰于性的问题，在伊恩出轨事件里，这个念头就伤我最深。也许欢笑更能代表心的背叛。

这是*彻头彻尾*的糟糕背叛，他离开时，我很想这么告诉他。彻头彻尾。但我开不了口。我怎么能够？我并不想停下这一切。这是实实在在却令人不快的真相。鱼和熊掌我都要，情人和新闺密我都要。

“你心情真不错。”我说。

他正准备回答，张开的嘴半咧着微笑，手插在裤兜里。出于某种原因，那样子完全让我心都化了。这时塞克斯医生走了进来。

“大卫？能跟你说句话吗？”

我微笑着走回自己的办公桌，关上门让他们独处。我们之间被打断了，也许这样才最好。我需要掌控形势。不管这算什么，都不能持续下去。我不能依赖他。这只是欲望，它会过去的。它不可能更进一步变成别的什么东西，我不会允许的。但这些话很虚伪。我的心正狂跳着期待假戏真做。

到了午餐时间，我接起了第六个来自安东尼·霍金斯的电话，每个电话里他的表现都变得更加焦虑，我在试图让他挂电话的同时尽力安抚他。

"我之前说过，霍金斯先生，马丁医生一有空我就会把信息转达给他。如果很紧急的话，我能否建议你……"

"我想跟大卫说话。我需要跟大卫说话。"

"我保证会让他尽快给你回电。"

我耳中是他急促的呼吸声。"你确定把我的手机号记对了吧？我不想让他打错号码。"

我把屏幕上的号码跟他重复了一遍，他终于挂了电话。我把这次最新的通话内容添加到给大卫的消息列表中，希望他能早点开完例会出来，接手安东尼。说真的，我有点儿担心。目前为止，他们的心理辅导都进行得很顺利，安东尼又预约了下周一的时间。他现在一周至少来三次，是自己坚持要来。我希望他突然需要在周末前跟大卫讲话不是出于某种旧病复发的缘故。

终于，医生们出现了，我把通话列表递给大卫。"我知道现在是午餐时间，但我想你应该给他回个电话。他听起来焦虑极了。"

"他电话里说话含糊吗？"大卫浏览了一下来电时间。

"不。没有，我想没有。"

"我现在就会回电。你能帮我找一下他父母和律师的电话吗？还有他的医师。"

我点点头。我们又回到了上司和秘书的身份，尽管这是小说里老套的场景，但是这一点儿也不性感。"我稍后邮件给你。"

"谢谢。"

他走进办公室的时候，仍然在盯着便条看。我有点儿希望他会回头看我，朝我微笑一下之类的，但他没有。他一心想着安东尼。我喜欢他这点。有些医生尽管工作出色，但却能完全与患者互不相干。也许这才是最好最专业的方式，但我觉得大卫不是这样的人。不过我又想，这些医生们是不是每晚也喝酒呢？我很好奇，驱使他的魔鬼究竟是什么呢？他如此擅长聆听他人引导他人，为什么自己说起话就这么讨厌呢？

我吃了桌上的色拉，任由周五下午的时光静静过去。安东尼又打来两次电话，尽管他确认他刚和大卫说过话。他说他忘了一些事情，需要再次跟他通话。我礼貌地挂断了他的电话，不想被卷进一场我并不胜任的对话。

两点半的时候我看到大卫一号线的电话按钮亮了起来。电话只持续了一分钟左右，我知道他是打给阿黛尔。我尽力不这样追踪他的电话，但我控制不住。每天 11 点半和两点半。通话时间很短，不足以进行礼貌的工作对话。这每天都提醒着我阿黛尔惊慌失措地从健身房往家赶的样子。现在我跟她待在一起的时间足够久，见到了更多这些电话另一端的情形，即便她接电话的时候总是消失在另外的房间或走廊里。在我面临的所有错误里，在我应该觉得糟糕的所有举动里，最折磨我的是这些电话。这两个人之间是怎么了？他们的爱是怎样的爱？这还称得上是爱吗？

那天下班的时候，当最后一位客户离开时，我们准备迎接周末的到来。大卫走出办公室，手里拿着外套和公文包。我并不指望他在办公室逗留——他从来没有过，这会显得很奇怪——但我仍然觉得一阵沮丧。

“安东尼还好吗？”我问，部分出于关心，部分则出于想跟他说话。他不能告诉我细节，我知道，但我仍然问了。

“凡是他打来的电话你都别多说话。”他说，“目前我会给他一个直线电话作为权宜之计，但要是他没能打通的话，可能会打你的电话。别跟他进行任何私人讨论。”

我点点头，有点儿困惑。到底发生什么了？“好的。”但我脸上满是疑问，被他看在眼里。

“他是个强迫症患者。我想吸食海洛因让他从中得到解脱，但却转为了对海洛因本身的痴迷。我以为他不会那么快产生依恋，但我错了。”

我想着那些电话。“他依恋上你了？”

“可能是。但我不希望他在找不到我的时候把依恋转移到你身上。并不是说他觉得我非常特别，他有依恋新认识的人的病史。我刚好是一个对象。”

“我可以应付这些电话的。”我说。我想指出，我其实很擅长我的工作，但我也喜欢他担心我的样子，尽管我更担心他。“他危险吗？”

“我觉得不。”他说着微笑起来，“他只是有点儿麻烦。但冒那些风险可不属于你的工作。”

苏正在厨房里，她在冲洗马克杯的地方能看到我们，因此我不能问他周末的计划——即便我并不是真的想知道，阿黛尔总是隔在我们中间，哪怕她从未被提起——工作谈完了，他尴尬地祝我周末愉快，径直走向门口。

他离开时回头看了一眼，飞快地透过肩膀一瞥。最后的一眼。这让我兴奋起来，因他的回首而一阵高兴。然后，高兴扭曲成了忌妒。他要回家和她共度周末。那两天他会想起我吗？我知道他有些时候肯定会想我，因为之前他曾在星期六出现在我家门前，但是他会怎样想我呢？他考虑过为了我离开她吗？

我希望知道自己对他意味着什么。这一切将发展成怎样？如果能有任何发展的话。现在他肯定应该谈论这事了吧？我们又不是小孩子了。我再一次感到很羞愧，跌落进椅子里。我应该结束它。我知道我应该。

我看着钟。它正走向5点。我看看别处，又看回来，时间保持原样。我需要倒光咖啡，完成一些周一需要的行政工作，然后自己回家。

我想今晚去慢跑，但是断断续续的睡眠让我太过疲倦，我知道我今晚不会跑了。我掐了一下自己。“我醒着。”我喃喃道。

22.

阿黛尔

尽管我们像所有其他夫妇一样在家消磨着夜晚：吃晚餐、看电视、进行最简单的对话，但是大卫昨晚仍睡在客房里。他把这归咎于天气太热，但这是一间宽敞的老屋，厚实的墙壁令通风的房间保持着相对的凉爽。他上楼去睡觉的时候没有看我。这举动并非完全出乎我的意料，但我还是觉得我心脏的碎片刺痛了内脏。

今天早上当我听到他的动静时，就起床去了健身房，我不想越过我们婚姻中那道无形的苦涩裂缝去面对他。我必须释放一些压抑的情绪。我在跑步机上努力地跑着，然后在器械上做着重量训练，训练量比之前更大。但我没有从中得到任何快乐。我觉得这一切都是在浪费时间。这重要吗？我还重要吗？

我准时回到家，给我们两个都做了一份简便的午餐。然后他离开了，外出去做他的社区服务。一个衣着随意的胖男人接他上了一辆旧车。他们看起来全都一样，都是不切实际的伪善家。从韦斯特兰的日子开始，这一点就没改变过。但至少，社区服务并不完全是谎话，即便我知道他用这个借口去见过路易丝不止一次。

在他离开后，我想给路易丝发短信，问问她是不是想去哪儿喝杯咖啡。在这房子里，我突然感到很孤单，但后来我决定还是不发了。我不知道他这些天去了哪儿，哪怕我们生活在一片繁华的地区，巧合也是会发生的。他也许会从车里看到我们，我不能只是因为自己心情低落就孤注一掷。

我去打扫了一两个小时的屋子，擦洗着浴室洁具直到它们闪亮如新，而我自己累得喘不过气。然后邮递员塞信进信箱的碰撞声打断了我——他来得一如既往的晚。

信封上整齐地写着地址，一角是熟悉的公司印章。我看着那个信封，很高兴今天还没挑起争吵。不然争吵会显得太过频繁，而且也没必要。这个就足以令他不安了。在我的心中，过去如同流沙，大卫陷在里面，慢慢地、慢慢地在下沉。这又让我难过起来。

我打开信封，盯着那几列花费和备注，扫视了一眼附上的信。没什么不寻常或令人惊讶的事情，从来就没有。我们不会回到菲尔代尔宅邸，自从一间边房被烧毁后，那里就不住人了。我重新读了一遍信，主楼的一些修理已经完工。篱笆被维护着。监控摄像头全都开着。资产没有遭到新的损害。煤气和电仍然接通着，支付着费用。排水系统良好。边远田地的租金也支付着。夏季报告的费用通常比冬季低，因为无须为了抵抗苏格兰的寒冷而开太多暖气。说实话，我想大多数人甚至都忘了那里还有座庄园：灌木篱笆墙背后是睡美人的城堡。

我把信和账单放在厨房边，大卫会看到它的。我故意那样放，看起来就像是我随手扔在那里的。这也是个会惹恼他的举动。我不应该打开信。我看到这公司印章就应该把它放在他桌子上。信是写给我们两个人的，但大家都知道是他在掌管钱财。我只是个漂亮的木偶：一个需要被照看的悲惨妻子。

律师已经不再来问我们是否想要卖掉庄园。我们永远都不能卖了它。尽管，也许，在将来……一切的可能在我心中翻腾。我们的秘密可能被公开，化为乌有，不复存在。摆脱它。这个想法令人混乱，但同样也让我变强。

我看着钟。现在是 8 点半。户外夏日的天色开始变暗。大卫要到 10 点才会回来。他不想让我等他吃晚饭，所以我不需要担心这个。不过，我的确有个地方要去，没理由推迟它。我需要去做准备。我需要做好准备。在某些方面，我其实很期待。

只是我得非常非常小心。

23.

路易丝

“亲爱的！你是喝多了还是怎么的？我是说，你惹上大麻烦了。哪怕是我这种一身乱子的人都能看出这点。”电话那头，苏菲的反对声大而清晰，我真希望我什么话都没说。

“你在想什么啊？你为什么不早告诉我？”

“我太忙了。”我喃喃道。她有什么权利来指手画脚？她没资格这样。

“别说废话。撇开上司的事，你这样也不好。我很高兴你放开到了这地步，但这和我想得不太一样。”她试图说得很滑稽，想柔化她的观点，但我在绕着房子踱步的时候仍然脸红了。她打电话给我只是因为今晚的计划泡汤了，她得待在家里陪埃拉。她可能甚至都没注意到我已经不再给她发短信了。

“我知道，我知道。”我说，“我会结束的。”

“结束哪个？跟她结束还是跟他？”

我很恼怒，却仍然保持微笑。“我不知道——每次我试图跟一方或者另一方结束的时候，我都狠不下心。”

“你想听我的建议吗？”苏菲说。之后背景里传来一个小声音打断了我们。“等一下，路易丝。”她离开了电话，听筒里安静下来。“怎么了？”她生气地说，“我跟你说了，埃拉，妈咪在讲电话。你去找爹地问。啊，那就再问他一遍。”她的声音回到我耳边，“抱歉，露儿。讨厌的孩子们……”

我嗓子一紧，我不确定是不是真想听她的建议。其实我想要的是她笑着告诉我没事的，这不是很令人兴奋的事情吗？但我觉得她不会那么说。我的感觉是对的。

“如果你想听我的建议，亲爱的，”她继续道，“那就把他们两个都甩了。你不能做她的朋友，因为你已经和她丈夫在一起，那很不要脸。你也不能做他的情人，因为你跟他娶的女人做了朋友，那也很不要脸。搞外遇是一个足够大的秘密，我觉得你其实并不适合做这事——我是在恭维你。你可以是更好的人，露儿。去正规的交友网站看看吧。我向上帝发誓，如果我下一次见到你的时候你还没注册账号，我就要你好看。明白吗？”

“好吧。”我敷衍着说，为了让她高兴，也为了摆脱她。

“我得挂了，露儿——埃拉闹得不行。保持联系，你需要我的话随时找我。”

她挂了电话，但我脑海里仍回荡着她的话。把他们两个都甩了。她说得很轻巧，的确，她要忙家庭忙外遇，不在意这个。苏菲从不缺少关注或陪伴。

我可能在亚当回来前都不会去见她，而亚当回来之后，我必须甩开大卫。所以一切都会解决。我并不需要做任何事去取悦苏菲。当她跟我说起自己的外遇时，我总是边听边点头，把意见留在心里。她为什么不能做同样的事呢？她觉得她最懂，但并不是。我不记得阿黛尔曾这样对我指指点点。阿黛尔会聆听我，支持我，像个真正的朋友。

考虑到现在的情势，我意识到这想法听起来有多疯狂。所以我坚决地把苏菲推出了脑海，给自己倒了第二杯酒，加了些冰块。我没有因为喝酒摄入卡路里而感受太糟，说真的，我今天本可能表现更糟。周末很难节食，但现在我感受到了自己的变化，这事变得容易些了。我没有去慢跑，因为挡不住的睡意向我袭来。不过我散了很久的步。尽管我非常渴望面包，但我还是只吃了鱼和蔬菜当晚餐。之后我打电话给亚当和伊恩，听了他们吃的各种美食，我的肚子咕噜咕噜叫得更响了。

所以我不打算为喝酒而责备自己。我总得给自己找点乐子，喝醉又不会让我在暴饮暴食的黑暗道路上越走越远。碗柜空荡荡，我又懒得这么晚跑出去。总之，我需要以酒助眠。我的夜惊症肯定更糟了，但我想这不足为奇，因为我和新朋友的丈夫在一起了。我在脑海中严厉地说出这话，令自己畏缩了一下。是啊，难怪我老是睡不安稳。

我快速浏览着电视频道，想分散些注意力。电视上放着一些糟糕的选秀节目，还有一集老电视剧《福利斯特探案集》[1]。没有什么吸引我的。我喝了更多的酒，思绪飘回大卫和阿黛尔身上。我脑子里总有一部分是想着大卫和阿黛尔的。他在想我吗？她在想我吗？我几乎大笑起来。我这么想神经是有多错乱？我应该早点睡。要是睡眠质量太差，我明天就还要躺着。

我走进厨房，倒满酒杯。如果我现在停下，瓶子里还能剩下一半，这已经比平时好多了。大卫也在家里喝酒吗？他们外出吃饭了吗？他会心怀愧疚地补偿她、跟她上床吗？他会比较

① 《福利斯特探案集》是英国社会派推理剧巅峰之作。英国常播不衰的经典探案剧之一，连续播放长达 18 年之久。——译者注

我们的身体吗？上帝啊，我希望不会。这些问题在我脑海中嗡嗡打转，我放弃了与之搏斗。

我从厨房抽屉里拿出笔记本。这是我跟他们之间的联结。如果他们要留在我头脑里，那我可能也要研究一下阿黛尔的过去，哪怕要认出那潦草混乱的语句很是费力。而且，在过去的两天里，我按照步骤去做，已经觉得好多了。也许这能帮助我真正掌握它。

我关了电视，拿着酒杯走进卧室。尽管并没有喝太多酒，但我已经飘飘然、醉醺醺，还很疲惫。

我穿着T恤衫，把其余衣服丢到地上，上了床。我的眼皮已经很沉重，口中咽下一大口酒。我没有刷牙，想喝完再刷，但我很可能会先睡着，然后在几小时内被噩梦吵醒时再刷牙。我真是太潇洒了，我想，似笑非笑地面对着我有多不潇洒的事实：10点前上床，然后轻轻打开床头灯，翻开笔记本。起初尖锐的小字有点儿伤眼，但慢慢地我了解了它的形状。阿黛尔和大卫的过去。你的睡眠，我内心的声音告诉我。你读这个是为了帮助你的睡眠。是的没错，我回答自己。但我们都知道，这是谎言。

……它像往常一样开始。我正在奔跑，他们全都在追我：庄园里的毒贩、我过世很久的废柴母亲、艾尔莎、那个我在小巷里揍过的男孩（我揍他没别的理由只是因为我手痒）、我缺失的迷醉感和我那所有沸腾着的怒气。那是他们，我知道那是他们，但那也不是他们。那是他们的怪兽版——本质，我真正看到的是他们的本质：下凹的眼睛、松弛的皮肤、尖锐的牙齿血淋淋，用它们持久的存在吸干我的一切。我手臂上还有伤痕，是我妈妈和艾尔莎在我挣脱前抓着我咬的。我不需要精神病医生告诉我那是什么。他们会管它叫内疚，为我的不良嗜好和它对我家人的影响而愧疚。他们不知道我在想什么。他们伤我、咬我、吸我的血，他们送我去戒毒，让我放弃这枯燥人生中真正能让我得到享受的唯一一件事。

我奔跑着穿过大楼。不是我和艾尔莎住的那一幢，而是我妈妈在她的恋童癖男朋友“长脚”（真名叫特里）失踪前和他同居的那一幢。楼非常老旧，电梯里一股特别难闻的尿味，哪怕电梯在运行着，你也会觉得恶心，宁愿走楼梯。梦里我就在那楼梯上。我可以听到他们在我身后，大喊着，辱骂着。“我们知道你的事！别以为我们不知道！”我妈妈尖叫着。他们的嘴里有太多利牙，发出的声音含糊微弱。我可以听到混凝土台阶上的咔嗒声，我的腿仿佛是在糖浆里移动，完全跑不快。跑到楼梯平台后，我回头看去。

他们在下方，距离我还有两组阶梯，但正以一副半人半兽的疯癫模样快速移动着。他们的手很长，应该长手指的地方被尖锐的剪刀所替代，拖在身后。他们要把我切片切块，然后吃掉我。我太累了，跑不动了。我看向从楼梯井通往一排蹩脚公寓的那扇门。响亮的嘻哈音乐不知从哪儿传过来。门上有块脏兮兮的玻璃板，透过它我看到了“长脚”，从来就不会少了他。他从脏玻璃的另一边盯着我，举起刀样的手指，摇摆着，仿佛在责备我。

我被困住了。他们即将抓住我，我知道的。他们的手指会撕碎我。通常到这里我就僵在梦里了，只有艾尔莎走近我，我才会醒过来。但不是这一次。这一次，梦里的我有了属于自己的一刻。

门。

手指。

我低头看我的手。右手上多了一根小指。我站在楼梯平台上，几乎大笑起来。我在做梦，我知道。我凝神思考时，金属刮擦的声音逐渐消失了。我看着厅门，但我知道这不是我想要的那扇门。我转向墙，墙上随意地喷着一些业余的丑陋涂鸦。我在脑海中重新排列了一下线条，组成了一扇带圆把手的小门，仿佛是个儿童的画作。

我身后的怪兽们在向我靠近，但我无视他们，伸手打开我的新门。我想到了海滩——不是我们曾在布莱克浦[①]那个糟糕假期去的海滩，当时几乎每天都在下雨，艾尔莎因为没能带上她满脸粉刺的娘炮男友而一直在发脾气——我想到的是个真正漂亮的海滩，像旅行社橱窗里贴出来的那种。

我扭动把手，踏进门去。

我的噩梦消失了，我正在一片白色沙滩上，暖风微拂发丝，温水轻拍脚趾，趾间尽是热沙。我穿着短裤和T恤。我平静下来，想放声大笑。我想让阿黛尔看看这景象，突然她出现了——一个梦里的阿黛尔。海水蓝得不合乎自然规律，但这是我幻想中大海的一贯样子。我给画面加上了

① 布莱克浦是英国城市名。——译者注

海豚，加上了一个端着高脚杯鸡尾酒向我们走来的服务生。它们看起来很奇怪，我从没喝过鸡尾酒，尝起来是草莓冰沙的味道，我觉得它们就应该是这样的味道。我差点还要加上针管和毒品，但我没有。我在梦里大笑，梦里的阿黛尔也在大笑。然后我再也留不住它，醒了过来。

但是我做到了。我简直无法相信我做到了。我居然做到了！我可以主宰自己的梦境了！下一次我会做得更好。我太过兴奋，没法再入睡。那是凌晨4点，所有人都在梦乡里，但是我的心在狂跳。我从未体验过比这更好的感受。这就像是魔法。真正的魔法体验，而不是吸毒带来的快感。我渴望去告诉阿黛尔，但是女孩们住在屋子的另外半边，我不能冒着被抓到的风险过去。他们会把我撵走的。当我来这儿的时候，我很满意男女分居这一点，但现在却不这么觉得。我忙作一团。写下这些的时候，我咧嘴笑得像个娘们儿。我不会告诉她我想象出了她和我一起在沙滩上的场景，她出现得那么快，仿佛本来就该在那里。仿佛没了她，我想象不出快乐是什么样子。这就足以令我不安，鬼知道她会怎么想。

现在我们在这儿的时间已经过了一半。我们离开后会发生什么呢？我想象不出大卫医生会想要我在他们周围。阿黛尔说他会喜欢我的，但她不知道像我这样的人都做些什么，而且我觉得他看起来就像是个控制狂。

我仍然很好奇那些垃圾律师是来做什么的。我不会逼她说，但是她在律师走后变得有点奇怪。她总有一天会告诉我的。我很擅长让人倾诉。现在我在心理辅导课中听得多，说得少。每个人都想谈论自己。这是人性本质。也许我该在这儿找份该死的工作（开玩笑）。

屋外鸟儿已经醒来。我仍然无法相信我做到了。所有的掐自己、扳手指的动作见效了。我掌控了那些见鬼的梦境。大卫做不到这个。这是属于她和我的事情……

我的视线逐渐模糊，发现自己把最后一句话读了两遍，酒让我神志不清。我闭上眼，没多久，书就从我手中滑落。我需要去刷牙，我迷迷糊糊地想，然后我睡了过去。

24.

阿黛尔

这就是很糟糕。很糟糕。没有其他词可以形容这个早上。我们不再大喊大叫，但这死一般的寂静更是糟糕。我觉得很不舒服，人在发抖。我其实不知道要说什么，或者有什么我应该说的，或可以说的。这都是我自己做的事。

“我要搬到客房去。暂时在那儿住一段时间。我想这样最好。我会住在那儿直到我们决定了要怎么做。”他的声音非常平静，但是他很生气。我知道他很生气。此刻我只想哭，但是却没有流泪。我脸上维持着高傲冷漠的表情，我不想让他知道他伤我多深。

“信用卡在哪儿？”他问。他的眼神冷冰冰的。

早上8点后，我从购物频道订购的东西开始陆续送到，到9点时，东西全在这儿了。我把时间控制得很完美，并为特定时段送货支付了额外的费用。集中精力买这些东西只花了一个小时左右，但大卫的美国捷运信用卡现在已经被我大手大脚的花销给刷透支了：一台新的咖啡机——最好的那款，一台新的面包机——也是最好的，一些珠宝，一台非常昂贵的相机，配件齐全的切片机、切块机、蒸笼。最主要的是[①]，我买了一台顶级的跑步机。几千英镑就这么没了。

我像个孩子一样从一把厨房椅子后面拿出了我的手提包，递给他。然后看着他在我的钱包里掏出那张宝贵的卡片，折断了它。

“我还以为这会是一个全新的开始。”他说着把塑料碎片扔进垃圾桶里。他看起来冷漠无比。我想告诉他一切都会好的，相信我吧。但是我不能。开弓没有回头箭。我做的事情将他推离我身边，推向她。我得继续这么做下去。我不能软弱。我得对我们有信心，相信我、路易丝还有大卫能让这事成功。

“我还以为很久以前这样的情况就已经结束了。”他低声说。他盯着门厅，那里看起来就像我们又刚刚搬进来似的，到处都是箱子。“我会安排把这些全退回去的。”他停顿了一下，“如果你想要的话，可以留着那台跑步机。”

我知道他在想什么。有了这台机器，他可以把我更久地关在家里。“可以把它退回去。”我说。反正，他不能取消健身房的会员卡。我们付了一整年的。当时我试图让他开心，所以选了更便宜的方式。我们的全新开始。

我盯着他看。他心里对我还有哪怕一丁点儿爱的余烬吗？他必须有。必须。他回去拿我的包，从里面取走了我的钥匙。

“我得去一下社区服务中心。我别无选择，他们已经安排了一个会诊。不过我只出去两小时。”

他当然得出去，工作第一嘛。他总是想要帮助别人。但他

① 此处原文为法语。——译者注

要帮的人中，不包括我们，不包括我。他已经放弃了。对我，只有药片，药片，更多的药片。我不明白他为什么要拿走我的钥匙，直到他走到厨房门边，锁上它，并把钥匙放进口袋里。我发出一声不满的讥笑，我控制不住。

“你要把我锁在里面？”我难以置信。我们的婚姻有时候就像一座监狱，我们两个都这么觉得。但是现在，他成了我的监狱长吗？

“这是为了你好。”他脸红了，不敢看我的眼睛，“只有今天早上。我不能……我不能……”他试图找到措辞。“我不能分心。”他无力地指了指走廊又指了指我的脸，“不能被这一切分心。”他别过头去，不忍看我。“休息一会儿吧。也许我们需要重新换一下你的药方。我明天会为你挑新的药。”

我注意到了那个词，**分心**。他指的是他不能因为要想着我在哪儿在做什么而分心。哪怕我们每日都惯常通话也无法满足他了。

也许要减少分心，你应该别去睡你公司的那个胖前台。我想冲他这么尖叫，但是我没有。他让我当面吃下的药片渐渐生效，我开始觉得有点儿昏昏欲睡。我其实并不介意。睡一觉会对我有好处。

他的手机响了起来，接他的车到了。他没有拿走我的手机——不知道是故意的还是因为他的心思仍然在别的地方，忘了这回事。我如释重负。以防万一，我把它藏了起来，但我也许已经提早承担了足够多的风险。手机就留给别的时候吧。

“我们稍后再细谈。”他说着径直朝门口走去。他的话很虚伪。我们其实并不会谈话，不会谈论我们，也不会谈论那件事。他停顿了一下，回头看我。我以为他还有什么话要说，但他没有。

我们盯着彼此看了许久——曾经的恋人，如今的沉默无言的对手。然后，他走了。

我听到钥匙在锁底转动的声音，觉得自己被埋葬在了这所房子里。明白自己无法出去是种很奇怪的感受。长久以来，我没有如此无助过。要是着火了可怎么办？要是屋子开始燃烧，而我却睡着了呢？药物令我困倦。要是我把锅放上炉子煮，然后忘记了呢？这些情况他想到过任何一种吗？之前又不是没着过火。也许他认为这些天里我已经足够机智，可以自己逃出去。平心而论，要是我用心做的话，要打破这窗户轻而易举。

我沉默地站着，盯着玻璃，想着火焰，各种想法在我脑中运转。脸上的抽疼让我回到现实中。我吃了他给的全部药片，但我真正需要的是一些布洛芬。

我用水服下两片，然后下楼走进盥洗室，打开灯，在水槽上弯下身，从镜子里审视着我的脸。脸上的擦伤很明显，颧骨上高高肿起，肌肤被绷得很紧，轻轻一碰就令我畏缩。昨天晚上，那里还只是一块惹眼的红色，但今天它占据了我的脸颊。好在我的眼睛没有因此而睁不开。我敢肯定，这伤痕会在一周内消失。

我讨厌它。今天一早他对我扩大的瘀青表示了关心，但在我购买的东西开始送来时，这种关心就荡然无存，也就这样而已。我仍然不愿回答他与昨晚同样的刨根问底，他变得越来越生气。他想知道我去了哪儿，为什么他回家时我外出了，我都去做了些什么。

显然，我不能告诉他我究竟在哪里——我本来计划着要在他到家之前回去，可是我没把控好时间，这是昨晚的惨败中的另一个失误——但也许我应该告诉他点什么。我很享受凌驾于他之上的这一刻。也许我是被锁起来的那一个，但是他想要知道的事情却锁在我的头脑中。我要留着它。不过，现在我独自一人，觉得筋疲力尽。

受伤的不光是我的脸。我的胳膊和腿也很疼。我的肌肉因为紧张而酸痛。甚至连我的肋骨都受了点儿伤。

我需要去洗个澡。我需要浸在浴缸里，抛开烦恼，好好思考一番。我慢慢走下楼，在自怨自怜的情绪里沮丧不安。在我放水的时候，我把他的衬衫从我们的衣柜里搬到了客房里的小柜子中。我把它们按颜色顺序挂起来，他喜欢这样子。我极尽轻柔地抚摸它们，但我不能再这样去抚摸他。我陷入了自我怀疑，觉得非常、非常孤独。

我从碗柜后面的鞋盒里拿出了我的手机，它藏在一双缎面的周仰杰[①]牌鞋子下面。然后我脱掉衣服，躺进冒泡的热水中。我把手机放在触手可及的马桶盖上。也许他会试图打电话给我。也许他会觉得对不起我。也许他会告诉我他想让一切好起来。它们都是毫无意义的念头。我们已经走得太远，回不了头。

我闭上眼睛，让水舒缓肌肉。我的心脏一直在悸动，以一种固定的节奏——这是他让我吃的某种药的镇定效果，带来了某种奇异的快感。在我快要迷迷糊糊地睡着的时候，尖锐的嗡嗡震动声惊得我直起身子。那是一条短信。路易丝发来的。我盯着屏幕。她从来不在周末给我发短信。

---

① 周仰杰（Jimmy Choo），名鞋品牌。——译者注

我做到了！！！！

尽管脸上很疼，但我却盯着那些字微笑起来。她做到了。她真的做到了。我的心怦怦直跳，重重击打着我的胸腔和颧骨。我爱路易丝，真的爱，对她的骄傲溢满心中。

突然之间，我不再睡意昏沉。

25.

当时

烟味浓烈而甜美，击中她的肺，带来强烈的刺激，呛得她咳嗽起来，直咳得眼泪汪汪。然后他们都大笑起来，即便她胸口的感受就好像火灾后那些日子里的感受一样。

罗伯拿回大麻烟卷，动作流畅地深吸了满肺的烟，吐出了烟圈。“是这样的，我亲爱的。”他用一种装腔作势的优雅语调说，“是这么做的。”

“这垃圾玩意儿你是从哪儿弄来的？”她又试了一次，这一次成功地没被呛到。陶醉感立竿见影地显现。那是一种温暖的、刺痛的、眩晕的感受，她喜欢它。

他冲她挑了挑眉毛：“我有自己的办法，不会被拒绝。”

“不是吧，怎么做？”对她而言，罗伯有一股纯粹的活力。她有点儿爱他，她知道。他是那么与众不同。她从没碰到过这样的人，他压根就不在乎所有你认为重要的事情、所有她父母认为重要的事情、大卫认为重要的事情，比如制定计划、拥有事业。罗伯就像是一阵风，飘到这、飘到那、飘到各个角落、飘到未知的地方。像他那样，一定很棒。

“是其中一个护工给我的。我说服了他拿烟给我。”

“是哪一个？”她盯着他。她甚至都没法想象她会如何开始做那样的事情。

“这重要吗？他们全都一样无聊。”他说着看向外面的夜色，“就是其中一个而已。”他们把自己关在一间卫生间里，高高抬起推拉窗，两个人挤在一起，探身出去抽烟。虽然罗伯自愿来找她，但是她还是去了男生的边房。她想这么做，想冒次险，去感受一些事情。悄悄穿过走廊前往中间的楼梯，偷偷从下面夜班护士站的孤灯下溜过，然后向上去韦斯特兰的另一间违禁边房，这真是非常刺激。她跑到那儿的时候气喘吁吁、咯咯直笑，而现在烟草灼烧着她的肺，那感觉美妙极了。

她想知道他是从哪个护工那儿拿的烟，他为什么不告诉她。是因为她没有告诉他律师为什么会来这里吗？他没有问，但她对他太了解了，知道他不问并不是因为不好奇。他当然是好奇的。他是她认识的最聪明的人，也许是除大卫以外最聪明的。她从他那儿接过烟卷吸了一口。一阵凉爽的微风吹起她的发丝，她觉得自己要飞起来了。她没来由地略微一笑。飞起来。也许，她会把律师的事情告诉罗伯。反正，他们现在有了自己的秘密。仿佛是心有灵犀般，罗伯开口了。

“你做梦的时候会去哪里？就是——你的门的另一边是什么地方？”

“不同的地方。”她说。这是在转移话题，因为去解释的话更困难。对她来说，第一扇门已经是很久之前的事情了。现在场景发生了变化，已经变了有些年了。对此他一无所知。“那取决于我的心情。”

现在距罗伯首次尝试成功，距他变得像个正常人，已经过了五晚。她知道他没有撒谎——并不是说她觉得他会撒谎——因为所有的治疗师都说他好转了，他们全都洋洋自得。由于睡着后不再尖叫，罗伯成了韦斯特兰受人喜爱的黄金男孩，他们认为是他们治愈了他。他们也认为是他们帮助了她。要是他们知道其实与他们毫不相干就好了。脑海中有待开的门，但那不是他们想的那样。完全不是。他们会怎么应对这样的真相呢？他们很可能需要治疗。对此她咯咯大笑。她开始像罗伯一样思考。

“那感觉就好像世界尽在掌握。”他说。

“没错。”她点头，“而且不会再做噩梦了。”

“的确如此。”他说着把大麻烟卷递给她。他们已经快抽完了，但她并不介意。她的头很晕，觉得再多抽几口可能会让自己不舒服，但是她爱那皮肤上奇怪的感觉，此刻她只想大笑。一切都很有趣。她朝罗伯咧嘴一笑，他也咧嘴笑。他们什么都不必说。过了一会儿，她把头枕在他的胳膊上。他的胳膊瘦长结实，与大卫宽阔的肩膀和在农场锻炼出来的二头肌极为不同。大卫的手表要是戴在罗伯的手腕上，会跟戴在她手腕上一样空落落地悬着。但靠在罗伯身上的感觉很好。她很安心。

和大卫在一起时，她绝不可能拥有这样的时刻。这让她有点儿难过。大卫很少做梦，更别提夜惊症了。当她试图告诉大卫这些事的时候，他并没有在听。大卫永远都没办法做到罗伯已经做成的事情，事实就这么简单。但这并不妨碍她因为有人能做成这事而心情愉悦。有一个朋友可以做到这事，她能跟某个人分享这事，至少能分享一部分。

26.

阿黛尔

他说话算话，只出去了两小时。他回家的时候，我很温顺。尽管路易丝的短信振奋了我的精神，但我仍然因为昨晚的事情和我那糟糕的失败而心神不宁。我对自己太过自信，而现在我的自信被完全击垮，我觉得无比孤独。

“我把你的衣服搬到了客房。”我柔声说。他发现我在厨房里，我脸上露出恰到好处的被吓到的表情。

他把厨房门钥匙重新插回锁里，至少在表面上，他因为把我关在这里而觉得不安。他面朝着门待了一会儿，然后转过身。我们两个都不再争吵。他的肩膀和我一样垮下来。

“你为什么要把我们的卧室和门厅涂成那些颜色？”他问。这个问题他已经问过太多次了，但我喜欢他说“我们的”，就好像在某种程度上，我们仍然是“我们”。

“那只是些颜色而已，大卫。”我重复着每一次被问起时给出的同一个答案，“我喜欢它们。”

他又给了我那样的眼神，仿佛我是从外星球来的陌生人，他没有机会真正了解。我耸耸肩。我能说的都说了。

“别去涂客房。”

我点点头："希望你是临时睡在那里。"

这就是我们的谈话。完全没有交流。也许他才是那个需要吃药的人，而不是整天喝酒喝到大脑迟钝。这对他不好。这对将来不好。他需要停止酗酒，但是我现在几乎没有立场去坚决反对他。也许在这一切结束后，他会停止酗酒的。也许到时候他会让我帮助他。

他躲进了书房，喃喃自语着一些工作上的事情，现在我们的对话已经结束了。我猜，看着我会让他想喝一杯白兰地，至于原因，我不愿去探究。

我任由他离开，没有告诉他，其实我知道他在书房里放了好几瓶烈酒。也许在这场婚姻里，我并不是唯一拥有秘密的人，无论他觉得他在我面前隐藏得有多好。我开始做自己最擅长的事情，准备晚餐，做烤羊肉。烤肉大餐有种暖人心房的力量，我们都需要它。

我用迷迭香和银鱼腌制肉块，使其透过肥厚的外皮入味。然后我切土豆、剁蔬菜，煎一煎、炖一炖，作为配菜。蒸汽让我的瘀青抽痛起来。我用化妆品遮盖了它，大卫肯定认为那是要在他面前掩饰，但是他错了。这是为了在我自己面前掩饰。我因自己的软弱而充满羞愧。

我将最好的正餐餐具摆上餐桌，点亮烛台，把所有菜都端上餐桌，放在我们中间，然后叫他来吃饭。我已经给他倒上了一杯红酒，我自己的杯子里只有意大利圣培露矿泉水。我不确定我做的这一切是为了取悦他，还是为了在昨晚的丑事发生后安慰一下自己。我想寻找一些代表赞同的迹象，但他对我的努力几乎毫不在意。

我们的盘子都很满，但没有一个人真正在吃东西。我试图跟他闲谈几句，问问他的社区服务——仿佛我在意似的——但他却打断了我。

"怎么了，阿黛尔？"

我抬头看他，胃拧成结。他不是在担心，而是很冷漠。这全都是我计划的一部分，但并不是我想要的。我目前肯定还不想看他这样。我试图想找些话说，但却说不出来。我只希望自己在烛光下的样子是美丽动人的，哪怕带着他试图无视的斑驳瘀青。他放下刀叉。

"我们搬家前发生的事情，那是——"

"那是你的错。"现在我发出了自己的声音，几乎是在尖声抱怨，"你知道是你的错，你承认是你的错。"

"我这么说是为了安慰你，并不是我真的这么想。你想要一个新开始，那我就尽量给你。"

我无法相信他居然敢这么说。他和他的前台女秘书出轨了！某个新开始。我放下刀叉，小心翼翼地放在我的盘子边缘。我对晚餐所做的一番努力注定会被辜负。

"我承认我犯了一些错。"我说，"我很抱歉。你知道我有点毛病。我想是搬家让我变得不安了。"

他摇摇头。"我没法再照顾你了。我再问你一次，你昨晚去哪儿了？"

控制。那才是他想说的词。他没法再控制我了。

"我去散步了。"我说，"我忘了时间。"

我们盯着彼此，我试图装出无辜的样子，但他并不买账。

"真的。"我补充完当即就后悔了。每个人在撒谎时都会说这个词。*真的，她只是一个朋友*。我们住在布莱克希思的时候，大卫对我说过这话。好吧，也许他没有出轨，但她不仅仅是一个朋友那么简单。

“不能再这样下去了。”他说。

他说的是我们，还是我？他是想把我关在某个地方吗？另一个疗养院之类的可以让别人帮助我的地方吗？但这一次，是长期的吧？他关着我，自己却在外游手好闲，挥霍着我的钱财，享受着他的自由。这让我很想哭。

“我想我少吃了一些药。”我说。这话很冒险，我并不想让他在工作时回来，确保我吃药。我需要一个清醒的头脑，总之，我的头脑现在运作得很好。“我的情况会稳定下来，你知道的。”

这一切仿佛是旧日重演，但现在，他对我不再有充足的爱，够他支撑到我振作起来。爱之井已经干涸。

“你知道你永远都不能离开我，大卫。”我说。大声说出他名字的感觉真好。“你知道的。”这是个威胁，这一直都是个威胁。

我们的过去就在这里，坐在我们中间，在没有碰过的奶油烤韭菜、糖汁萝卜和三种土豆做的菜旁边。我知道，不管怎样，我正在做正确的事情去拯救我的婚姻。

“我知道。”他说着把椅子往后推了推，“我知道。”他朝门口走去，没有看我。“我去洗个澡早点睡了。”

“我会把卧室重新刷一遍的。”为了缓和一下之前的话，我说，“如果你还愿意回去的话。”他回头瞥了一眼，几乎微不可查地点了点头，但他的眼睛在撒谎。他想与人共睡的床只有一张，而那并不是我的这一张。我想知道路易丝在做什么，她是不是在想我或者他。我想知道我的一切计划会不会满盘皆输。

看样子，晚餐已经结束了。我看着他离开，一听到楼梯上响起他沉重的脚步，就起身喝光了他的酒。我盯着瓷器。还有吃剩下的食物。这就是我拼命为之奋斗的生活。在我强忍泪水的时候，瘀青疼得厉害。我颤抖着做了个深呼吸。我过去根本不会哭泣。我不知道我是怎么了。我已经变了。我几乎含泪大笑。至少，我还保留着我的幽默感。

门铃响的时候，我正把烤盘浸在水里。一阵短促、尖锐又突然的门铃声。我跑到门厅瞥了一眼楼上，但是淋浴头哗哗地流着水，大卫并没有听见声响。我一下子屏住呼吸，这会是谁呢？不会有人顺路来拜访我们的。我们没有朋友。只有路易丝。她不会来这儿的。她会吗？现在还不是她坦白的时候。这样会让一切都变麻烦。

我把门打开了一条缝，朝外窥视。一个年轻人紧张地站在前门的第二级台阶上，那样子几乎是很害怕靠近这里。

“需要我帮忙吗？”我轻声问着，把门拉得更开。

“马丁医生在吗？”他说，“我是安东尼。告诉他我是安东尼。我是他的一个病人。”他一直低眉垂眼，但当时他抬头瞥了我一眼，我知道他肯定看到了我——一个娇弱的美人露出一只黑色的眼。突然之间，我觉得昨晚的经历有了一些用武之地。在回答他之前，我回头看了一眼，仿佛很紧张似的。

“他头痛，已经去睡了。我很抱歉。”我把声音压得很低。我很高兴今晚并没有化太多妆。即便脸上带着瘀青，我看起来仍然太过清高，不食人间烟火。我穿着一条夏季的吊带长裙，头发松散地披着。他的目光停留在我身上，我了解那种眼神。我之前在许多男人身上见过它。那是带着惊艳、渴求和欲望的眼神。我会对他们产生那样的影响。我觉得他已经忘记了大卫。

“我是他的妻子。”我说。然后，为了保险起见，我补充了一句，“我不能跟你说话。”

这个消瘦的黑发男孩双手抽动了一下，一只脚轻拍着台阶，但他并没有意识到这点。他穿着一件黑色 T 恤，我可以看到他胳膊上的痕迹。我意识到了他是什么人。

“你得离开这儿。”我探出身去低声说。我很清楚略微倾身向前的动作能挑逗着他来看我的胸。“拜托了。”我举起一只手，几乎举到脸上，手边是那块逐渐扩大的瘀青，是我肌肤上的瑕疵。“现在不是好时候。”

“你还好吧？”他问。他的口音太过中产阶级腔调，和他的外貌格格不入。

“请走吧。”我重复道，“我想他快过来了。”我确信自己的声音里带着焦急，是种绝妙的暗示，然后我关上了门。透过玻璃，我看到他逗留了一会儿，然后他黑色的人影消失了。

我倚着门。安东尼。他的名字对我如同美味佳肴。随着昨晚的失败带来的羞愧逐渐退去，我的肩膀也放松了下来。也许，一切终究会起作用。

27.

路易丝

“究竟发生了什么？”我吃惊地说。今天是周三，是我这周第一次见阿黛尔。现在我知道为什么了。

我以为周一早上肯定会收到她的消息，不仅是因为健身变成了某种新的日常活动，而且，能够控制梦境让我变得太过兴奋。更何况，我是真的觉得她也会一样兴奋。我以为她会想听我说每个细节。但是她却很沉默。我考虑要再发一条短信，可又不想表现得太过迫切。她出钱为我办了健身房的会员卡，我不想让自己表现得理所当然。

起初我只是有点儿心烦，但到了周一晚上，大卫也没有出现，我独自坐在家里，心里的痛苦变成了担忧。也许是我周末的短信给阿黛尔惹麻烦了？也许大卫看到了那条短信？但要是他看到了的话，肯定会来我这里，他会想知道发生了什么事。她可能用一个假名字存了我的号码，也许他也一样。但要是这样的话，那我为什么没收到她的消息呢？他把手机没收了吗？

昨天上班时大卫很安静，再没有近日里见到彼此时的微笑和激动。昨晚是我独自一人的第二晚，我上床时，觉得自己被他们两个同时抛弃了。我拼尽全力忍住不给他发短信，不去问他一切是否都好。真奇怪，我的生活缺了他们两个，显得无比空虚，这更是让我忧心忡忡。我需要他们。大卫的回避让我很受伤。收不到阿黛尔的短信也让我胡思乱想。他们把我的事情告诉彼此了吗？他们和我。总是他们和我。是依附而生还是为其所困。非此即彼。

但现在，阿黛尔在我面前。我看得出她为什么不想早点来见我。我觉得有点儿难受。她试图用妆容盖住淡去的瘀青，但仍然很明显。她完美的颧骨上是暗沉的紫色和绿色。从某种程度上，粉底凝结在那块颜色上，几乎让它更显眼了。

“哦，这没什么。”她专注地开着车说——或者假装很专注，这样她就不必看我，“很蠢的意外。我朝着自己的脸打开了碗柜的门。真是蠢。”

她试图说得轻松自在，但我并不信她。我的腿在发热的汽车座位上流着汗。出了什么事情。在她指示方向并打弯的时候，我定定地看着她。她的样子憔悴了不少，甚至显得焦虑不安。她的头发失去了原有的光泽。我第一次觉得仿佛自己才是光彩照人的那一个，而不是她。几晚上的高质量睡眠改变了我。我精神焕发，活力充沛。我已经很多年没有觉得这么舒坦过了（如果曾经有过的话）。我觉得自己焕然一新，我想和我的朋友庆祝这一点，但现在，却看到了她如此卑微的样子。我几乎为自己的快乐而愧疚。

“我想，我们今天还是别去健身了吧。”她继续道，“我没什么心情。今天天气很好。让我们去花园里吃午餐吧，你可以跟我讲讲你的梦。”她微笑起来，我看到她稍稍畏缩了一下。是轻轻地一颤，但足以让我明白，瘀青还在疼。

“当然可以。”我说。我的头脑在急速运行。有谁会朝着自己的脸打开碗柜门？用那样的力道？这事有可能发生吗？电话。药片。瘀青。这一切让我心中一紧。我多想忽略这种种迹象，不去想也许大卫身上真的有很严重的问题。阿黛尔热爱健身。为什么她今天不想去？是因为她身上有更多瘀青，害怕在更衣室里被我看到吗？

我想说些什么，问问她还好吧，这时她放在钥匙槽里的手机响了起来。不必问我也知道是谁。

“我正要去健身房。”接起后她说，那语气听着几乎像是在赔罪，“是的，没错。不，我会直接回家的，我保证。好的，一会儿再跟你说。再见。”

“哇，真浪漫。”我干巴巴地说着，打开了窗。车里很热，在看到她的瘀青并听到他们的对话后，我有点儿反胃。我觉得很糟糕、很生气、很不安、很困惑。大卫不来找我并非是因为他对婚姻重燃激情，这点我很肯定。

“你们两个吵架了吗？”我没有用“打”这个词。我不想让她觉得我在问大卫是不是打了她，尽管这恰恰就是我要问的事情，哪怕我不太能想象得出那场面。总之，那不是我的大卫。阿黛尔的大卫是个陌生人。

“哦没有。”她说。但是她在停车，没有看我。“没有，完全不是那样的。就是……你懂的，婚姻就是那回事儿。”

我不懂，我醒悟过来。我对他们的婚姻一无所知，但那似乎和大多数婚姻截然不同，肯定和我跟伊恩的婚姻不同。在伊恩外遇前，我和他一起凑合着过日子，像其他所有人一样。我们偶尔会争吵，但我从没害怕过他。大卫和阿黛尔的情形完全不同。那些通话、她的紧张、他的脾气、药片，还有现在的局面。我应该忽略多少呢？因为他似乎对我不一样。我爱阿黛尔。她教会了我在夜里睡个好觉，这是有史以来最棒的事情。我不想让她难过受伤。但我对大卫的感情也很真实。我是在犯傻吗？他是个虐待狂吗？我会不会很快也被打得眼圈发青？这一切都太不真实。

他可能会打她吗？我走出车时想到。真的吗？当然不会。也许阿黛尔说的是真话，她只是在家犯蠢出了意外。也许这就是他不上我这儿来的原因。他得在家照顾她。我跟着阿黛尔走向正门，一心想着这个解释，心里的紧张消散了一些。只是一场意外，仅此而已。

门厅里有个盒子，装着一台跑步机。我看到机器时，阿黛尔笑出了声，笑声如同玻璃打碎般清脆。她说这是大卫买给她的礼物，但他们要把它退回去。她不愿意取消健身房的活动。

我在脑中把这些新信息跟之前了解到的拼凑起来，心里又是一沉。这台跑步机是一件美好的礼物吗？还是它背后有更阴险的动机？大卫是试图进一步把她锁在家里吗？要是她不去健身房，就又少了一个外出结交新朋友的理由。也许正是这点引发了争吵。是她试图维护自己，然后他打了她吗？而现在，他为自己的行为而愧疚，所以心软了把它退回去了？但要是大卫连阿黛尔在他上班时如何度过自己的时间都要控制，那他为什么要来找我呢？他为什么不时刻在家和她一起？我不和他在一起的时候，他为什么不在意呢？也许我们的关系还没到那一步吧。我看过那些电影，起初男人尽显魅力，然后就开始变得暴力。哪怕把大卫和暴力联想在同一句话里，我都觉得很怪异。也许他只是对我并不够在乎，所以才不想知道我的一举一动。也许，我试图说服自己，他根本没有打她。

“是哪个碗柜？”当我们进厨房时，我问道。有一部分理智告诉我，闭嘴吧，不要管了，但我实在太过好奇，情不自禁就问出了口。她看着我，很是困惑。当时她正取出盘子，轻松地开始准备一顿养生午餐，似乎他们从不像普通人那样将凉拌卷心菜或鹰嘴豆泥留在盆里、扔在桌上。

“哪个碗柜？你知道的……”我冲自己的脸颊指了指。

“哦！”她说，“哦，那个啊。”一时间，她的眼珠胡乱地扫视了一排柜子。“那一个，水壶上面。真的很蠢。我想拿片布洛芬。当时正烧着水，蒸汽糊了我的眼，我看不到自己在做什么，太蠢了。”

我点头微笑，但心怦怦直跳，我知道她在撒谎。她随意地指了一个柜子，从我站的地方，我很肯定她得蹲下来一点儿才能让门角撞上她的颧骨。如果门是她开的，我不懂为什么门会直接撞上她的脸。而且这力道也不足以把她伤成这样。这是一块快要消退的瘀青，所以肯定已经肿了好几天。

我差一点就要问出我们之间支支吾吾没说出口的问题——那是大卫打的吗？——但我胆怯了。我不认为我想知道，不是在这儿，不是在现在。不是在我无法控制自身反应的地方。我的愧疚感会流露出来。最后我会告诉她我都跟他干了些什么，可我不能那么做。我不能。这会让我失去他们两个。而且，目前她太过脆弱，接受不了那样的消息。这很可能会击垮她的。

但我仍然觉得很恶心，我抓过一瓶气泡接骨木花水[①]，拿过两个玻璃杯，把它们拿到户外的新鲜空气里。这么久以来，我第一次渴望抽根真正的香烟，而且我没能那么快速地把电子烟从包里取出来。

“那么，告诉我！”她端着满满的两个盘子加入我，食物看起来棒极了，尽管我根本没有胃口吃。“你真的做到了吗？”

“没错。”我呼出长长一口气，让尼古丁稍稍令我平静一些。这是我今天第一次从她脸上看到本该有的快乐，她像个孩子般高兴地拍起手来。

“我知道你可以做到的，我就知道。”

我微笑起来。这一刻，我情不自禁地把大卫抛诸脑后。我分得很清楚。我和阿黛尔就是我和阿黛尔。她的婚姻与我无关。而且，自私点儿说，我从星期天早上醒来后就迫不及待地想对她倾诉了。

“我感觉好极了。”我说，“我从不知道睡几个晚上的好觉能让我的生活发生这么大改变。我变得有精神多了。”

“嗨，来来来，告诉我！你是怎么做到的？”

“自然而然就发生了。”我耸耸肩，“真的很简单。我读着你给我的笔记本睡着了，里面写着罗伯找到了他的梦之门，所以这肯定渗入了我的潜意识。当我进入往常的噩梦里，亚当走失在老旧废弃的大房子里，他呼唤着我，我试图找到他。但那些黑暗的卷须打破墙壁，想要扼住我的喉咙——”描述这些让我觉得很傻，因为这听起来很蠢，但阿黛尔全神贯注地听着。“然

① 接骨木花水是欧洲家喻户晓的传统夏季饮品，有消炎功效，还能止咳、预防感冒，女人也常常用它来调理、养颜。——译者注

后我停止奔跑，心想‘我没必要在这里，这只是个梦’。然后，它就在我面前的地面上出现了。”

“一扇门吗？”她说。

我点点头：“是我小时候游戏室的门。粉色的门上画着蝴蝶。但它更大一些，仿佛随着我长大了似的。它突然就冒了出来，看到它让我想起了我的老屋。在我父母去澳大利亚试图挽救他们糟糕的婚姻前，我在那儿长大。然后我蹲下身，打开门，跌落进去。我到了那儿，回到了老屋，它和我童年时的样子完全一样。”

“那扇门呢？”

“我抬头看的时候它已经不在了。然后我知道我成功了。”

“你没有醒吗？在你意识到你掌控了一切的时候？我想，罗伯是试了好几次才能留在梦里的。”

“没有，我很好。”我放松下来，吃了一个乳清干酪馅儿甜椒，然后继续说。分享令我乐在其中。“我在屋内漫步，从冰箱里拿了一些妈妈做的苹果派吃，然后回到了我的旧屋子，上床睡觉。”

“你去了床上？”她看着我，半是惊讶半是大笑，“你可以去任何地方，但你却选择上床睡觉？噢，路易丝。”她摇头大笑，这一次她没有因疼痛而瑟缩，我也让她觉得好些了。

“上帝啊，不过，那次睡得可真香。”我说，“过去几晚简直太妙了。坦白说，你改变了我的人生。我都没意识到一直以来我有多么累。”

她往嘴里放进一小块鹰嘴豆泥皮塔饼，边咀嚼边摇头，仍然觉得很好笑：“你去了床上。”

“我知道。”现在轮到我笑了。

“不管你做什么，你都能得到同样的休息。”她说，“这一点请相信我。你可以和任何你想见的人去任何你想去的地方，这是你的梦境，你可以主宰它。”

“唔，你是说，和任何人去任何地方？”我眉毛一挑，“我马上想到了小罗伯特·唐尼[①]，但那还是需要一张床。”然后我们都大笑起来，一时间我很喜欢她。她是我的好朋友，而我是个坏女人。她并没有太多的朋友，而她施以援手的那一位正和她的丈夫搞在一起，对她坏透了。真是绝妙。她对我的帮助让我想到了笔记本里的罗伯。

“罗伯在梦里去了海滩。”我说，“他想象着你也在那里。”我有点儿担心提到那笔记本，万一她想起里面透露了太多细节，想要拿回去呢？但我做了太多错事，至少得做一件对的事吧。没有她的同意，我不想再读下去了。“你确定你不介意我读吗？这似乎是很私密的事情。从别人那里读你的过去，我觉得有点儿怪。”

“那都是很久以前的事情了。”她柔声说，一瞬间头顶飘过一朵云，在她美丽的脸上投下忧伤的阴影，但她很快又神情明朗起来，“我知道从别人那儿读它要比我自己解释更自然。我很不擅长解释事情。”

我想到那一次在跑进厕所躲起来前第一回见到她，当时我觉得她是如此优雅自得，远不是眼前这位神情紧张的谦卑女子。我们的外表似乎都和真正的自己不尽相同，这真是奇怪。她是

① 小罗伯特·唐尼是美国电影演员、制片人，曾多次受到奥斯卡奖提名，并荣获金球奖，因主演“钢铁侠”系列电影而名气大增。——译者注

如何看待我的呢？在她眼里，我是不是一个矮胖邋遢的金发女郎？又或者，是别的样子？

“所以你不介意我读它吗？”

“不，”她摇摇头，“其实你可以留着它。我很早以前就该扔了它的。那是一段我们尽量避免回想的时光。”

我能理解。当时她刚在火灾里失去父母，那肯定是特别糟糕的回忆。但我仍然被那字里行间所写的生活给迷住了。

“你跟罗伯现在还是朋友吗？”我问。她从没提起过他，这似乎很奇怪，因为他们在韦斯特兰是如此亲密无间。

“不是了。”她说着低头看盘子，脸上笼罩着伤感的阴影，“不是了。大卫不太喜欢他。我不知道他现在在哪里。”

屋内响起门铃声，阿黛尔歉意地匆匆跑开，去看是谁来了，谈话被打断了。*大卫不太喜欢他*。这是另一个证明大卫控制欲强的迹象，我得想办法忽略它。但也许，我不需要再考虑这个了。这一周他都没来敲过我家门，工作上也没给我任何关注。也许已经结束了。我觉得备受伤害，我讨厌自己会这么觉得。

阿黛尔回来的时候嘟哝着抱怨门外是茶巾推销员，*现在他们真是无处不在，这糟糕的经济形势*……我没有再催着她说罗伯的事。我不想说任何可能让她把笔记本收回去的话。这两个人已经变得对我的生活如此重要，但哪怕我透过这本笔记本窥见了他们的过去，也依然对他们知之甚少。要是阿黛尔不介意，那看看就没什么坏处，肯定没错吧？

28.

阿黛尔

“哦，坦白说，”我说，“是真的吗？你是很严肃地在问吗？”我的笑声在电话里愉快而清脆，我几乎能听到塞克斯医生在电话那头稍稍松了口气。“很抱歉，”我继续道，“我知道这不是个好笑的话题，我不是在嘲笑它，但是大卫？这很滑稽。没错，我脸上的确有块瘀青，但那是我自己犯傻弄出来的。我在厨房里笨手笨脚的。大卫肯定告诉过你吧？”

说真的，听到塞克斯医生在我耳边喋喋不休，我的确觉得很好笑。多么典型的会夸大其词的瘾君子。当然，安东尼是想要救我，所以他把看到的情形做了润色。这真是完美极了。我告诉大卫，他星期天晚上到我家门口来过——我当然要告诉他。要是男孩去找他心理咨询的话，他很可能会知道这事。但我没告诉他，我让安东尼觉得我很害怕。我也没告诉他安东尼后来又回来过，那次路易丝也在，差点引发尴尬局面。我很快摆脱了他，但却暗示我很高兴见到他。显然他很担心我。真是个小甜心。

也许我应该开始和路易丝去镇上吃午餐，而不是在这里。万一他在我们门外逗留的时候被她看到就不好了。

周一大卫去上班，立即给安东尼推荐了一个新的治疗师。他肯定在某一刻跟踪大卫回家，找到了我们的住处，这让大卫很是烦恼。也许他跟踪了不止一次。也许他花了好几个晚上在路的另一头研究我们的住宅，试图鼓起勇气靠近。据大卫说，安东尼吸毒只是因为他是个强迫症患者，而他的症状发展成了对大卫的依恋。这一点，我几乎无法怪罪那男孩。我自己也疯狂地迷恋着大卫，从我第一眼见他起就沦陷，但安东尼的依恋似乎更加变幻无常。他只看了一眼我那带瘀青的美丽容颜，就把依恋转移到了我身上。现在我正在电话中替我那被指控家暴的可怜丈夫辩护。

凭心而论，塞克斯医生至少听起来很不安，显然不愿跟我提及这事。他是用免提在跟我说话，我可以在通话里听到轻微的回音。是大卫在听吗？我只能想象出在他们决定给我打电话时，他脸上是怎样的神情。非常恐慌。他不愿发生这种事情。他不知道我可能会说什么。这让我微微有点儿恼怒。他应该更信任我一些。我绝不会去毁了他的职业生涯。我为什么要这么做？我想让他成功。我知道这对他有多么重要。

“我来澄清一下。”我说，“我们没有打架。我们从没在陌生人面前争吵过，当然更不会在一位患者面前争吵。”**争吵**。我让自己的语气听上去愤愤不平得恰到好处。毕竟，我们都是非常典型的中产阶级，塞克斯医生尤其如此。现在他肯定觉得很窘迫。“那个年轻人来到门前问起大卫，当时我做完晚餐，正在清理厨房。我告诉他，大卫医生头疼上床了。就是这样。他一定是看到了我的瘀青，然后编了这个故事。也许他是觉得被我丈夫拒绝了，想通过某种方式来惩罚他？”我深知那是一种怎样的感觉。这是我和年轻的安东尼·霍金斯之间的共同点。

“我就是这样想的。”塞克斯医生说，“但显然，当他把他看到的事情告诉了父母……呃，是他说他看到的事情，他父母觉得，出于道义，得追查一下情况。”

他听上去如释重负。也许他存有一些怀疑，我并不惊讶。要在人们心中播下怀疑的种子，那简直太容易了。毕竟，我们没人真正了解彼此。

“那当然。”我说，“请替我感谢一下他们的关心。但真的没有什么事情可担心的。也许，除了我的笨手笨脚以外。”我又笑了笑，仿佛整件事情仍然让我觉得好笑。“可怜的大卫，”我说，“谁都可能会打女人，但他不会。请告诉那个男孩的家人，我希望他得到了他需要的帮助。”

当我们说再见并挂电话时，我心想，这样会对我很有利。我的应对得当会让大卫松口气，希望这样他会给我多一点儿空间，并重新去和两面派路易丝共度那些下流的夜晚。要是他继续压制我，我就能拿这件事威胁他，说我要告诉塞克斯医生我在撒谎，他的确打了我。这个威胁并不可信——跟其他我能做的威胁相比——哪怕大卫意识不到。我为什么要毁了他呢？没错，我们很富有，但是大卫需要的不只是这些。我不能毁了他的前途，这样最能毁掉他。

不过，更重要的是，我可以借此利用安东尼。他父母来诊所告发这事会让他觉得特别糟糕。他可能会觉得是他让我在自己的暴力丈夫面前身处险境，我可以利用他的愧疚来得到我想要的东西。即便他说出去也没关系，那会被当作他的另一个幻想。没有人会听他的。

我快速给大卫发了条短信。

你还好吧？那个男孩需要帮助！！吻你。

我知道他们很可能还在同一间房里，塞克斯也许会看到这条信息。这将进一步证明大卫的无辜。它同时也提醒着我的丈夫，不论情形有多糟，我都会跟他站在一起，我们将永远风雨同舟。在他眼里，这对我们的婚姻于事无补——哪怕我知道，他根本不想修复婚姻——但这将改善他对我的态度。

门铃响起，三声尖锐的铃声。疯狂的铃声。我想，是可怜的男孩来认错了。

一切都进行得非常顺利。

29.

路易丝

我连手提包都还没放下，就给自己倒了一杯酒。我神经紧张，觉得仿佛脑袋里困着蚂蚁。我不知道要思考什么。

我在午饭时间外出散步，舒展一下昨晚因夜跑而酸疼的腿，并稍微整理一下我的思路。我厌倦了盯着大卫的门，希望他叫我进去跟我解释究竟发生了什么。我一整天都坐立不安。他对我视而不见，这举动就仿佛我们是青少年，而不是成年人。我不懂，要是他不想再见到我，为什么他不说出来呢？毕竟，这一切是由他开始的，而不是我。他为什么就不能直接告诉我呢？我的胃紧紧拧成结，即便想吃东西也吃不下。

我决心散完步后要去找他说个明白——不论是不是特地去谈——但我回去的时候他并不在办公桌边，而苏兴奋得满脸通红，告诉我安东尼·霍金斯的父母来了，他们和大卫正跟塞克斯医生在一起。

“安东尼说他看到马丁医生打了他妻子。直接打了脸！”苏欢快地低语着，可我却觉得自己被打了一拳。这对她是八卦，对我却是更头疼的事情。那之后我没看见大卫。我坐在我的办公桌边，头脑一片混沌，夹杂着半成形的想法和担忧。我想要离开这儿，于是在 5 点钟敲响的时候我走了。我想要一杯酒。我想要思考。

但我不知道要思考什么。红酒冰凉而清爽，我取出电子烟，走到阳台上坐下，让新鲜空气吹进这间闷热的公寓。阿黛尔说她撞上了碗柜，但安东尼说大卫打了她。安东尼为什么要撒谎？但如果那是真的，安东尼又是怎么看见的呢？他是在窗外偷看到的吗？周一时大卫把安东尼推荐给了一位新医生，我还以为是安东尼变得太过依赖大卫。但也许，那是因为安东尼看到了大卫不想让他看的事情。

我觉得很恶心，又喝了更多的酒。我的头已经变得有些闹哄哄的。我今天并没有吃太多东西，现在已经完全没了胃口。

门铃响了两次我才听到，我太过沉浸在自己的思考中了。我匆忙跑回屋内。

"嗨。"

是他。时间接近晚上 6 点，这一周他第一次出现在我门前。我还以为他再也不会来了，我让他进了屋，吃惊得说不出任何话。他带了酒来，当场打开，从碗柜里取出另一个玻璃杯。

"请别客气。"我喃喃着，心中盘旋着一腔自相矛盾的情感。

"但愿我可以。"他说，声音带着悲痛，又或许是自怨自艾，我不确定是哪个。他喝干了酒，又倒满它。"多该死的一天。"他说着仰起头，发出一声叹息，"多该死的人生。"

他喝了很多酒，现在我意识到自己已经回想了太多事情。他喝醉了酒脾气很坏吗？这就是发生的事情吗？我看着他。打架。拳头。脸。

"我不能待太久。"他说。然后他伸手将我拉进他的怀里。"但我必须得来见你。我不断告诉自己，停下吧，向自己许诺我会停止这样，但是我做不到。”

“你见了我一整天。”我僵在他的胳膊里。我闻到的是白兰地的味道吗？一个可怕的想法突然冒了出来。他在办公室喝酒吗？他亲吻我的头顶，在酒味和须后水味里，我捕捉到了他自己的味道，不由得心生喜欢。坦白说，在孤单的夜里，我很渴望他。但要是他认为现在我们可以直接去床上，那他就错了。这些天里他几乎都没看过我，现在又随随便便就回来了。我向后退，去拿我的酒。去你的。我看着他握住酒杯的手，很大，很强壮。我想到了阿黛尔脸上的瘀青。阿黛尔以为我是她的朋友，这一次，就让我当一回她的朋友吧。

“但那不像现在。”他说，“那时候我们两个并不是我们。”

“我们。”这个词在我的重复中听起来死气沉沉，“几乎就不存在‘我们’这回事，不是吗？”我倚在橱柜上，没有像往常一样领他去客厅或卧室里。我今天还没有跟亚当通过话，我不想错过这通电话，不想为了一个“不但骗妻子也许还打妻子”的男人错过。我突然觉得很疲惫。亚当大约再过一周就要回家了。所以无论如何，这疯狂的一切必须得终结。也许到时候我会松口气。

他微微皱了皱眉，发现我情绪低落。“你还好吧？”我耸耸肩，心跳加速。我讨厌冲突，完全应对不来。我倾向于恢复平静，当个阴郁沉默的青少年，而不是指出哪里不对。我吞下一大口红酒，做了个深呼吸。这是我谈论他们婚姻的唯一机会。这是我可以合理地去了解的事情。

“发生的事情苏都告诉我了。你和安东尼·霍金斯的父母。

他们说了什么？”

“感谢上帝事情都澄清了。”他说，“我今天不想谈这个。”他看着我，发现我一脸怀疑。他沉下脸。

“哦，路易丝。”

“怎么了？”我的声音带着提防，心里也带着戒备。现在他就站在我面前，让我觉得自己的半信半疑有点儿愚蠢。尽管阿黛尔说他没有打她，但发生了太多说不通的事情，我一件都想不明白。

“你真觉得我打了自己的妻子？”

“我不知道。”我说，“你从没谈起过你的婚姻，你的妻子。我们说过话，但你从不谈论你的婚姻。每次我试图问起，你都绝口不提。你总是看起来那么闷闷不乐，我不明白你为什么还在那里，还跟她在一起。你就不能离婚吗？”

所有被压抑的困惑和悲伤都从我口中涌出，我在盛怒之下滔滔不绝。我见过阿黛尔的瘀青，我知道她有多脆弱。我知道那些电话。但这些我什么都不能说，无论我有多希望他能解释给我听。我能做的只有把话题带回我们之间的一团乱麻——他只了解一半的那团乱麻。

他盯着我，仿佛我刺了他一刀，但我仍在继续说着：“我是说，这对她也一点儿都不公平，不是吗？你在做什么？”

“你真的要问我打了她没有？”他打断我所有的胡言乱语，“你到底了不了解我？”

我几乎要大笑起来：“了解你？我怎么可能了解你？你了解我——我就像本打开的书。关于我的一切事情你都知道。我们谈论过我。但是你？我不知道我该怎么看待你。”

“我当然没有打她。”他很泄气，身上的活力全然不见，“她说她开厨房碗柜的时候撞到了脸。我甚至都不知道那是不是真话。但我知道我没有打她。”

我心头一松，一阵激动。至少，他们两个给了我同样的解释。

“安东尼星期天晚上来找过我。”他继续道，“但我当时在洗澡。他一定是看到了她脸上的伤，编造了个故事想引起我的注意，或者想伤害我吧。”

也许那是真的。那听起来像是真话。现在我感觉很糟，因为我怀疑了他，也怀疑了她。但是我又该怎么做呢？我的内心充斥着这所有的问题——关于他们，关于我们，关于这一切究竟会如何发展？

“你为什么从不告诉我？”我问，“好好跟我说一说你的生活吧。”

他盯着酒杯。“我真不知道从何说起，”他说，“这不关你的事。我不想让这成为你的事。我不想……”他犹豫着，寻找合适的词，“我不想让这一切来玷污你。”

“这到底是什么意思？”我问，“你看，我没指望你能为了我离开她。我知道我对你并不重要——”

“对我并不重要？”他打断我，“你是我拥有的唯一美好。这就是为什么我得如此小心翼翼。这就是为什么我不想跟你谈论我的婚姻或生活。我不想让任何那样的东西介入我们之间。”

他喝光了酒，长长咽下满满几大口。怎么会有人那样子喝酒而不想吐呢？一杯又一杯，还喝得那么快。他的自我可怜并不吸引人，但我贫乏的内心很喜欢他说我很重要。这让我觉得更坚强了些。

“这会儿先别想我。”我说，“你在家显然过得不开心。那就离开吧。我丈夫就是这么做的，这举动也没杀了我。这让人很受伤，但我已经恢复过来了。生活总要继续的。”现在伊恩和我的替代者即将有孩子了，而我就像一个活在自己生活里的幽灵。我把这个想法留在了心里。“我没看出有什么问题。”

“你不可能看出问题在哪里。要找到问题，你得要了解我们，真正地了解我们。我甚至都不确信我们还相互了解。”他很愤恨，言辞尖锐，凝视着自己的酒杯。“但有些事情必须得改变一下了。”终于，他说。他的话有点儿含糊不清：“但我需要想明白要怎么做。要如何安全地摆脱她。”

“也许你该和她谈谈。”我说。在这个完全不忠的时刻，我试图尽我所能地忠于阿黛尔。“她是你的妻子。她一定很爱你。”

他大笑起来，起初是带着突如其来的幽默，但后来就听上去很尖酸刻薄：“哦，她爱我。爱算什么呢？”

我想到我那位脆弱的朋友，想到她跑着去接电话、吃药片、做晚餐，我很生气。他怎么能这样对她？对她这么轻视？要是他不爱她，那他应该放她自由，让她去爱别的人，去爱一个值得她爱的珍惜她的人。

“回家吧。”我冷冷地说，“回家跟你妻子把你的破事都解决清楚。我现在接受不了这样。”他没说一句话，但却紧盯着我。他的眼里开始染上醉意。他是开车来的吗？我决定不去在意。这是他的问题。现在，我只想让他离开。“走吧。”我重复道，“别再喝酒了，你糟透了。”我很想哭，为了他，为了阿黛尔，为了我自己。主要是为了我自己。我不想同他争吵。我想要去理解他。

他走的时候，我没有看他。他经过我身边，紧紧握了一下我的手，我没有回应他。

“我会处理好的。”他在门口说，“用某种方式处理好。我保证。”

我没有抬头看。我什么都没给他。我也许是个坏女人，是个两面派，但是该适可而止了。我想要他，但不是像现在这样。我不能再这样继续下去了。我真的不能。他和阿黛尔正在把我撕成两半。

在他走后，我又倒了另一杯酒，去给亚当打电话，借此抑制住我那愚蠢的想哭的冲动。他告诉我他们今天去了水上乐园，他和伊恩玩了滑梯。即便是他那冒泡的快乐也没法让我振作起来。我的部分头脑回放着我和大卫的对话。我说着一切正确的话，听我的宝贝小男孩念叨也很愉快，但在他说他要挂电话的时候我还是松了口气。我需要安静，我觉得空虚、疲惫、难过，心里还压着一堆其他东西，我不想追究那是什么。这是我们的第一次争吵，也许也是最后一次。我觉得他没有打阿黛尔，我意识到这点的时候已经为时过晚。我内心深处不这么想，我不会再这么想。

现在还没到晚上 9 点钟，我还是拿着酒钻进了羽绒被里。我想暂时忘却这一切。一睡解千愁。也许到了早上，所有事都会从某种程度上变好。我感觉很麻木，但仍有一部分自己在憎恶，憎恶我赶走了他，放弃了一起上床的机会。和我的大卫上床，而不是阿黛尔的。我总是想起他意识到我怀疑他是不是殴打妻子时脸上的那个表情。那种可怕的失望。我也总是想起阿黛尔脸上的瘀青——在那块病态的绿和沉默的蓝里，展现着她所有的恐惧和秘密。不管他有没有打她，他们的婚姻都有些不正常。不过，这一切就没有正常过，而我也许是我们三人中最糟糕的部分。

我觉得陷入了困境。我不知道我该怎么做。我做了目前唯一能做的事，喝干杯中的酒。我的头脑在酒精的作用下一片嘈杂，然后我闭上了眼睛。亚当很快就会回家了，到时候我可以借助他来逃避一切，躲在安全的空间里，将注意力集中在我的男孩身上——一个我可以不带愧疚和反悔地去爱的人。我睡了过去。

这一次，当黏糊糊的影子卷须伸向我时，我打开了游戏室的门。我没有回到童年时的家，而是来到了我和伊恩最初结婚时住的屋子。当时我们两个还都很幸福。我在花园里，天气晴朗，万里无云——天气不太热，风和日丽，我正在和亚当玩耍。但他已经6岁，我的亚当和现在一样大，不是我们住在那儿时的那个小婴儿。我们在池塘边上，试图去抓蝌蚪，脚丫子上沾着泥巴，湿答答的。我们把网和果酱罐放入浑浊的河，两个人都在大笑。

空气里飘来烤肉的香味。甚至在我有意识地想起大卫之前，我就听到了他在喊：汉堡准备好了。我们转身微笑，亚当跑向他。我正准备跟过去，眼角却瞥见池塘里有东西在闪烁，水面下有个轮廓。它在形成时边缘微微闪光，几乎在黑暗的水下散发出银光。我困惑地皱起眉头。这是我的梦——我主宰着它——但我却不知道那是什么。我在池塘水面上跨出一步，像耶稣一般涉水而过。我几乎大笑起来，在梦里我就是上帝。我在它身边蹲下，把手伸入流水中，激起圈圈涟漪，但下方那发光的轮廓仍留在原地。这是另一扇门，我意识到，仿佛是为了印证我的想法，门的边缘光泽更亮了。我想找把手在哪里，但它并没有把手。一扇不是我有意想象出来的没有把手的门。我不知道它为什么会在这里。

我盯着它看了一会儿，然后大卫又叫了我，亚当也在叫我。他们在等着我开饭，我想和他们一起。闪光的门渐渐褪去，然后我身下除了池塘空无一物。

我醒得很早，才刚过5点，酒令我口干舌燥。我对自己很失望。我创造出的梦是如此完美，梦里我们三个组成了幸福的一家，尽管很口渴，我仍然觉得精力充沛，就像阿黛尔告诉过我的那样。自我厌恶使我痛苦万分。我应该在梦里想象出阿黛尔的。我应该对她忠诚。她对我那么坦诚，可大卫却是个靠不住的搞外遇的酒鬼，天知道他还有什么毛病。但我依然疯狂地想得到他，如果我的梦境能作为判断依据的话。我也许没在行为上让他跟我上床，但在头脑中肯定这么干了。而且，在梦里，我让他爱上了我，我也爱着他，我们是一家人，阿黛尔再无踪迹可寻。我抹去了她的存在。

我呻吟一声，起床找水喝，打开电水壶。我睡得很早，现在很清醒，再睡个把小时的回笼觉毫无意义。水壶烧开了，我摇着头，试图把那鲜活的梦中生活赶走。我朝亚当的卧室看去，他很快就会回家了，我一阵激动。而且离苏菲回来也不远了，也许我应该对我和阿黛尔的这段友谊放手了。采取苏菲的建议。远离阿黛尔和大卫，远离我陷进的这团愚蠢乱麻里。

我洗了个澡，冲走残留的些微宿醉，然后打扮好准备去上班。但当我坐下喝第二杯茶的时候，也才只有早上7点。落满灰尘的电视屏幕上折射着阳光，我梦里的第二扇门，那扇我在池塘里见到的闪光的门，浮现在我的脑海。我从厨房抽屉里拿出笔记本，也许罗伯也曾看到过。我的心怦怦直跳。在昨晚之后，我不应该再继续读它了。还没挖掘他们的过去，我就在这里触发了足够多的伤害。但我控制不住。我想要去了解他们。而这第二扇门正是我的借口。

那太简单了，我可以去任何想去的地方。基本上我去的都是想象出来的地方，因为我什么地方都没去过，而且就算见鬼都不会选择回家。但不管我在哪里，阿黛尔总是会在那里。我甚至没有真正去想她，她就自然而然地出现了。也许是因为我总是想着她吧。不是因为我想睡她，是更好、更纯粹的原因。我们在梦里特别过瘾。这差不多是我最喜欢的事情。我可以随心所欲，让讨厌的一切都滚开，不必失魂落魄，也不必争吵辩驳。

阿黛尔再次正常入睡。现在韦斯特兰的每个人都爱死我们了，仿佛我们的康复跟他们有关似的——我们这样的病人是他们梦寐以求的。但我对此很高兴。她能睡觉了。我知道她没说谎，因为大部分夜里，我都会偷偷溜到她房间去看她几分钟。天哪，回头读这句话的时候，我这个行为还真是诡异。但她就好像是睡美人，我俯视着她。这会给我一点儿平静感。既然我已经不吸毒了，睡着时也不再满是噩梦，那我就无须睡那么久了。现在梦境只在刚开始还没被我控制住的时候才可怕，有时候我会选择在噩梦里留得久一些，体验一番惊悚的刺激，就像坐过山车一样。

我知道他们无法伤害我，因为这由我做主。

没错，她能正常睡觉是件好事。在好几周试图保持清醒之后，她有很多觉需要补，她还需要把这一切破事抛在脑后。担心某个人的感觉真是奇怪。我很担心阿黛尔，之前我从没担心过任何人。没有担心过我那卑鄙的家人，也几乎不担心我自己。在阿黛尔之前，所有人都毫无存在感，没有一个是重要的。之前我其实从没想过可能会有人对我很重要。这就是爱吗？也许，我的确在以自己的方式爱着阿黛尔。

她会在她的梦里想到我吗？还是说，她的梦中永远都是她常提起的讨厌人物，大卫。最令我担忧的就是大卫。我不知道她为什么对他如此着迷。我觉得她看不到他的本质。她说她相信他。是啊没错。我打赌他爱死这点了。她是那么相信他，所以她签字同意她所有的钱财都归他支配。一大笔财富全都由他掌控。她的律师就是来这儿办这事的。她最终还是告诉了我。我知道她会说。她不喜欢秘密。但这到底是要干什么？让大卫去读该死的大学，无休无止地拿学位，过养尊处优的生活，而她自己却被关在这间精神病院里，把所有的房产、钱财和一切东西交由他支配？

我真是没法相信。我几乎要对她大吼，但看到她在对我坦白时显得那么不安，我吼不出口。现在一切已成事实。她说这只是暂时的，因为她不愿去想，而且反正他们要结婚的。但谁会把自己所有的钱都交给别人？哪怕只是暂时的。她为什么要这么做？那是爱，也是愚蠢。她对人性的了解并不像我这么深。她一辈子都被保护得太好了。她不明白，所有人都一心只为自己。我甚至不会真正责怪大卫拿了钱——至少这是他做过的不太无聊的事，但我讨厌阿黛尔允许他这么做。有钱能使鬼推磨，大卫也曾是差一点从农场中大赚一笔的人之一，但后来钱被他父亲挥霍一空。总之，想想他现在拥有的这么多钱是怎么来的，真是可笑。多亏了阿黛尔。

我打赌在我们离开这以后，他是不会签字把这些财产还给她的。我打赌他会编造出各种借口。大卫，这个可怜的农场男孩现在有了一大笔财富任他支配。事实上，这让我很想笑，因为太疯狂了。半夜醒来，我气愤得再也睡不着。这也引发了我的思考——阿黛尔的父母究竟出了什么事。他是怎么做到在半夜里及时路过去救她的？他是不是也及时路过去放了把火呢？

从我的角度来看，这很合他心意。我们在这儿的时间差不多快结束了，但如果阿黛尔觉得我会忘了她，忘了这一切，那她就错了。我会去关心照料她的，因为我无时无刻不觉得大卫……

“我很抱歉。”他说。我们在他的办公室里，中间隔着他的办公桌。我在颤抖。自从今天早上放下那本笔记本后，我就一直在颤抖。

“我知道当时我喝醉了，但在我说会想办法解决这些事情的时候，我是真心的。”他继续道。他很平静、很体贴。也许还宿醉未醒。“我知道我的婚姻很糟糕，我知道。我不应该这样把你搅和进来。你昨晚说的——”

“我不是来这里跟你谈昨晚的事情的。”我冷冷地打断他。我觉得自己仿佛在冰水里泡过似的。我渴望见到阿黛尔，渴望弄明白我的怀疑是不是真的。“我下午要请假。我家的热水器坏了，水管工刚刚打电话来说，他可能会在2点到6点之间过来。苏说她下午没什么事，可以替你的客户办理登记手续，在我的办公桌工作。”他有四个预约，对此我很高兴。我不必担心他会回家撞破我和她在一起。

今天早上他一上班我就给阿黛尔发了短信，得知她独自待着很安全。我没有说出真实目的，不想让她觉得防备或担心。所以我发的是：

> 昨晚我梦里出现了很奇怪的第二扇门。没有把手，不能打开，你遇到过那种情况吗？如果你想一起吃午餐，那我就下午请半天假。

我说得很轻巧，尽管在打字的时候我的手抖得不行。她立刻回复表示可以，并建议去一家带露天座位的小酒馆。那里距离诊所有段路，离主干道稍远，更靠近居民区。她也不想被人发现。

“当然没问题。”他说。他看着我的时候，我掌心全是汗。这是我第一次觉得他像个陌生人。不是我的大卫，也不是阿黛尔的大卫，但也许*大卫就是大卫*，他总能得到自己想要的东西。阿黛尔同意一起吃午餐，对此我在心中千恩万谢。我等不到周一了，我需要知道真相，她是唯一能告诉我真相的人。我开始去完成拼图，拼出他们疯狂婚姻的模样，但我不喜欢那幅被揭露出来的景象。

“但愿没什么太严重的问题。”他说，“热水器可是很贵的。”然后他抬头看：“如果你需要任何的——”

“我买了保险。”我再次打断他。他真的想给我钱吗？谁的钱？他的，还是阿黛尔的？

“好吧。”他简洁地说。我持续的冷漠触痛了他。他看起来很受伤，但我不确定我有多在意他。

“谢谢。”我径直朝门口走去，脚步笨拙地挪动着，我知道他在目送我离开。

“路易丝。”

我转身看他。他双手插在口袋里，这让我想起我们在这间房里初次谈话的场景，想起那涌动在我们之间的电流。它仍然还在这里，仍然吸引着我去靠近他，但现在它被笼罩在怀疑之中，就像阿黛尔脸上的瘀青。

“我真的很在乎你，你知道的。”他说，“真的，我无时无刻不在想你。我情不自禁。那就好像我在脑子里和你过上了另一种生活。”情话滔滔不绝地从他口中吐露，但我想的只是我不需要，至少现在不需要，除非我知道发生了什么。

“我想……我想我爱上你了。我知道我得理清自己的生活，我得理清这团乱麻。我一整夜都醒着，试图想出解决的办法。我知道你不明白，我不是要帮你弄明白它，但这是我得亲自处理的问题。不过我会开始着手去办的。今天开始。我知道你有理由生气。但我想要说出来，就是这样。”

血液涌上我的脸、我的脚，涌上我全身的每个地方，仿佛它正急速流动在我的血管里，试图找到逃出我身体的路径。现在？现在他来说这个？我的头脑已经一团糟了，他还要丢个告白给我。爱上我了？哦上帝。我不知道该怎么想。我不知道该有怎样的感觉。但是阿黛尔在等我，在我有能力思考这事以前，我至少得从她那儿了解一些真相。我需要知道他是怎样的人，知道他**真正的**样子，透过外表去了解他的内在。

我点点头，克制住内心强烈的情感，留他站在那里。我从我桌子底下抓过包，冲进屋外的新鲜空气里，甚至都没跟苏打声招呼说我走了。

30.

阿黛尔

我坐在阳光下，抿着一杯我不该喝的冰冷的干白葡萄酒，等着路易丝。路易丝。这个奇妙的女人居然能对我的心情产生如此大的影响，真是不可思议。昨晚，大卫下班后直接就去了她那间肮脏的小公寓。我痛苦得想杀了她，哪怕她已经可悲地在尽力捍卫我，并把他赶回了家。坦白说，这种行为为时已晚，且毫无意义。更糟的是，在我和塞克斯医生谈话时替他做了一切辩护之后，他仍然选择直接去找路易丝，而不是我。我本可以毁了他的，但他并没有想到那一点。他毫无感激之意。之后他回到家，在书房里喝得醉醺醺地，然后跌跌撞撞地上了床。甚至连一句谢谢都没有说。

我爱大卫。我真心地、疯狂地、深刻地爱着他，无论这听上去有多卑微，可是我比他更为强大。没错，事情得做些改变了，但必须得由我亲自脏了手来做这事。我忍住昨晚带给我的伤痛，把它深深压在心底我无法触及的地方，因为我们承担不起另一番争吵了。现在还不行。然后，我奇迹般地收到了路易丝的短信。第二扇门。我微笑着抿了一口酒，哪怕我独自一人，哪怕我这样子被路人看在眼里会略显疯癫。她看到了第二扇门。

这么快。这会改变一切。在她打开门之前，必须得一切就绪才行。在她知道真相之前。

当我看到她拐弯沿街走来的时候，我兴奋得一阵激动。她看起来很不错，真的很不错，我非常为她骄傲。她现在走在路上甚至更显高挑了，因为她更苗条、更健康了。还有她的颧骨——尽管绝不会像我这般轮廓清晰——是她漂亮脸蛋上柔和的亮点。我的肌肉因为缺乏锻炼而酸疼，我的背部因为紧张而僵硬。我在凋谢，而她在盛放。难怪大卫爱上了她。这样的想法令我痛苦。这样的想法将永远令我痛苦。

“在喝酒？”她微笑着说。她很慌乱，她试图将包挂到椅背上的时候滑落到了地上。

“有何不可？这么好的天气，这么好的惊喜。”我发现她正盯着我脸上残留的瘀青。现在瘀青正快速褪去，仿佛它不知怎的意识到了自己的使命已经完成。我让服务生再拿个杯子来。

“你怎么请假了？”

“哦，我的热水器出了毛病。”她轻快地说，“水管工稍后会去修，但我想我还是壮着胆儿请一整个下午吧。”

她撒谎很蹩脚。这点真是太可爱了，想想她是怎么一边和我丈夫在一起一边和我全程做朋友的。服务生很快端上了她的酒，并送来两份菜单。我们都假装在浏览菜单，她迅速喝了好几口酒。

“这么说，你看见了另一扇门？”我问。我故意向她靠过去，哪怕在露天用餐的只有我们两个客人。我想让她觉得我很亲近。“在哪里？是什么样的？”

“在我老家的池塘里。我在那里和——”她略微红了脸，“和亚当在一起玩。然后当我转身往回走的时候，它出现在水面下，在发着光。”

她并没有把梦完整地告诉我，大卫肯定也在梦里，我能从她的脸红中看出来，但我并不在乎。哪怕她幻想出三个大卫一起淫乱我都不会在乎。那扇门才是重点。

“就像是发光的银子。”她补充道，“然后它消失了。你之前梦到过它吗？”

我困惑地摇摇头：“没有，真是太奇怪了。我真想知道它通往哪里。”

她耸耸肩：“也许只是我脑子短路了。”

“也许吧。”我的心在狂跳。我已经提前考虑起在她打开门之前我得做些什么了。

服务生回来给我们点餐，我大呼小叫地说自己并不饿，只是想离开家而已。然后我看到她脸上露出体贴的担忧，我知道那本笔记本她看到了哪里。我知道这次午餐邀约的真正原因。我必须得集中注意力不让自己笑出来，今天真是太完美了，我把一切都策划得那么好。

“你总得吃点东西，阿黛尔。你太瘦啦。而且，”她很不当回事地补充了一句，“反正是我请客。”

“哦，谢谢你。”我滔滔不绝，“我真是太尴尬了，我到这儿的时候才意识到自己出门没带钱包。我真是个马大哈。”

她给我们点了两盘意式蘑菇面，以一种我们初次见面时她绝不会有的主导姿态，然后等到服务生离开了她才开口。

“你是真的出门没带钱，还是大卫在控制你的开销？”

只能说，路易丝还真是直率。我做出惊慌失措的样子，仿佛试图掩饰什么，喃喃着这想法太荒唐了，直到她过来握住我一只正在乱挥的手。这个姿势代表她站在我这边，代表友谊和喜爱。我的确相信她喜欢我。程度没有她对我丈夫那么深，但她真的喜欢我。

“我从笔记本里读到一些事情，让我有点儿担心。”她继续道，“你随时可以叫我滚，这一切都不关我事，但是，你真的签署了文件，把你所有的遗产都转给了他？在火灾之后？如果是真的，拜托，行行好，告诉我这只是临时的。”

“哦，你别担心那个。”我说。我知道我看起来就像是一头受伤的鹿，正盯着神枪手的步枪瞄准器。一个典型的为施暴者辩护的受害人。“在钱财方面大卫比我擅长多了。有太多事情需要处理，噢上帝，这真是太尴尬了……”

她握紧我的手：“别犯傻。也别觉得尴尬。我很担心你。他签字承诺过把财产归还，对不对？在你离开韦斯特兰，完全康复之后？”

她的手又黏又湿。在这里，她是既得利益者，我知道。

“他打算还的。”我咕哝着，“真的。但几个月后我又得了另一场小病。他决定——我们决定——一直让他负责一切会更好些。然后我们结婚了，反正，这是我们的钱。”

“哦。”她坐回椅子里，灌下一大口酒。酒落肚中，怀疑也落实在她心中。

“事实没有听上去那么糟糕。”我柔声为他辩护，“他会给我零用钱和食物经费。总之，我没有真正为钱操过心。”

“食物经费？”她瞪大眼睛，“零用钱？这算什么，上世纪50年代的规矩？”她停顿了一下，“现在那些该死的电话就说得通了。”

“我并不在意那些电话，真的，路易丝，那没关系。我很快乐，我想让大卫快乐。”也许这样太过可悲，但真相总是令人信服的，我想让他快乐，我的确很可悲。

“你甚至都没有联合账户之类的东西吗？”

“真的，路易丝，那不重要。这样很好。我想要的他会给我。我们的婚姻就是这样的。别担心，他会一直照顾我的。”我从脸上拨开一缕头发，让手指暂时停留在我的瘀青上。一个微小的姿势，但足够引起她的注意，让她在脑中将瘀青和钱联想在一起。

“就好像你是个小孩。”她说。我知道她头脑中满是我们的秘密友情、电话、药片、瘀青，现在又加上了钱的事情，这一切全都锁定在一起。现在她爱我远胜于大卫。现在我觉得她是恨大卫的。我永远都不会恨大卫。也许这是我们之间最大的不同。

“拜托，这你就别管了。没事的。亚当什么时候回来？”我问。我利用她那句“像个小孩”的评价来转移话题。“你肯定很期待见到他。他可能又长高了一点。这个年纪的孩子总是长得飞快，对吗？”

食物被送上桌，她给我们各自点了第二杯红酒，默默把我对没有孩子的遗憾添加到大卫的缺点列表里，给她的烈火添了一把柴。面条味道绝佳，但她在盘子里拨来拨去，并没有吃。我也许应该做同样的事，来维持我紧张不安的表象，但我很讨厌浪费美食，所以我吃了，动作优雅，但还是吃光了，在她跟我讲述亚当的假期的时候。听上去，他的假期过得很愉快。

我们没有人真正在意那些故事。她心中满是愤怒和失望，而我则为她发现第二扇门而充满兴奋。我做出正确的回应并微笑，她勉强说着话。但现在我想结束这顿午餐了，我还有事要去做。

“那是……”她话说到一半停住了，皱起眉，透过我的肩膀盯着某处看。

“什么？”我转身。

“是他。”她仍然盯着那里，一半身子脱离了椅子站起，“是安东尼·霍金斯。”

现在我看到他了，他一如既往地有用，我兴奋起来。他在跟踪我，他当然在跟踪我。“或许他住在这附近。”我说。

“又或许，他在跟踪你。”看看她，我伟大的保护者，我丈夫的情人。

“哦，我不太相信。”我一笑而过，但眼神狠狠盯着安东尼，意识到他让我变得不安了。他还算有头脑，转身跑进了街角小店。“他可能去买烟了。”他对我的爱慕是有用的，但跟踪我这是无法接受的。

“也许吧。”她说，她心里并不相信。我们都看着门口，直到他出来。我希望路易丝没看到他离开时回头一瞥，眼中是对我的渴望。当时她在阳光下眯着眼，所以我可能是安全的。那并不重要。到了第二天，安东尼将是她最不会担心的事情。

午饭一吃完，我就催她赶快回家去处理她编造出来的故障热水器。我去了健身房。我刚到那儿，大卫的下一个电话就打来了，但我没有像我说的那样在锻炼，而是为我那运作中的计划安上了下一个轮子。大卫说他下班会直接回家，因为我们得谈一谈。接完电话，我对前台说了我的诉求，并声称自己太忙了等不了，却又告诉他们，在6点后打我们家里电话，跟我确认一下我的要求。他们会打来电话的，对此我不怀疑。这是一家非常昂贵的健身俱乐部，我们买的是全项套餐。除此以外，我在人前一向礼貌又亲切。礼貌和亲切是我不在家时所展现的一面，我总是会注意要用友善的态度对待服务员。这里的一些其他会员可能会了解这点。

我兴奋得喘不过气来，因为即将要发生的事情而紧张不安。在我回家准备晚餐的时候，我的手在颤抖，几乎无法集中注意力。我的脸很热，仿佛我开始发烧了一般。我试图深呼吸，但我浅浅吸口气就开始战栗。我将注意力集中在第二扇门上，提醒自己，我的整个人生中，可能再没有像这样的机会了。

我汗湿的手指从我试图切的洋葱上滑过，我几乎切到了自己。我不知道为什么如此在意这道菜，反正它们最后的归宿都是垃圾桶。但是我得尽可能地让事情看起来一切如常。自从我结婚后，烹饪就变成了我引以为豪的事情。随意乱切的洋葱块可能会成为线索，暴露我知道即将发生的事情。而这些天里，大卫对我很是怀疑。

我听到他的钥匙在锁里转动，我整个身体因紧张而兴奋。厨房的灯突然之间变得几乎太过明亮。这一次，我成功做到了深呼吸。我看到我的手机在水槽边的橱柜上，位于我和墙上的固定电话之间。我看着钟，刚到6点，真是完美。

“嗨。”我说。他正在门厅里，我知道他想跑进书房躲起来。

“我给你买了一瓶教皇新堡酒，快来打开它醒酒[①]吧。”

他走向厨房，不情不愿，像条被喂肉屑的野狗。我们的爱情是怎么变成这样的？

“这么说，我们仍然在假装一切都很好。”他疲惫地说。

“不。”我伤心地回答，“但至少，我们可以礼貌些。在我们处理那些问题的时候，我们还是可以做朋友的吧？肯定能的吧？那是我们都欠彼此的，不是吗？”

“我说……”

电话铃响起，尽管在意料之中，我仍然几乎跳了起来。我的手紧紧握住菜刀。我朝电话机走去，但如我所想，大卫阻止了我。

“肯定是诊所打来的电话。”他说，“我来接。”

我低垂着眼睛，切着洋葱。我竖起耳朵，紧张得连皮肤都在发烫。是时候让他那幸福的小秘密变得像这段婚姻一样乱糟糟了。

“你好？对，我是大卫·马丁。哦，嗨……你想确认什么？很抱歉，我想我没听明白。延长会员期限？”

这时，我朝他转过脸。我必须得这么做。我一脸无辜，担心他会为我的开销而生气，担心我交了个朋友没告诉他，会让他不开心。他没有看我。还没有。

“谁的会员卡？”他在皱眉头。

然后我看到了他的表情。他试图去理解发生了什么，震惊又困惑。

① 醒酒是指在开瓶后让酒液有时间和氧气接触。在氧气影响下，让酒变得更加好喝易饮，香气更加复杂。——译者注

“抱歉，你说的是路易丝·巴恩斯利吗？”然后他看着我，但是他仍然试图在脑海中把事情搞清楚。他的世界才刚刚天翻地覆，又再度地动山摇。“而且这个会员延期是我妻子安排的？”

我耸耸肩，恳求着，用口型说：*她是我交的一个朋友*。

“可以，没错，谢谢你。那很好。”他的视线落在我的手机上。挂电话的时候，他伸手去拿手机，快得我甚至都来不及假装自己要去拿。

“很抱歉。”我说，“她是我遇到的一个人。仅此而已。就是一个朋友。我不是想要倾诉什么。我很孤单。她对我很好。”

他没有在听我说话，而是浏览着手机里的短信，面带怒容。我留着大部分短信。我当然会留着。我就是为这个做准备的。

他盯着我看了很久，紧紧捏着我的手机，我觉得他可能都要把它给捏碎了。现在他最想捏碎谁的气管，我的还是路易丝的？

“很抱歉。”我再次说。

他脸色苍白，紧咬着下颌，试图克制自己的情感，整个身体都在颤抖。他这个样子我之前只见过一次，那是太久以前的事了。我想要拥抱他，告诉他一切都会好的，我为他安排了更好的一切。但是我不能。我必须得坚强起来。

“我要出去一下。”他勉强从牙齿里挤出这句话。我觉得他甚至都没有看我。

他朝前门冲去，我在背后喊他，但他迈着大步，甚至都没有停顿，带着满腔怒火和疑惑，旋风般离去。

门被摔上了，只剩我一人。一片沉默中，我听到时钟滴答作响。我盯着他的背影看了一会儿，然后将开瓶的红酒倒入杯中。这酒应该醒更长时间，但我不在乎。

抿下第一口酒后，我长叹一声，沿着肩膀转着脖子缓解压力。可怜的路易丝，我想。我筋疲力尽，却试图摇走疲惫。我还有事情要去做。我要去看看安东尼是否把包裹留在了我要求的地方，然后再看看大卫在做什么。我暂且没空去管我的疲劳。

毕竟，死后自会长眠。

31.

当时

他们第二天就要离开。一个月已经过完，哪怕他们是病人中的明星，也没有理由逗留得更久。那是一种很奇怪的感觉，但阿黛尔在打包行李时情不自禁地微笑起来。离开韦斯特兰，重获自由，大卫学期结束就会娶她。尽管发生了这一切，但她看起来拥有美好的未来。她唯一的担心就是罗伯。虽然他开着玩笑，但她能看得出他并不想回到他姐姐身边，完全不想。看到他脆弱的一面，她很难过。离开他也同样令她难过。她把衣服叠好，放进小行李箱。这是她此刻唯一的悲伤，这悲伤很尖锐。

“想要去湖边吗？”她问。他正坐在她床上，看着她打包收拾。这还是自她认识他以来第一次，他看起来像是个小男孩，而不是个快成年的男子。他黑色的长发遮住脸，但她可以看到他无比讨厌的牙箍在他牙齿上闪着光。不过他的 T 恤依旧被烫得很平整。她之前从不知道会有人去熨烫自己的 T 恤或牛仔裤。也许他甚至还会熨烫自己的袜子。可能这是他那对阿黛尔来说似乎是不可控的人生中，他自己所能掌控的一小部分。

他从上衣口袋里掏出什么东西，咧嘴一笑。一条被卷得很整齐的大麻烟卷。“最后的烟草了。我们不妨再抽一回。也许被他们抓到我们在抽烟，我们就能留得更久一点儿。”

她知道他有些期待这事会发生。她知道他希望他们留得更久一些。她身体中有一部分也在同样地期许，因为她无法想象不能每天见到罗伯的日子。但是她非常想念大卫，她兴奋地想要见到他、亲吻他、嫁给他，现在不再会有父母的反对了。

罗伯怀疑这是他们友谊的终点，但她知道不是的。也许在他们结婚之后，罗伯可以过来和他们一起生活。大卫会喜欢他的，她很确定。他怎么会不喜欢他呢？罗伯这么好，没有人会不喜欢。

她抓住他的手，它在她掌心中的触感很好。她几乎要忘记握着大卫的手是怎样的感受了，这就像是种背叛。可是大卫不在这儿，罗伯在，他们的确在以自己的方式爱着彼此。

“我们还等什么呢？”她说。

今天天气并不暖和，水面的风不时带来刺骨寒意。但是他们不在乎。此刻他们坐在初见时的那棵树下，相互递着大麻烟卷。她也会想念这样的场景。她想象不出大卫会想体验过瘾的感觉。她不能告诉他她在这里吸过毒。那会吓到他的。这是另一个她和罗伯之间的秘密。

“也许我现在要烧了那本笔记本。”罗伯说，“来一个正式的告别。”即便他语调轻快，目光闪耀，但是她知道他情绪低落。她紧紧握住他的手。

“不，留着吧。你永远不会知道，你的梦境里可能会保留更多的惊喜。”她猛吸了一口烟，享受着轻松愉悦的陶醉感，然后把烟卷递还给他，“当你来看我的时候，你可以跟我讲讲。你去了哪些地方，见了哪些人。”她对他微笑，“在一些梦里，你最好把我也包括进去。”

“你也一样。”他说，“你会整天见到那个无聊的大卫，见够了他你就不必连做梦也要梦到他了。”

她开玩笑地冲他胳膊打了一拳，他大笑起来，即便他真的是那意思。再见面，一切就不同了。要是他们没法喜爱彼此，她怎么能同时爱他们两个？这不可能。

“要回家了，你没事吧？”他问。

“我想没事。”她不太确定，但那是她治疗计划的一部分。要勇于面对现实，回到创伤的发源地，在那里待上一阵。

“那里有许多没被损坏的房间，烧坏的那几间也已经被清理过并临时修整过了。都是大卫安排的。”

“我猜也是。现在你把你所有的钱都给了他。”罗伯干巴巴地说。

“不，我没有。”她恼怒地说，“我一直在告诉你，这只是暂时的。这样更方便些。对他的大学费用和其他一切都方便，而且还有房子里的东西，我在这儿没法处理它们。最重要的是，它会勾起太多回忆，我不愿去想它。我很高兴他能接管它。随它去吧，罗伯。别告诉任何人。火灾之后，大卫过得很艰难，就别让媒体再把这事报道出来火上浇油了。”

“好吧，好吧，我只是在担心你。”没有时间留给他们的初次争吵，她知道他明白的。他停顿了一下，“你一个人住那幢老旧的大房子，这让我更担心你。”

“我没事的。只不过是几个星期而已。会有人来关心我的：一些当地人、我的律师们，当然还有医生。甚至会有人带着食物来看我，并在我需要的时候替我打扫房间。大卫说周末他只要能走得开，就会来看我。”

“你面前是全新的人生。”他渴望地说，“想想我，要回到那该死的住所，依旧和那见鬼的恶心姐姐困在一起。”

“有那么糟糕吗？”她问。关于他的生活，他依然没有完全敞开心扉，即便在过去几周里，她也曾尝试温柔地敲开他的心门。

“就是这样。”他试图吐出烟圈，但它们才半成形就被风吹散了，他放弃了，“我现在不想去考虑它，明天再说吧。”

“你可以打电话给我。”她说，“我会把我的手机号给你。要是情况不妙你就打给我，到我这儿来住个几天。”

“哦，我肯定大卫会喜欢这主意。”

“大卫在大学里。”她说，出于一时的逆反心理，她补充了一句，“而且这该死的房子是我的。”

然后他们相互咧嘴一笑。她能看得出他爱她。这让她内心觉得温暖，纵然夹杂着些许复杂。大卫是她的一切，但现在她心里还多了一个罗伯。没有他，她现在绝不会好转得这么快。她可能会被永远关起来。

“我是认真的。”她立刻热情友好地说，“随时欢迎。”

“好吧。”他说，“也许我会来的。”

她希望他会。她希望他能打电话给她，而不是独自承担痛苦。但罗伯，他是个骄傲的人，她知道这一点。和大卫一样骄傲，以不同的方式。

“你保证？”她说着身体前倾，他们的脸凑得那么近，她的发梢扫过他的脸颊。

“我保证，我美丽的睡美人公主，我保证。”

“很好。”她亲吻了他的鼻子，“就这么说定了。”

32.

路易丝

我不应该让他进来的，我不应该让他进来的。当我完全想明白了现在崩塌在我周围的整个混乱情形，我心里只剩下这一句话。要是我没让他进来，我就可以不必面对他。目前还不必。我很想吐，我不知道该说什么。

他站在我的客厅里，气得直发抖。他冲我挥着阿黛尔那劣质的手机，嚷嚷着说他读了所有的短信。我在哭，我甚至都不知道自己是什么时候开始哭的。也许在他一进门的时候，我就察觉到他知道了，但我不愿相信。我惊慌极了，仿佛是外遇被拆穿，而我在试图解释。我痛恨我自己。

"从头到尾？"他难以置信，仍然在努力弄明白这一切，"从头到尾你都是我妻子的朋友，但你却没有告诉我？"他发怒时苏格兰口音更浓重，粗鲁得令我大吃一惊。这是一个陌生人的声音。

"我不知道该怎么说！"我冲他哭喊，双手比画着毫无意义的手势，可能是想胡乱挥舞着把这一切都赶走，"我没有……我只是在街上偶然撞到了她，她摔倒了。然后我们一起去喝了咖啡！我没有想跟她做朋友，可是她给我发了短信，我不知道该怎么办！”

“可你居然没跟她提过你为我工作？你不觉得按常理你该跟她提一下吗？”

我吃惊地住了嘴，这片刻的沉默在他眼里肯定更显得我心虚。我还以为他什么都知道。也许他发现了阿黛尔的手机，然后就直接上这儿来了？也许他还没找她谈过？也许她没有告诉他那部分。*也许她害怕得说不出话*。我不知道该说什么。我应该告诉大卫她当然知道这事吗？可这样会给她惹来更多的麻烦。我们所有人中，阿黛尔是最无辜的，她完全没做错任何事情。我什么都没说。

“你太疯狂了！”他说话的时候唾沫乱飞，“上帝啊，我还以为你很真诚。你是在跟踪我吗？”

“我很同情她！”我冲他尖叫着，不去管墙壁是薄薄一层，隔壁的劳拉肯定会听到，“她是那么孤单！”

“该死，路易丝。你知道这有多疯狂吗，你知道吗？”

“我不想跟她做朋友的，我不想。”我一把鼻涕一把泪，“我被套牢了。一开始我以为酒吧发生的事只是一场短暂的艳遇。”

“但你为什么不告诉我呢？这些该死的谎言，路易丝，你究竟是谁？”

“我没有撒谎，我只是没有——”我无助地耸耸肩。*我只是没有告诉你*。哪怕他在我说完前就打断了我，我也知道这个理由说得微弱无力。

“你是怎么对我说的？你就像本打开的书？”他冷笑一声，那模样我几乎都不认识，“你真是一派胡言，我还以为我可以信任你。”他别过脸去，手抓着头发，但看起来他要把头发连根拔起了。“这事我想不明白。我想不通。”

“你真正担心的是什么，大卫？”我把握住时机，最好的防御就是进攻。如果他觉得他可以信任我，那为什么他什么都没跟我说？也许他才是那个一派胡言的人。“也许我知道了不该知道的事情？也许我会给阿黛尔撑腰，找你算账，赶你走，夺回她原本的生活？”

“什么？”他转头看我，这是他冲进屋来第一次真正看我。他皱起眉头，放低声音，“她跟你说了我什么？”

“哦，除了她爱你之外她什么都没说。”现在轮到我冷笑了，“但我有眼睛。我知道你是怎么对她的。她非常害怕你。我看得出你在玩弄她的感情。”

他狠狠地瞪了我许久：“别自以为是，你根本对我们的婚姻一无所知。”

“我知道你拥有她所有的钱财。这就是你不肯离婚的原因吗？一个贫穷的农民的儿子救了富有的女继承人，然后让她签字转让所有遗产，再也没有还给她？你这简直是桩活生生的阿加莎·克里斯蒂侦探小说里的阴谋！”现在我很生气。没错，也许他有道理为我而烦心，我不知道换成是他我会做何感受——也许会觉得自己被冒犯被欺骗了——但他背着妻子和我睡觉，所以我说出了这番话，把这当成大富翁游戏里的脱狱卡，暂时从我的困境里逃离。

“你真的压根就没把我放在心上，是不是？”他脸色苍白，浑身发抖，可眼里却都是火。

“不，这不是真的。”我说。我眼里重新涌出泪水，真是讨厌。“我对你是有感觉的，我想也许我爱过你。至少差点就到爱的程度了。但总有各种其他的因素在阻拦，大卫。那些你没告诉我的事情，那些你可怜的妻子害怕得不敢去谈论的事情。”

“你究竟以为你知道什么事情，路易丝？”他的话冷冰冰的，简短又清晰。此外他身上还有一种可怕的沉默，那是克制着的怒火。这是在威胁还是在提问？比起他的咆哮，我更害怕他现在这样。我想起他是怎么对待阿黛尔的，想起他烧伤的疤痕，想起他是如何从烈火中救出她的。我想起那笔钱。他的英勇举止是为了她，还是为了他自己？

“阿黛尔的父母身上究竟发生了什么？”我胳膊交叠在胸前，用平静的声音义正词严地表达出这含蓄的指控，“半夜起火，而你恰巧路过。她是这么告诉我的。你是她的英雄。”说完我冷笑了一声，以此表达我内心真正的想法，即使我并不知道自己究竟该做何感想。

“我救了她的命。”他咆哮着，用手指指着我，几乎戳到我了。我后退了一步。

“没错，你的确救了她。但你没有救她的父母。他们死了。这对你很有利，不是吗？”

他畏缩了一下，瞪大眼睛：“你这该死的贱女人，你觉得是我……”

“我不知道我要怎么想！”我大叫着，怒吼着，“我厌倦了去考虑这些事。药片，电话，所有见鬼的事情！阿黛尔的控制狂大卫，我的友善但差劲的大卫，我试图在这团乱麻里把真正的你给找出来。我从来就不愿去考虑它，都是迫不得已！我从来就不想成为她的朋友，可我却做了，而且我很喜欢她。这一切让我觉得糟透了！”我无比烦躁，几乎不能呼吸，边哭诉边喘息，试图缓口气，“我觉得糟透了！”

“见鬼，冷静点，路易丝。”他走上前一步，试图抓住我的胳膊。可我又是哭泣又是喘气，甩开了他的手。他被我奔涌而出的情感震惊，我可以看得出来。

“我是她唯一的朋友，”我在毁灭之路上越走越远，可我停不下来。我厌倦了任由这一切问题去吞噬我的内心。“她唯一的朋友。这是为什么？”

“路易丝，听着——”

“罗伯出了什么事，大卫？”

他愣住了，我几乎可以感受到全世界都在我们俩之间屏住了呼吸。只有我自己还维持着呼吸。“他们为什么不再是朋友了？”我问，“你做了什么？”

他盯着我看：“你是怎么知道罗伯的？”那句话几乎就跟耳语一般。

“你做了什么？”我再次问。但他脸上的某个表情让我怀疑自己是否真正想要知道。他似乎没有听到我的话。在很长一段时间里，他什么都没有说。我意识到他并不是在盯着我看，而是在越过我看别的东西，只有他能看见的东西。

“你被解雇了。”最终，他开口道。

这句话冷冰冰的不带感情，完全不是我期待听到的答案，我压根没明白这是什么意思。

“你说什么？”这次轮到我困惑地皱起眉。

“明天把你的辞呈交上来，通过邮件。我不在乎你给出什么理由，随便编一个。这对你来说应该轻而易举。”

我目瞪口呆。我的工作？他要夺走我的工作？

“要是你想把我们那无关紧要的风流事告诉塞克斯医生，那我就会给他看这个。”他举起阿黛尔的手机，“到时候你看上去就会像安东尼·霍金斯一样，得了强迫症。”他倾身凑近我，克制而平静的话语里满是威胁。“因为只有一个见鬼的疯子才会和外遇对象的妻子开展地下友情。”他稍稍向后直起身子，“塞克斯医生是条汉子，他会想办法亲自开除你的。”

我丢了工作。突然间，一切都变得非常真实。大卫讨厌我，我不知道阿黛尔是否安好，而且现在我已经丢了工作。我回想起酒吧初见的那一晚，我们大笑，我们喝酒，他让我觉得自己如此有活力。我泪如雨下，心中满是自哀自怜。这是我惹出的乱子，是我活该，但这样的认知让我心情更差。

“你说过你爱我。”我声音弱得像老鼠，可悲极了。

他对此不置一词，但他的脸变得扭曲又讨厌，完全不是**我的**大卫。

我想再哭一会儿，更糟的是，即便是现在，即便一切全被摊开来讲，我仍然没有对任何事有更多了解。对于我的所有指控，他一个都没回答。

“大卫，你就告诉我——”我开口。我痛恨自己声音中的恳求，也痛恨自己想弥补**某些事情**的需求。

“离我远点儿。”他打断我，声音冷得像冰，“离阿黛尔远点儿。这点你要相信我，路易丝。要是你知道什么事对自己好，你就会离我们两个都远远的。我们的事与你无关，你懂吗？”

我点点头，像个被吓坏了的孩子，体内的斗志全然消散。我有什么好争的呢？我说出去的话收不回来，我也根本不确定我想不想收回来。我想要的只是答案，他不愿给我的答案。

“我再也不想见到你了。”他说。这句话轻柔又残酷，仿佛在我内脏上狠狠踢了一脚。看着他转身离开，我喘不过气来。

前门咔嗒一声，只剩我独自一人。

我崩溃了，瘫倒在地板上，身体蜷成一团，像个孩子般放声痛哭。我拼命哭了很久，控制不住地啜泣着。

大卫如此暴怒，而我甚至不能给阿黛尔发短信给她提醒。

33.

阿黛尔

他回家前去喝了酒。大卫永远都需要喝酒，但这一次我并不介意。我情愿他给自己点儿时间冷静一下。在我听到前门打开的时候，我确保自己坐在厨房桌边，脸上有明显的泪痕。但我没有哭。我想，他一晚上已经受够了哭泣的女人。

我保持着对路易丝的迷惑。我反反复复地道着歉，说自己不该交了新朋友而不告诉他。但我很孤单，我很担心他不再让我见她。我试图做个正常人，我认为她会对我有帮助。我问他去了哪里。我问她是他什么人，为什么一听到她的名字他就这样气冲冲地离去。他当然没告诉我真相，尽管他现在应该已经把事情了解得更清楚了。

他说她是他的一个病人，说这话时，他仔细观察着我的反应，试探着我。在这件事上，他并不太相信我的无辜，他对我太了解了。我让自己张大嘴，带着些微的困惑说出一句“哦”。坦白说，我对他有点儿失望。这肯定会引起我的怀疑，哪怕我没有事先知道他和路易丝的关系，而且路易丝是他的秘书。即便我非常爱慕大卫，但有一个迷恋他的病人还算可信，有两个的话就有点值得推敲了。不过，我只需要配合他就好，而我也这么做了。

我问了一切该问的事情，他都没有答到点子上。他没把手机还给我，但也没对我们的友谊追根究底，从这点中我能看出他自己很愧疚。我为路易丝感到抱歉，显然他把绝大部分怒火发泄在了她身上。但是他并不习惯对她生气。而对我则完全不同。可现在他并没有精力再对我发火，那会让他筋疲力尽。

“也许我们应该离开这儿两周。”他说。他低头看着地板，肩膀垮了下来。他厌倦了。非常非常厌倦。对一切。也对我。

“我们不能那么做。”我说。而且，坦白说，我们真的不能。那完全不符合我的计划。“你才开业没几周，这看起来像什么样子？你就像对待那个男孩子一样，别管这个叫路易丝的病人了。”

“也许就离开几天？这样我们可以好好谈谈。”他看了我一眼。怀疑、紧张。一切尽在那短暂的一瞥之中。“决定一下我们要做什么。”

善良的小路易丝保守了我们的秘密，但她提起了药片和电话。他想知道这里面有多少是出于偶然，又或许，是我从某种程度上精心安排了一切。

“我们不能总是逃避。”我说，极尽温柔地劝说他，“不管我们的问题是什么，我们都应该留下来面对它。”

他点点头，可是却看着我，带着深思。欺骗他的人是路易丝，但是他对我并没有一丝一毫的信任。他始终在试图分析我的情绪、我的想法、我的行为。他并不相信我不知道路易丝是谁，但缺少她的确认，他并不能证明任何事情。我能感觉得出，在我们之间的昂贵厨房瓷砖上，战线已经被坚决地画出。

他在边缘徘徊，很快就会做些什么事情。至少是跟我离婚，哪怕我威胁要毁了他。我觉得他几乎快不在乎这点了，我对他的控制正在减弱，我已经知道这个事实。他会为摆脱一切而松口气。至少在一段时间内是这样，在他意识到自己为很久以前发生的事情完全搞糟了他原本完美的人生之前。

但我的行动要快过他。我比他更勇敢。我总是领先一步。我坚定了决心。除非大卫摆脱过去，否则他绝不会快乐。除非大卫快乐，否则我绝不会快乐。

我们终于离开了厨房，他先走的，先去书房待一会儿，避免我们分头走向各自卧室的尴尬。然后我也走了，径直上楼，走向我们那张空荡荡的大床。我睁眼躺了一会儿，凝视着黑暗，思索着一切。更确切地说，我是在想他们，想我们，想他。

真爱之路永不平坦[①]。

① The course of true love never did run smooth. 出自莎士比亚的《仲夏夜之梦》。——译者注

34.

路易丝

我曾觉得精神焕发，现在却是疲惫不堪。我几乎两天没睡，和大卫的争吵在我脑中循环往复地播放。我只有在要去当地商店买酒和零食的时候才会拖着脚步离开公寓。我把头发扎成马尾，拙劣地掩饰着我甚至都没淋浴的事实。苏菲给我发来一句“事情如何了”，我没有回复就删掉了。眼下我不需要从她那儿得到任何自以为是的“我早说过”。

当我发出辞职信的时候，几乎快吐了出来。我哭着把信打了四次，才终于按了“发送”键。我把大卫抄送进了邮件里，看着电子邮件中他的名字，我又想哭了。塞克斯医生的电话立刻打了过来，充满了关切，这让我又哭了起来。这倒证实了我那个“个人家庭原因”的借口。

我没有说细节，他也没有逼问。他告诉我在一个月内可以重新考虑这事，他会把这当作暂时的停职。他们可以雇个临时工来代替我一些日子。对此我没有反对。也许一个月里事情会变得不同。也许大卫会冷静下来。也许他们会搬走。我并不是真正了解他们两个，因此我不知道他们会做什么。我从大卫那里收到了一封礼貌又客气的邮件——他把塞克斯医生也抄送在内——仿佛是个陌生人发来的邮件，而不是前一天晚上在我客厅冲我发怒的男人。我是对的。我根本不了解他。阿黛尔是唯一一个曾做过我朋友的人。他毁了我们两个。

可是我很担心阿黛尔。我有点儿希望她会在某个时刻出现在我家门前，但目前为止她还没来，对此我不奇怪。她是那么害怕惹恼大卫，她很可能不愿冒这风险。现在我已经见识过他发怒的样子了。我感受过他身上发出的可怕的憎恨。我无法想象长年累月地承受这种憎恨。也许他甚至会在家工作，对外宣称生病了。当我不再全然沉浸在自我可怜之中，心情就非常激动愤慨，我把他想成了汉尼拔·莱克特[①]似的怪兽。主要是我需要知道阿黛尔是否安好。我保证过要远离她，但是我怎么能够？我们吵完架时大卫是如此冷漠。他回家后，她将面临的是什么？我仍然能看见她脸上的瘀青，尽管他坚持说自己没有打她，可是所有虐待人的丈夫都会否认他们的行为，不是吗？

我太疲惫，也太情绪化，一切逻辑思考都被抛诸脑后。我只知道我得去查看一下阿黛尔的情况，我快没时间去做这事了。亚当后天就要回来了，到时候谁知道我还能有多少空闲？我的时间肯定会被大大限制，而且我不想把亚当卷进这团混乱之中。我需要关上门，把乱子隔绝门外。一想到没了大卫，没了阿黛尔，也没了工作，我仍然觉得很不真实。我憋回了更多的眼泪，我已经厌倦了自己的哭泣。*这是你惹的乱子*，我不断告诉自己，*你得忍着*。

① 汉尼拔·莱克特是汤玛斯·哈里斯创作的悬疑小说系列中的虚构人物——一个食人魔医生的形象。莱克特最先出现在 1981 年的恐怖小说《红龙》中，接着是在 1988 年的《沉默的羔羊》、1999 年的《人魔》，以及 2006 年的《汉尼拔崛起》中。——译者注

明天。如果可以的话，明天我要去看看她。但我要怎么做，才能不给我们两个带来更多麻烦呢？我倒了一杯酒，不去管现在还不到下午 2 点——这是例外情况——我跌坐在沙发上。我还需要打扫公寓，我不想让伊恩回来时对我品头论足。我看着这乱糟糟的屋子，视线落在笔记本上，在把邮件发给塞克斯医生之后，我将它扔在了电视机旁边的地板上。看着它，我突然想到一件事。

塞克斯医生告诉我会替我留职一个月，所以我似乎还没有被解雇——虽然你很想解雇我，谢谢你啊酒吧混蛋——所以他们还不会删除我的远程登录权限。

我盘腿坐在地板上，身边放着酒，心跳加速，仿佛他们可以看到我似的。我登录了诊所的服务器，掌心全是汗。即便从严格意义上我并没有破坏任何规矩，但我仍觉得自己就像是在偷看情人的邮件和短信。我找出了大卫明天的工作日程。他下午的时间被约得很满，至少在 5 点前都不会放下工作。就算他回家吃午餐，1 点半也必须回办公室。我退出登录，抿了一口酒，制定起计划来。

早上我再次查看了他的日程，确保他没有在最后一刻取消任何预约。我要去百老汇街上的卡冯·维尔豪斯零售店买个便宜的预付费手机。阿黛尔需要有一部手机。我不知道大卫是否把她那部蹩脚的手机给扣下了。至少，要是我能给她一部手机，让她藏在某个地方，那万一她遇上大麻烦的时候，还可以打电话给我。然后，我就能更轻松地对他们俩放手了。我必须放手，我别无选择。

有了计划之后，我感觉好多了。在我把酒拿到阳台，沐浴在午后阳光中的时候，我意识到我还因为反抗大卫而心情舒畅。*去你的，我想，你以为自己是谁啊？*

我试图不去想他在我床上带来的感受，不去想我有多思念那样的亲密，哪怕我为此而痛恨自己。我不去想在穿过第一扇门后，他总是出现在我构造出来的梦境里，和我们一起扮演着幸福的一家。相反，我想起我有多受伤，他有多可恶。要是他打算把我当成紧张的小阿黛尔，告诉我该怎么做，我会发疯的。

明天。明天我可以把这一切都抛在身后。

35.

阿黛尔

铃声响了好几下我才意识到那是门铃。一开始，在我乐悠悠的恍惚状态中，我还以为是某只珍奇的鸟儿闯进了屋子。我甚至都怀疑自己是不是不在屋里。然后，我再次听到了那声音。门铃声。肯定是门铃声。这惹恼了我，我从沙发上坐直身子，觉得头沉甸甸的。

“阿黛尔？”空洞的声音飘进房里，我皱起眉头。真的是她吗？我太想她了，我不知道我是真的听到了她的声音，还是她是我脑子里的幻觉。我太难集中注意力了，现在总是感觉她与我纠缠在一起，在这种状态下，我不知道该何去何从。

“阿黛尔，是我，路易丝！请让我进去吧。我只要待上一会儿。我只想知道你好不好。”

路易丝。是她。我的救星。我微笑起来，尽管那感觉就像是下颌发颤，我很可能就是这副样子。我下巴上沾了些口水，我笨拙地擦干口水，然后费劲地站了起来。我知道她会回来，但并没料到她来得那么快。

我做了个深呼吸，试图稍稍恢复点儿神志，决定是否要去应门。这也许有风险，但我还是把需要的东西藏在了小桌上的华丽柚木小盒里。我不知道这盒子是哪儿买的，也不知道我为什么买，但至少它终于派上了用场。

她又叫了一声我的名字，我在镜子里捕捉到了自己的影像。我看起来糟透了：脸色苍白，冷汗直流，瞳孔放得很大，以至于眼睛几乎是全黑的。我的嘴唇在抽搐。我几乎都认不出我自己。这使得我咯咯笑了起来，那突兀的声音几乎吓到了我自己。让她进来还是不让她进来，这是一个值得考虑的问题。然而，在我那部分还能正常运转的头脑中，我意识到了我可以如何利用这件事。我本打算在某一刻勉强自己假装一下这样的行为，但现在我不必了。我的计划向前推进着。我的计划永远都很顺利。

我摇晃着走向前门，打开门，明亮的阳光令我畏缩了一下。一小时前我还不能够挪动身体，但现在我全神贯注，四肢正按我的指令行事。为此我很自豪，可是路易丝看起来很是震惊。过了一会儿我才意识到，在微微摇晃着的是我自己，不是她，也不是外面的人行道。

“见鬼，阿黛尔。”她说着快速走了进来，温柔地挽住我的胳膊，“你的精神状况很糟糕。”她领着我去厨房，“你喝酒了吗？我们泡些咖啡吧。我一直都非常担心你。”

“手机的事情我很抱歉。”我含糊地说，“太抱歉了。”她在椅子里放下我。坐下来令我减轻了负担，我少了一件需要集中注意力的事情。

“你完全不必觉得抱歉。”她说。她把水壶灌满，又寻找着马克杯和速溶咖啡。我很高兴在碗柜里有个小罐子，装着应急用品。现在我也许已经恢复了一半的注意力，但是我没有精力去解释如何使用咖啡机。

“你是可以交朋友的，阿黛尔。每个人都被允许结交朋友。”她的眼睛扫视着房间，想寻找酗酒的证据，可她什么也没看到。“你是怎么了？你病了吗？是他做了什么？”

我缓慢地摇摇头，试图让眼前的世界保持原样：“药片。可能我吃的比该吃的多。”

她走向碗柜。在她打开柜子的时候，我知道她在算计着开门的动作是否有可能会把自己弄得鼻青脸肿。

“真的，别担心，没事的，它们都是处方药。”我喃喃道。可她并没有停下来，她当然不会停。她无视布洛芬和解酸药片筑成的小小防线，将手伸向后面的药包，把它们摊在柜子上。电水壶咔嗒一声关了电，可是她没有动。她正研究着那些标签。那上面全都整齐地印着我的名字，标注着剂量说明——依据我丈夫所开的处方。

“该死。”终于，她说道，“大卫给你开了这些药？”

我点头：“治疗我的神经紧张。”

“这些并不是治疗你的神经的，阿黛尔。这些是强效的抗精神病药物。我是说，真的很强效。从某种程度上，这些全部都是。”

“不，你肯定搞错了。它们是治疗我的神经紧张的。”我重复道。

她什么也没回答，却继续盯着药包在看，许多药包里，用膜包装的长条药板已经半空，挂在我冲走药片的水槽上方。她在一个盒子里仔细翻找着。

“里面没有说明。这些处方药是大卫带回家给你的，还是你自己收集的？”

“是他带回来的。”我静静地说，“我能喝一些咖啡吗？我觉得累极了。”事实上，考虑到这只是我的第二次练习，我很惊讶自己居然这么快就恢复过来。

她终于泡好了咖啡，在我对面坐下。胖乎乎的小路易丝已经不再神经兮兮了。其实，路易丝也已经不再胖乎乎了。过去两天的心痛已经减掉了她最后那几磅难缠的赘肉。

“这些药他让你吃了多久？”她问。

我耸耸肩。“有一阵子了。但是他总是给我尝试不同的药。”我盯着自己的咖啡，享受着热马克杯在我过度敏感的手指间带来的灼烧感，“我没有一直去吃它们。但是有时候他会看着我吃。”

我把脑袋靠在身后的墙上，支着脑袋让我觉得很累。我的内心也许恢复过来了，但身体其余部分要恢复仍需要时间。“我说我想要回我财产的支配权。”我咕哝着，仿佛这炸弹一般的信息并不重要，“那是在我们搬家之前，在布莱克希思的事情发生之后。可是他拒绝了。他说我得再吃一阵子药，先让自己冷静一下，然后我们再来谈这件事。他一直在试图让我吃药，可我总是会说不，但后来在那一切发生后我想，也许我该试试吃药。为了他。为了我们。”

“在布莱克希思发生了什么事？”现在她的自悲自怜已经消失不见，她被我们的故事给吸引了。我停顿了一会儿，然后开口道：

“我想他当时有了外遇。”这句话只是耳语，可是她听到时身体却微微向后一倾，她脸红了。*没错，那很伤人，不是吗？现在你也尝到那种滋味了。*

“你确定吗？”她问。

我耸耸肩："我想是的。那个女人开着一家小咖啡馆，偏偏开在诊所的拐角。玛丽安娜，这是她的名字。"这个美丽的名字仍然在我舌尖发苦。

"哇。"

*没错，哇，路易丝。你好好听着。现在你不觉得自己很特别了吧，对不对？*我想要咯咯笑，有一个可怕的瞬间我觉得自己就要笑出来了，所以我捂住嘴，别过头，做出一副在克制眼泪的样子。

"这本该是我们的全新开始。这所房子。这份工作。我又一次去要回我的钱，只是为了能更多地支配它，可是他失去了理智。他……他……"我一时气结，而路易丝瞪大了眼睛。

"他做了什么，阿黛尔？"

"你记得我说过在我们搬进来以后，我们的猫死了的事情吗？"我停顿了一下，"哎，是他踢的。他踢得特别狠。然后，当猫昏过去的时候，他踩在了它身上。"我盯着后门，盯着远处花园里我埋葬它的地方。"他杀了它。"

路易丝什么都没说。能说什么呢？她吓得开不了口。

"大卫就是这样的。"我继续道，话语带着疲惫，还依旧略带含糊，"他可以很迷人、很有趣、很和善。但当他生气的时候，他完全是另一个人。这些天我似乎总是惹他生气。我不明白，要是他这么不开心，那为什么不离开我。"我说，"我希望他能再爱我一次。"我的确希望。我真的，真的很希望。

"如果他跟你离婚，他就必须把你的财产还给你。"她说。随着我小心翼翼展示给她的那些拼图碎片被拼到一起，她板下脸来。然后她在包里翻找着，拿出一部手机。

“我给你买了这个。这是预付费的，我的号码就在里面。把它藏起来吧。但如果你需要我的话，就发短信或打电话来，好吗？”

我点点头。

“你保证？”

“我保证。”我抿了口变凉的咖啡，我的手仍在颤抖。

“可能的话，别再吃那些药了。它们对你没好处。你没有病。鬼才知道它们对你的脑神经起了什么作用。现在让我扶你上床吧。在他回家前，你可以好好睡一觉，把药效睡过去。”

“你打算做什么，路易丝？”我问。她帮助我上楼的时候，我的胳膊环着她的肩膀。“别做任何傻事，好吗？别去对抗大卫，好吗？”

她大笑起来，略带苦涩：“这不太可能，他解雇了我。”

“他做了什么？”我装作很惊讶，“噢，路易丝，这一切全都是我的错。我非常抱歉。”

“这不是你的错。千万别这么想。你什么都没有做错。”

她的身体变得更强壮了，比我们初见时要更结实、更紧致。我已经打造出了这个全新的路易丝，我沦陷在自己舒适的床中，一时间觉得非常自豪。

“噢，路易丝。”我困倦地说，仿佛是刚刚想起来什么，“前门有个花盆。在右边。”

“花盆怎么了？”

“我在里面藏了一把备用钥匙，以防万一我把自己锁在外面。我想把这事告诉你。”我停顿了一下，“他曾经把我锁起来过。我很害怕。”

“要是他再这么做，你就直接给我打电话。”她几乎是在咆哮，真是个猛虎一般的女子。

“没有你的话，我不知道我要怎么办。”我喃喃道。她替我盖上毯子，然后轻轻拨开我脸上的头发。“我真的不知道。”

这是实话。

36.

路易丝

他是个棕色的小坚果，我的宝贝男孩。也许不那么小了，他长大了。哪怕现在已经很晚了，而且他都快睡着了，我还是能看出他被晒得多么黑，他是多么健康。在他冲到我怀里紧紧拥抱我的时候，我差点儿哭出来。他是我的一个宝。

“我给你带了这个，妈咪。”他举起一个钥匙圈，上面串着一个封在透明树脂里的小贝壳做装饰。是海边的廉价纪念品，但是我却很喜欢。是他为我挑选的，所以我喜欢。

“噢天哪，谢谢你！真好看。明天早上我第一件事就是把钥匙串上去。现在我要跟你爹地说晚安，你把包放进自己的卧室去好不好？”

“很快会再见到你的，小士兵。”伊恩说。然后，当亚当推着他的巴斯光年小行李箱走远，伊恩对我微笑起来：“你看起来很好，露儿。你是瘦了吗？”

“一点点。”我很高兴他注意到了，但尽管我可能看起来更苗条了，但今天绝对谈不上很好。我一夜未睡，辗转反侧，想着大卫和阿黛尔那混乱的生活，想着我自己那颗受伤的心和我的自怨自艾，想着我的失业，我看上去肯定精神委顿。

“啊，那我可能不应该给你带这些。”他举起一个包。里面是两瓶法国红酒和一些奶酪。

“这些我随时欢迎。”我说着疲惫地咧嘴一笑，收了下来。我没告诉他我丢了工作。这件事可以等一等再说，我肯定得编些谎话来遮掩事实。我绝不能告诉他真相。我可不想让他觉得现在我们在道德层面上扯平了。他背叛了我，而我现在和一个已婚男子搞外遇。我绝不会给他这样的把柄。我会说，我的新上司有他自己的秘书之类的。我所了解的外遇正是如此，它们是滋生谎言的温床。

“你还是早点走比较好，”我说，“莉萨肯定在车里累坏了。”他们的欧洲之星[①]误点了，现在差不多已经是午夜。他们本该9点就到家的。

“没错，她很疲惫。”他看起来有一瞬间的尴尬，然后补充道，“谢谢你，路易丝。我知道这并不容易。”

“没关系，真的。”我说着挥手对他告别，“我真为你高兴。”我不确定这是不是谎言，我想这话半真半假。它很复杂。但我的确想让他离开了。过去的几周太过紧张激烈，现在我实在没有闲聊的心情。我寻常的生活以入侵者的姿态回归，令我觉得很不真实。

他离开后，我替亚当穿好睡衣，紧紧抱着他，品味着他身上令人愉快的味道，听着他困倦地喃喃着外出时的故事。虽然大部分内容我都在电话里听过了，可是我并不在意。我觉得我似乎可以听他念叨整个晚上。我把一个大塑料杯倒上水放在他

① 欧洲之星是通过海峡隧道连接伦敦、巴黎、布鲁塞尔的铁路运输系统和火车名。——译者注

床边，我们说了一会儿话，他变得越来越困。

“我很想念你，妈咪。”他说，“回到家我很高兴。”

这话听得我心都化了。我的确拥有属于自己的人生。也许它与这个小男孩息息相关，但我全心全意地爱着他，这份爱纯粹、干净、完美。

“我也想念你。”我说，“明天要是天气好，我们就去海格特森林玩。吃点儿冰激凌，来几轮幻想大冒险，你喜不喜欢？”

他微笑着点头，却渐渐坠入梦乡。我给了他一个晚安吻，看了他一会儿，然后关灯离开。

我觉得筋疲力尽。亚当的归来安抚了我，现在令我不堪重负的只有疲惫、倦怠。我倒了一杯伊恩买的昂贵红酒，它舒缓了我最后一点儿紧张，直到我呵欠打得停不下来。我试图不去想阿黛尔和大卫的事。阿黛尔有部手机。要是她真的遇上麻烦，会打电话来的。当然，除非她在大卫给的混合药物作用下太过神志不清。但其实，我并没有什么真正能做的。我想过给塞克斯医生打电话，可是他会相信谁呢？而且我很确定阿黛尔会撒谎去保护大卫的——保护大卫和她自己。我不明白她为什么还爱着他，她显然还爱着他，但我却清楚地看到，他跟她在一起只是为了她的钱。她值多少？他花了多少？也许他们在一起的时间太久，久到阿黛尔错把依赖当成是爱。

还有件事也很伤人，就是阿黛尔说大卫在他们曾经住的地方跟别人有过外遇。所有他语带不安说出的“我不做这种事”的谎话，统统到此为止。这很伤人，我不断回忆起那个糟糕的晚上，他说出的话是如此冷漠。一个陌生人。正如阿黛尔所说，这是他的另一面。

我发出一声长长的叹息，仿佛这样可以在某种程度上把他们两个给赶出去。现在亚当已经回家，我必须把注意力放在他身上。而且我要试着再找一个工作。不管塞克斯医生说了什么，我都不能再回诊所了。哪怕大卫走了，那个地方现在也全是他的影子——全是这一切的影子——让我再也不想在那里工作。一切都不同了。我心不在焉地在网上搜索着工作，但没有任何适合我的工作，这让我更加可悲。感谢上帝，我在银行里还有一些存款，这给我留了几个月的喘息时间。但钱总有用光的一天，到时候我就要重新依靠伊恩的施舍了。我想蜷缩成球躲起来，直到这一切都消失不见。我喝干杯中酒，朝床边走去。亚当回来了，我不能再睡懒觉了。

我很快就睡着了。这些天我几乎不再做噩梦了。噩梦刚开始一会儿，我就去检查自己的手指，然后游戏室的门就出现了，我开门离去。仿佛是成了习惯似的，我来到池塘边的花园里，亚当和我在一起。尽管我们试图开开心心地玩耍，然而天气总是灰蒙蒙地下着雨，就好像，哪怕是在一场归我掌控的梦境里，我的情绪仍然不自觉地流露了出来。我知道梦境只不过是幻想，可只有我们两个在梦里的时候，并不能满足我心中太多期待。大卫今晚没有在烤肉，我不想让他出现。他那句“要是你知道什么事对自己好，你就会离我们两个都远远的”还如此清晰地印在我脑海里，我不会让他这时出现。

我在池塘边，可亚当却被他身边的草坪上散落着的玩具汽车和卡车分了心，没有关注蝌蚪和鱼。他几乎都没有抬一下眼睛。我知道是我把他放在那里的，如果我想让亚当来池塘边和我一起寻宝，我只要在心里想一下就可以，但这就不是真实的亚当了，只是一个虚幻出来的他的影子，而今晚，光有影子是不够的。

真正的亚当很快在自己床上睡着了，裹着羽绒被，搂着泰迪熊。我想着他，想到他在离我那么近的地方酣睡，想到他又回到了自己的房间，我的心就发着光。我想见见他，抱抱他，抱着他直到他喘不过气。我觉得这是一个母亲的暴行。然后，突然间，它又出现了。

第二扇门。

跟之前一样，它在池塘表面之下发着光。但这一次，门在动。门升起来，竖直立起。尽管门的边缘仍然闪着银光，但它本身是水做的。我停在原地，它迅速靠近我。一瞬间我觉得我可以看到蝌蚪和金鱼游在表面。然后我摸着温暖的液体，穿了过去，然后我——

我站在了亚当的床边。一时间我感觉天旋地转，但慢慢地景象固定了下来。我在他的卧室里，可以听到他缓慢而坚定的呼吸，是那种睡得很沉时发出的呼吸声。一条胳膊搁在他脸上，我想挪开它，却又不愿打扰他。他的羽绒被已经被踢掉一半。在某个时候他肯定打翻了他的水杯，水全溅在了他可怜的帕丁顿熊身上。熊现在已经掉下了床。我很高兴这是个梦。要是帕丁顿熊得被拿去晒干，亚当会很难过。他甚至都不让我把它放进洗衣机里。我弯腰去捡熊，可是我的手却抓不住它。不仅如此，我还看不到我的手。我看着它们本应该在的地方——我没有手。那里什么都没有。我很困惑，用我那看不见的手指去触摸那只熊，试了三次，但每一次我都觉得自己穿过了那柔软潮湿的绒毛，就好像我根本不在那里，就好像我是一个鬼魂。我非常不安，觉得背后有一股很大的力量将我猛地一拉。在那短短的一瞬，我害怕极了，然后——

我喘息着醒过来，从自己的床上坐起，深深吸着气。我感觉是被惊醒的，仿佛在快要坠入梦乡的时候被吵醒了。我迅速看了一圈昏暗的房间，试图摆脱全然迷茫的状态。我低头看手，数着手指。10 根。我数了两回才确定这一次我是真正醒了过来。我的肺里很疼，仿佛我跟从前一样去酒吧里抽了 20 根烟，但是我并不觉得累。甚至恰恰相反，我觉得精力充沛，想到我的内心受到了怎样的打击，入睡前又是多么疲惫不堪，这种精力充沛是很奇怪的事情。但我很口渴。渴极了。睡前喝酒不好，我永远吸取不了这个教训。

我起身慢慢走向厨房，从水龙头接了两杯水喝光，然后用水泼了泼我的脸。我的肺已经恢复正常，生疼的感觉渐渐退去。也许，这只是某种梦境遗留的共鸣感。

现在只有凌晨 3 点，所以我径直朝床边走回去，尽管我并不确定自己还能再次睡着。我在亚当的房门前停下，微笑着朝里面看了一眼。他当然回家了，这部分并非梦境。在我准备关上门的时候，视线被地板上的小熊吸引了过去。床头柜上的塑料杯倒在一边，里面是空的。小熊被浸湿了。这一次，我可以捡起帕丁顿熊了。它沾满水，沉甸甸的。我看着亚当，心脏开始扑通扑通跳得更快。他一条胳膊搁在脸上，双腿从被踢开一半的羽绒被里伸出来。

那一刻似曾相识。每件事都跟我穿过第二扇门后在梦里见到的一模一样。但那是不可能的。我不可能见过它。我当时是在梦里。但我同样也不可能知道他打翻了水、弄湿了熊、胳膊搁在脸上。我想象不出这些事情。亚当是我知道的睡得最沉的人。通常他睡着了几乎都不会动一下，一整晚都保持着蜷成一团侧躺的姿势。要是我在幻想亚当睡觉的样子，我不会想到这里的任何一点。

我不知道该怎么想。这件事我怎么都想不通。我觉得我一定是在梦游。我短暂地松了一口气，这才符合逻辑。我坚持事情就是这么一回事，哪怕我觉得这解释并不准确。自从我开始头脑清醒地做梦，就再也没有梦游过。但事情肯定就是这样。也许我正在梦游，半途突然醒了，看见了那间房间，然后我继续睡，这景象就进入了我的梦里。

我意识到自己再站在这里瞪大眼盯着看也无济于事，于是回到床上，看了一会儿天花板。整件事情令我很不安，但我不确定是为什么。我碰不到玩具熊，我是隐形的。这从没在我的“新”梦境中发生过。在新梦境里，我能吃能喝，能寻欢作乐，干什么都行。我怎么会捡不起帕丁顿熊？我怎么会没有手？这很奇怪。这和其他的梦不一样。尽管我身体上有缺失，但是梦境本身却更加可信，更加真实。

我肯定是在梦游。我反反复复地告诉自己。这还能有什么其他解释呢？

第三部分

PART.3

37.

阿黛尔

现在我们在家里就是两个陌生人，警惕地绕着彼此走，而且——至少在大卫方面——对任何事情都很少维持表面的假象。我们甚至几乎连礼貌都不讲了。对我的问题他都是咕哝几声算回答，就好像他退化成了类似尼安德特人[①]一般的野兽，不再有能力说出完整的句子。他回避着不与我对视，也许是不想让我看到他大多数时候都喝得醉醺醺的。我觉得他是要把所有的“正常”表现攒到工作时用，在家里他没有精力装模作样。

他似乎变矮小了，变弱了。如果我是个精神病学家，我会说他是个紧张得快要崩溃的男人。我和路易丝的友谊彻底击中了他。不，那样并不确切。是路易丝和我的友谊击中了他。她对他而言是个与众不同的秘密，这个秘密被毁了。他被愚弄了。

现在，秘密最初被发现时的震惊已经过去，我知道他在责怪我。

“你确定你不知道她是谁？”昨晚他问我，他徘徊在我们卧

① 尼安德特人是一群生存于旧石器时代的史前人类，1856 年，其遗迹首先在德国尼安德山谷被发现。目前按照国际科学分类二名法归类为人科人属，至于是独立物种还是智人的亚种则一直不确定，随着 2010 年的研究发现部分现代人是其混血后代，尼安德斯特人也可能被归类于智人下的一个亚种。——译者注

室的门口，不想跨过门槛，“你是什么时候遇见她的？”

“我怎么可能知道她会是你的一个病人呢？”我回答他，瞪大眼睛做出完全无辜的表情。一个病人。这是他撒的谎，不是我。他也许喝醉了，可是他并不相信我的答案。他没法确切证明我认识她，但他知道我认识。然而我的行为令他困惑——这并不是我的“风格”。在布莱克希思，我的方式要直接得多。不同的是，玛丽安娜只是我婚姻中一个潜在的威胁，而路易丝——哎，我们的幸福都寄予在她身上了。路易丝棒极了。

我讨厌承认错误，但我必须得承认，也许我在布莱克希思的表现太过明显。我不该任由怒火占据心头——至少不该如此剧烈——但那不一样。反正，一切都过去了。我从不在意过去的事情，除非我现在能用得上它。也许布莱克希思事件将会派上用场，这样的话，它就根本称不上是错误了。过去和未来一样转瞬即逝，都是遥远景象，都是雾里看花。你无法看清楚，不是吗？就好比让两个人体验完全一样的事情，稍后让他们叙述一下这件事，尽管他们所描述的版本可能会很相似，但是总会有不同的地方。对于不同的人，真相是不一样的。

但大卫真可怜。他被过去给消耗着。过去是他脚上的靴子，重重压着他，压倒了我们。过去的那一时刻把他塑造成了这个伤心的男人，那一晚导致了他的酗酒、忧虑、愧疚，让他没有能力再爱我。我试图让他知道，这并没有关系。没有人知道，也没有人将会知道。所以在许多方面，因为没人知道，它甚至就像从未真正发生过一样。森林里倒下一棵树，但没有人听到它的声响……

然而，很快我们这个可怕而罪恶的秘密就将被曝光，我们都能得到解脱。大卫差点就要说出来了，我知道。我想，比起继续待在这地狱里，监狱对他似乎是种更好的选择。想到这个我如此深爱的男人觉得跟我一起的生活如同地狱，我并没有预期中的那么心痛，但是之后，这对我也并不容易。

然而，说出来只是一时的解脱。他还没有明白过来。说出真相不会帮他赢得路易丝，也不会带给他信任和赦免。这两样东西大卫都值得拥有。有些秘密是需要被发掘的，而不仅仅是说出来，我们的小罪恶就是其中之一。

我本可以不必把这一切做得这样复杂。我本可以让他们两个单独在一起，也许大卫最终会把我们婚姻的真相和促成这一切的原因都告诉路易丝，她会相信他。可是他永远都不确定她是否会带有一丝疑心，他永远都会从她眼睛里寻找怀疑的迹象。吐露真情毫不可信。

一切都取决于路易丝。她必须亲自去发现我们那段肮脏的过去。她需要用她彻底的信任来令我们两个都得到自由。我正为实现这点而拼命努力。我做这一切全是为了大卫，哪怕他连看我一眼都受不了。

我煮了一壶薄荷茶，在煮茶的时候，我从衣柜里取出那部小手机，打开它发短信给路易丝，给我漂亮的小提线木偶。

想让你知道我在这儿一切都好。我试图表现得很正常。我把胶囊里的药粉都清空了，所以他在边上的时候我吃的只是空壳子。其他药我也没吞下去，而是把它们留在舌头下面，之后吐了出去。我去他书房看过是否有关于我的档案，但是我没有找到:(真高兴你知道备用钥匙在哪里。大卫让我又担心又焦虑，他总是盯着我，但你是对的，光靠我爱他是不够的。也许我会联系律师咨询离婚的事情。哦，我在梦里梦到了我们在东方快车上，女孩们的假日真是棒。我们应该找时间一起去坐一下！

爱你的阿黛尔

这是一条很长的短信，可它体现了我有多需要她，多想念她。我并没有费心马上把手机放回去。路易丝的回复总是很快，这一次也不例外。

你没事真是太让我高兴了，药片的事情你做得好极了！我一直都在担心你。我做了个梦，梦里我穿过了跟你说过的第二扇门。最终我来到了亚当的卧室里。房里的东西被动过了。我醒来后去看他，他房里的一切就跟我梦里一模一样。很奇怪，不是吗？你真的从没梦到过第二扇门吗？我想也许我是在梦游吧。对于东方快车的提议，我要说没问题！

我回复说这真奇怪，但我从未见过第二扇门。我猜那是她大脑的运作方式不同于我。但是我打字的时候，高兴得双手发颤。突如其来的激动令我几乎都坐不住了。她已经做到这个了！她还不太明白她做到的是什么，但她的进展是如此迅速。比我当初都快。她很有天赋。现在我必须得加快事情的发展了，事情已经不完全处在我掌控中了。

我会再查看一下他的书房找找我的档案的。它会在哪儿呢？总之，我得走了。保重。

爱你的阿黛尔

现在我不能费神和她聊太久。我太兴奋了。不过我在最后一条短信里暗示了一下她，埋下另一颗小种子去刺激她的大脑突触。即便答案太过显而易见，只有傻子才不会发现。她到底会怎么想我的智商呢？可怜的小阿黛尔。那么甜美善良，却又那么单纯愚蠢。她肯定是这样想我的。

要是她知道。

38.

路易丝

这是愉快的一天，我们先去了森林，然后去了儿童乐园，又在咖啡馆吃了晚餐。亚当和我都在户外的新鲜空气里容光焕发，回公寓时仍咯咯笑个不停。我很高兴今天早上阿黛尔给我发了短信，让我知道至少事情没有变得更糟。感谢上帝她在努力拒绝那些药片。鬼才知道它们会对一个健康的大脑产生怎样的影响。

几个小时的无忧时光对我大有好处，我从包里翻找钥匙的时候还在微笑。现在也许没有法国、蜗牛和泳池，但我仍然知道怎样逗我的小男孩开心。我们在树丛间演了《神秘博士》。亚当当然是博士，而我则是他信赖的助手。这些树显然就是外星人的脸，起初他们想要杀了我们，但一路上不知怎的——我确信亚当能明白——我们救了它们，然后世界恢复和平，我们准备坐着时间机器（TARDIS）去进行另一场冒险。当然，是在冰激凌燃料站补充完能量之后。亚当确信冰激凌是博士和他助手在旅行时吃的东西，我没有同他争辩。这完全打破了我的节食计划，但我的宝贝离开时所发生的一切带来了太多的压力，已经消耗了我那多余的几磅肉。而且上帝啊，冰激凌的味道真好。我的真实人生感受并不赖。

“我的钥匙圈在哪儿？”亚当问。他有点儿不高兴：“你说你今天就会用它的。”

“妈咪真傻，给忘了。”我说。钥匙圈仍然放在咖啡桌上，我昨晚放它的地方。怪梦分散了我的注意力，我把这事给忘了。“我们一进屋就把钥匙挂上去。”我揉揉他的头发，微笑起来。但我对自己很生气。我怎么能把这件事忘了呢？这是他给我的礼物。一个来自无条件爱着我的人的礼物，可是我却把它给忘了。

在把他安顿好——给他放上卡通片、让他用爸爸的旧 iPad 玩起游戏之后，我才开始把钥匙转移到新钥匙圈上。我发现，诊所的钥匙还在我这儿。我的心猛地跳得更快了。要是大卫的确有某个关于阿黛尔的档案，那他是不会把它放在家里的。它会被放在工作场所，这样她就不可能无意间找到。

那是某个我能去的地方。只要我敢去。

我盯着钥匙。我可以在不被任何人知道的情况下进去，我知道警报密码。这事我今晚就可以做。我有点儿讨厌自己的这个建议，但也同样一阵激动。我需要知道真相。阿黛尔需要知道真相。在我做了这所有的事情以后，这是我欠她的。我真是个差劲透了的朋友，哪怕她有幸对此一无所知。

亚当沉浸在电影中，看着看着就昏昏沉沉，他还没从假日的疲劳中恢复，今天在森林里又玩得很累。我悄悄溜出去，敲了隔壁劳拉家的门。

“嗨，”她满脸笑容地说。她屋内传出那台巨大电视机的声音。“路易丝，有什么我能帮忙的吗？你想进来吗？”我很喜欢劳拉，即便最近我很少看到她，即便想到那一晚她很可能听到了我跟大卫的吵架声，我就觉得很尴尬。

“我忙得停不下来，得离开亚当一会儿。我知道这说得太突然了，但我想，能不能请你今晚帮我照看一下亚当？我真的很抱歉，这么临时地来通知你。”

“有约会？”她咧嘴笑问。

我点点头，虽然这很蠢。现在我必须得为晚上外出做打扮，只是为了潜入我的旧办公室。想到这点，想到我真的要去做这件事，我突然很希望她说不。

“当然可以。”她说，我诅咒着自己的冲动，“我从不会去妨碍一份潜在的真爱或者一场好的艳遇。什么时候？”

“8 点左右？”虽然这样我得自己打发些时间，但是再晚的话听上去会很奇怪。“可以吗？到时候他就会上床了，你知道他的，他一睡着绝不会半途醒来。”

“没问题，真的。”她说，“我今晚没有任何计划。”

“谢谢你，劳拉，你真好。”

就这样了，我要去做这件事了。

时间从下午渐渐变成夜晚，我越来越紧张，心中满是担忧。我的主要顾虑是怕他们改了警报密码，但我想不出他们更改的理由。我在那儿工作的这些年里，那个密码就没改过，期间也有其他员工来了又去。对塞克斯医生而言，我还可能会回去上班，他为什么要担心我拥有进入权？但是到 8 点 15 分，在劳拉来到我家、我离开公寓时，我仍然紧张得发抖，不确定自己是否应该去做。要是被任何人发现，我都会惹上大麻烦。我想起那些药片，想起阿黛尔在家里的状况。要是我不这么做，她的麻烦可能比我更大。

我不能直接去诊所，现在还太早。所以我去了百老汇街上的一家意式餐厅，躲在小角落，点了一份我并不是真正想吃的晚餐。我的胃因为焦虑而紧缩成一团，但我强迫自己吃下一半的意式烩饭。我的确吃了，但却喝了一大杯红酒让自己镇定下来。这点酒几乎产生不了任何作用，我觉得清醒极了。

我在餐厅尽可能待了很久，一直待到 10 点，然后我在镇上漫步了一小时，不断抽着电子烟，直到自己口干舌燥。我试图集中注意力。想想阿黛尔，我知道自己必须得这么做。这很重要。反正我又不是闯进去的。严格意义上来说不是。我有钥匙。万一有谁突然出现——*噢上帝啊拜托你，别让任何人出现*——我可以说我是来拿我留在这儿的东西。*没错，路易丝，因为在这样的商务楼里，11 点过后总会有人冒失地来做这样的事情。*

拐弯后，我觉得路面一片漆黑，很是压抑，我的脚步声是唯一打破路面宁静的声音。这儿的大多数大楼里都是律师或会计师的办公室，尽管一些高层的地方是公寓，但在昂贵的厚窗帘和经过专门设计的百叶窗后，几乎没有光线透出来。我不可能被人看到。我应该很高兴，但后颈上的头发仍然很戳人，仿佛有*什么东西*正在黑暗中窥视着我。我回头看了一眼，确定没有人在那里，道路空空荡荡。

我用颤抖的手从包里掏出钥匙。*进去，出来。那很简单。假装你自己是詹姆斯·邦德*①。我并不太像詹姆斯·邦德，因为钥匙从我指间滑落，砸在最上面的台阶上，发出很响的哗啦声。

① 詹姆斯·邦德（James Bond）是小说家伊恩·弗莱明（Ian Fleming）1953 年创作的虚构人物，角色身份为英国情报机构军情六处的特工，代号 007。——译者注

但不一会儿我就打开门进了屋。我开了灯，冲向警报装置，在警铃大响前，还有30秒嘟嘟的倒计时。我的心都跳到了嗓子眼里。

这事我做过上百次。我的脸红得发烫，心想这次肯定会打错密码，但我的手指已经习惯性地在键盘上飞跃。然后嘟嘟声停止，随之而来的是一片令人欣喜的沉默。我站在那儿，站在这陌生又黑暗的空虚中，做了几个深呼吸，强迫自己的心跳慢下来。我进去了，我很安全。

我径直走向大卫的办公室，关掉尽可能多的灯。在初冬早晨的黑暗中，我曾独自来过这里，但今晚这幢大楼给了我不同的感受。它不欢迎我，仿佛我将它从睡梦中吵醒，而它知道我不应该再来这里。

医生很少会锁上他们的办公室，清洁工需要进屋打扫，而且诊所里洋溢着一种中产阶级的自得，一种老派的信任。另外，从更实际的层面说，他们的柜子里也没什么可偷的，又不是满满一柜子吗啡。而且也没什么重要信息，大多数病人档案都是存在加密的电脑系统里的，只有医生才能访问。可是如果大卫真的在这儿存了阿黛尔的档案，那他是不会存在系统里的。他不会想把它放在任何其他生意合伙人可能看到的地方，哪怕他们访问不了。人们会问东问西的，不问别的也会问些处方上的问题。

他的门的确没上锁，我打开他的台灯，开始在角落的旧文件柜里搜寻起来。但里面基本上全是制药公司的小册子和分发给病人的自助手册。这堆废纸肯定有许多是卡迪根医生留下来的。全都是枯燥乏味的东西。我把所有东西都拿出来仔细检查了一遍，但每个抽屉的底部都没有藏东西。

等我把所有东西都归位时（但愿是按照正确的顺序），已经过去了 20 分钟。但失望却更坚定了我要找到那份档案的决心。我不会再有胆子重新回来，而且我最晚凌晨 1 点前得到家，不然会惹得劳拉问太多的问题。我环顾四周。它还能在哪儿呢？至少他肯定会在某些地方放点笔记。他在给她开药。他需要某些东西来做掩饰。

在这间整洁的屋子里，他的桌子是我唯一还没查看的地方了。我手忙脚乱地翻看着。最上面的抽屉里是笔记本、钢笔和文具。他的家是多么一尘不染啊，可这抽屉真是乱得出人意料。我把更大的底部抽屉猛地一拉。那抽屉上了锁。我又试了一次，但没起任何作用。一个上了锁的抽屉。*里面一定有秘密*。

我在顶部抽屉里搜寻着钥匙，但它并不在那里。他肯定是随身带着了。该死，该死，该死，该死，该死。我能怎么做呢？我盯着它看了很久，好奇心占了上风。我必须看到里面的东西。管他有什么后果。他也许会知道有人打开了它，但他肯定不会知道是我干的。我从厨房拿了把刀，塞进抽屉边缘的小缝隙里，试图借助杠杆原理撬开它。起初我不觉得自己能成功，但伴着一声骂骂咧咧的“得了，你个蠢货”，我猛地一推，木头碎裂了。抽屉滑开了一英寸，我成功了。

我首先看到的是白兰地酒瓶。两瓶，一瓶已经半空。我应该很震惊，至少很吃惊，但是我没有。也许大卫的酗酒是最不算秘密的事情了，反正对我和阿黛尔来说是这样。抽屉里还有许多包强效薄荷糖。他一天要喝多少酒？我几乎可以描绘出那画面——这儿喝一口，那儿喝一口，不喝太多，但也喝够了。

他为什么要喝酒？愧疚？不开心？*谁在乎，我想，我来这儿又不是为了他。*

我想把酒瓶里的酒在水槽里倒光，但我没有。我只是把酒瓶拿了出来，继续找下面的东西。我跪坐在地上，妆容下面全是汗（为了给劳拉看，我不得不化了妆）。我在信封、收据文件夹和他写的医学论文中翻找着。

终于翻到了最底部。我看到了一个大的马尼拉信封。里面是一个浅黄色的 A4 文件夹。那纸张不再像是全新的一样坚硬发脆，现在它触感柔软，里面各种纸页都用快劳绳[1]捆扎在一起，随机地把便条收集在一块，根本不像真正的病历档案。但这正是我要找的东西。她的名字就写在封面上，用粗粗的黑色记号笔写的：阿黛尔·拉瑟福德－坎贝尔／马丁。

我坐在他的椅子里，用手指抚摸了一会儿封面，然后翻到第一页。这不是一份普通的病例，那是肯定的，它更像是随意的便条集。用他那医生特有的糟糕字迹潦草地写在各种纸上——似乎是他当时手边有什么纸就用什么纸。我本以为不管我找到的是什么，时间大约能追溯回一年多前，回到他开始酝酿这个计划的时候。也许是从他在布莱克希思的咖啡馆遇见玛丽安娜的时候开始。他和玛丽安娜的事仍然刺痛着我的自尊。但不是的，最早的条目是 6 年前，它谈论的是 10 年前的事。他在为不了解细节而发怒。

我把椅子拉近桌子，这样档案就能正对着台灯柔和的黄色光线。我努力试图读懂他潦草的字迹。

① 快劳绳，一种系文件的绳子。——译者注

在离开韦斯特兰后的三个月内有轻微的神经衰弱，在此期间她堕过一次胎。

阿黛尔说过什么？他们刚结婚时他想要孩子，但她不想。她选择堕胎会带给他怎样的感受？也许他的愤恨就是从那时候开始的？我快速浏览着，继续看下去。

疑似偏执狂症状并伴有极端忌妒情绪。她知道了不该知道的事情。她是在监视我吗？怎么做到的？

现在谁听起来更像是偏执狂，大卫？这是我想在他的速记下写的话。

阿黛尔声称在花店和朱莉娅发生的事故不是她的错，但这和过去有太多相似之处了不是吗？没有采取行动，没有证据。朱莉娅不安又害怕。友谊结束了。工作也结束了。她同意不再上班。她是故意这么做，好让自己留在家里的吗？

那是阿黛尔曾经提起过的工作。肯定是。但是发生了什么呢？我想起那些日常电话。是大卫破坏了她的工作，好确保让她待在家里吗？但那个事故是什么呢？到底发生了什么？这份档案绝不足以把她禁足。这里面没有细节、没有官方评估、没有研讨记录。也许他是仰仗着自己的声望觉得有权对她这么做。只能暗中惩罚她，而不能大张旗鼓，他看起来几乎是不情愿的。

我往下浏览着，看到了最近的几条记录。视线所及的词语令我寒心。

精神病爆发，反社会倾向。

我看着他记下处方的地方，但一切都很模糊。只是略略一提。所有笔记都像是私人记录，但我仍然觉得他在谈论一个陌生人——这不是阿黛尔。

玛丽安娜不会上诉。没有证据。同意搬家。再一次。

玛丽安娜是阿黛尔提过的布莱克希思的那个女人的名字。那里究竟发生了什么？阿黛尔显然发现他一直在见她。也许他们有过对峙？设身处地地想了一下，我觉得一阵恶心。我很可能会处在这样的局面里。阿黛尔会发现我做了什么，我讨厌这样的念头。并不是因为我觉得她疯了（不管大卫想让外界相信什么），而是因为她是我的朋友。我很讨厌让她知道我是怎样背叛了她。

我看着那张便条。搬家之后的词是“再一次”。他们搬过几次家？阿黛尔没有说过。这里没有线索。也许他最终会把这一切破事告诉某个人——可能会告诉塞克斯医生——他想让事情看起来像是他一直在保护她，却无法再保护下去。我研究着最近的几页，但他的字迹难以辨认。我认出两个词，那几乎让我心跳骤停——父母……财产——我的双眼竭力想看懂这只言片语周围的段落，但我看不懂。这是他喝醉了以后写的，我很确定。我觉得我仿佛是在窥视一个疯子的头脑，而不是在阅读一份档案。

最后两页几乎是空白的，但上面写的内容却让我愣在原地。

搬家后突然发火。踢了猫，踩上它，杀了它。巧合太多了。

然后，在这页更下方写着——

这是一个威胁吗？表明态度？换了药物。这里能有多少意外发生？真的发生过任何意外吗？

最后一页只有一行字，但我盯着它看了很久。

路易丝，我要拿她怎么办？

39.

当时

在大卫回来前，她独自在家待了两天。她很惊讶自己内心居然这么平静。在韦斯特兰的日子她总有人陪着，因此孤单已经变成了一种陌生的感受，但这种感受同样抚慰了她的灵魂。哪怕是在夜里，在乡村的寂静中，她很容易相信自己是地球上最后一个人类，她依旧觉得很平静。并不是说她从未感受过与世隔绝的滋味。不完全是这样。

她想也许在某种程度上，他们都是对的。年轻人的确能够快速愈合伤口。菲尔代尔的住宅现在仿佛是她自己家的"复本"。一模一样，但这里没有她父母，因此又显得大不相同。她甚至觉得自己已经强大到可以去看一眼他们房间烧焦的残骸，去打包装箱一些零碎物品——母亲的装饰着金银丝的珠宝盒、外祖母传下来的银烛台、其他带有回忆的小东西。在她底部抽屉盒子里的一些照片，不知道它们是怎么从烈火中幸存的。这些照片全都是用他父亲那台昂贵的照相机拍的，而且还是在他自己的暗房里洗的。他有许多爱好，全排在为人父的责任之前，摄影是其中之一。有一张是她 15 岁左右的照片。还有一张是不久前拍的，她和大卫坐在厨房的桌边。那是一个美好的晚上。

那一晚他父母喝着酒，也渐渐能接纳他了，一段罕见的他们共度的时光。她把第一张照片放进了其中一个盒子里，保留了第二张。

当他们在庄园漫步的时候，她把照片给了大卫。新鲜空气带着潮湿，清爽宜人。“我找到了这个。”她说，她的胳膊挽着他的。他从到了之后就一直很安静，他们的团聚几乎是种尴尬。他们本可以朝对方奔去，亲吻彼此，因重聚而狂喜。但一个月过去了，那场火仍然隔在他们中间。他们谈了一小时礼貌又生硬的话，他询问韦斯特兰的生活以及她是否需要什么东西。即便她已应有尽有，大卫还是带来了一箱子食物。那之后，她建议散散步。

这个提议是对的，他每走一步都变得更加放松。她很恼怒自己居然没想到待在这所房子里同样也会影响到他。那一晚他也在这儿。他那恢复缓慢的伤疤就可以证明。和她不同，他能记得那场火。他们把路抛在身后，徒步走进森林，她将头倚在他的肩上。天下着雨，地面泥泞，满是苔藓和树叶。泥土散发出芬芳的气息。

“我会把它带回大学，放到镜框里。”他说，“那是一个好日子。”

“我们还会有更多这样的照片。”她说着抬起头冲他咧嘴一笑，“拍一辈子的照片。结婚的时候拍一次。圣诞的时候拍一次。你放假回家，我年满 18，再也没人可以反对我们的时候拍一次。”她停顿了一下，“我不是说现在还有任何人能反对我们。”

他握紧她的胳膊。在谈论重大事情的时候，他总是会变得缄默，而她并不介意。

"我在想，也许我应该休学一阵子，"他说，"好来照顾你。"

她大笑起来。她仍然觉得自己能笑是件很奇怪的事，她很想念罗伯。她全心全意爱着大卫，但罗伯才是那个令她重展笑颜的人。"不要这样。读书一直都是你的梦想。我太为你骄傲了。我将要成为一名医生的妻子了。"

"只要我能通过所有考试。"他说。

"嗯，你会的。因为你这么聪明。"他很聪明。他是她遇见过的最聪明的人。

他们停下亲吻了一会儿。被他搂着的感觉真好，这让她很有安全感，很安心。她想，也许他们的心为他们的未来奠定了坚实的基础。

他们又继续走了很远，她意识到他们已经走到了那口老井边。丛林的绿色和棕色掩映着它，几乎看不见它。那是很久以前的遗迹，旧砖上爬满苔藓。被人遗忘在角落。

她斜靠在一边，向下看向黑漆漆的井里，一口干涸的空井。"我在韦斯特兰时想到过这口井。"她说，"我想象自己对着它把所有的悲伤都哭出来，然后封上这口井。"这很接近真相。想象并不是准确的词，但她只能这样告诉大卫。

他走到她身后，环住她的腰。"我希望我可以让事情好起来。"

"你会让一切变好的。"这是真的，他的确有这本事。他也许没有罗伯的野性，不能让她体验到年轻活力和自由无拘，但他是可靠的。尽管她很思念罗伯，但大卫才是她真正想要的人。他是她的磐石。他的手表仍然挂在她手腕上，她抬起手腕。"你可以戴手表了吗？"

"我可以，但你还是留着吧。你戴着它会让我觉得我就在你身边。”

“你永远在我身边。大卫·马丁。永远。我爱你。”她很高兴能留着手表。她知道他只要周末有空就会过来看她，这块手表就跟他一样——可靠、结实。她能感受到它沉甸甸的分量。她需要这样一个让人安心的锚。也许有一天她会告诉他原因，跟他解释那一晚的火是怎么回事。也许。也许当他们年纪变老，头发斑白，他会见识到更多的“意外和真相”。

午后的风吹来阵阵凉意，突然间淅淅沥沥的雨沿着头顶树叶上落下来，是柔和的阵雨，而不是倾盆大雨。他们继续往前走，带着各色食物去野餐，还喝了一瓶大卫带的红酒，然后踉跄地跑向客房的床上。对于她的卧室，她还没做好准备。它属于过去。有太多是属于过去的。

“我们应该卖了这个地方。”她说。他们做完爱，困倦地躺在黑暗中。她的手指温柔地抚摸着他胳膊上新结痂的平坦疤痕。她想知道他还有多疼。大卫从来不会说起。“我们一结婚就卖掉这里。”

“新的开始。”他说。他和她都不想在这儿逗留太久，而且他们要那么大的房子干什么呢？她父亲要这房子只是为了自己的虚荣。

“新的开始。”在他们两个都进入梦乡前，她回答。今晚她没有迅速召唤第二扇门。她还没有准备好。她只用了第一扇门换换环境。她打算在梦里设想一下他们共同的未来。那将会是多么完美啊。

40.

路易丝

“因为你一直不回复我的短信，我决定午餐时间突然造访一下你的办公室，想让你大吃一惊。”苏菲说。她一阵风似的进了公寓，小埃拉尾随在她身后。“但我才是吃惊的那一个。苏告诉我你辞职了。究竟发生了什么事？”

我现在真不需要她过来。昨晚的冒险过后我几乎一夜没睡，我的神经处在崩溃的边缘。我今早给阿黛尔发了短信说需要见她，可是她没有回复。我很怕大卫可能发现了这部手机。不然为什么他去上班了她还不给我回复呢？

苏菲脱下外套，把它丢在沙发上。“告诉我你不是为他辞职的。告诉我你听从了我的意见，甩了他们两个？拜托请告诉我吧。”

“苏菲阿姨！”亚当从他房里飞奔过来，抱住她的大腿，“埃拉！”埃拉是个古怪又优雅的孩子，她似乎从没重复过她父母说的那些丰富多彩的语言。不像亚当，我已经尽量不在他身边说脏话了，但不知怎的他总能成功掌握一些。要是 6 岁的孩子也能无可救药地陷入爱情，那我肯定亚当是爱上了埃拉。

“我在法国待了一个月！我马上要有一个弟弟或者妹妹了！

莉萨要生小宝宝了！”

这是他第一次在我面前提到莉萨怀孕的事，我甚至都不确定他知道。也许他太兴奋了，一时间忘记了提到这件事可能会让妈妈生气。

“伊恩要有第二个孩子了？你没提过这事。”苏菲说。她听起来有点儿伤心。我耸耸肩。

“因为你在忙着训我。”提起那个即将到来的孩子，我仍然觉得心里有根刺，但我不想让她看出来。我们拿上苏菲带来的几袋糖果，把孩子们领到亚当房间里去玩，然后自己带着酒去外面的阳台。

她点上一根烟，并递给我一根，但我冲她晃了晃我的电子烟。“我几乎戒了。”我说。

“哇哦，好样的。我一直想让自己和杰伊戒烟。也许有一天我们会开始的。那么，”她看着我，一手拿酒，一手拿烟，“告诉我，发生了什么事？你变瘦了。是因为压力大还是有目的性的减肥？”

“都有。”我说。尽管我很看不起自己，但我还是告诉了她。我满心焦虑，把这些事跟人分享似乎大大减轻了我内心的负担。她任由我说了又说，几乎没有插嘴，但我知道找她倾诉是个错误，因为我看到她黑了脸，尽力把额头上紧皱的眉头藏进刘海下面。她看着我，仿佛无法相信她听到的事情。

“哎，难怪你丢了工作。”在我终于讲完的时候，她说，“你能指望他怎么做呢？你和他妻子做了朋友，但你却没告诉他。”她对我很失望，“谁会做这种事？我电话里告诉过你，你不能再这样下去了。”

“我并不想继续这一切。”我说，“但它就这么发生了。”

“是吗？你让他进屋，在和他妻子做了朋友之后你还跟他睡了好几次，这事就这么发生了？你闯进他的办公室，这种疯狂的事情也就这么发生了？”

“那当然不是就这么发生的！”我厉声说。她跟我说话的口气就好像我是个天真无知的少年。其实我期待能得到更多的理解。

“无论如何，那一切都不是重点。我很担心她。要是他试图摆脱她怎么办？他们的婚姻奇怪极了，还有吃药和钱的事情……”

“你不知道他们的婚姻是怎样的。”她打断我，“你不是当事人。我们的钱全归杰伊管，我很确定他没有那些卑鄙的目的。”

“你也没多少钱。”我忍住了冲动，没有提醒她，他们所有的钱都是杰伊的，因为她根本没挣过什么大钱，“这不一样。”

她狠狠吸了一口烟，若有所思。“你和这家伙搞在一起了。你已经有很多年没有爱过任何人了，所以你肯定很爱他。那你怎么会完全站在他妻子那边呢？你确定你不是出于愧疚，试图在某种程度上替自己赎罪？”

我承认，她的确很了解我。“也许有一部分原因是。但苏菲，证据实在太多了。你要是见到她，你也会同样这么想。他太喜怒无常了。确切地说，是有阴暗情绪。她怕极了他。她是那么甜美，那么脆弱。”

“脆弱？”她挑起修剪得很完美的眉毛，“还是疯狂？”

“你是什么意思？”

“哎，你喋喋不休地讲药片和各种事情，并觉得他这么对她是有恶意的。但要是她真的精神有问题呢？你想过这点吗？”

“这些是很强效的药物。”

她耸耸肩：“也许是很严重的精神问题。”

我摇摇头，很固执：“要是她有精神病我会知道的。我没有发现这样的表现。我们在一起待了很多时间。”

“没错，因为疯狂总是会表现出来的。把这话说给任何知道泰德·邦迪[①]或者其他连环杀手的人听吧。我只是想说，也许你对这一切想太多了，联想了一些并不真实的事情。”

“也许吧。”我说。我根本不相信这话，但跟她再说下去毫无意义。我知道我可能会对事情考虑太多，但不包括这件事。我真希望她没上我这儿来。瞧她那样子，我想她可能也是同样这么希望的。她有点儿同情我，我能看出来。我甚至没法好好享受外遇的乐趣，她似乎很为我难过。

“也许这其实与伊恩有关。”她慎重地说，“你知道，新生儿快降临了，你心里一定不好受。”

“你觉得大卫和阿黛尔的婚姻问题是我编造出来的，因为我前夫把他那放荡的女朋友的肚子给搞大了？”我反驳她。其实更像是冲她咆哮。*快滚吧*，我愤怒地想。*滚回去搞你那肤浅的外遇吧。我不会放弃阿黛尔的。我不会。*“你觉得我找到的那个档案是我编出来的？那些药片也是我编出来的？”我们盯着彼此看了很久，谁都没有开口。

“不，当然不是。”最终她说，“我很担心你，仅此而已。总之，”她假装看了看表，“我得走了。我妈妈今晚会过来，我真

① 泰德·邦迪（Ted Bundy）是一个活跃于1973年至1978年的美国连环杀手，少年时期是个害羞的优等生。——译者注

是自作自受。我得想想晚餐该烧什么菜才好。”我们脚边还有半瓶酒，我很肯定她在说谎。

“我爱你，露儿。”她说。埃拉已经收拾好了，她们俩站在前门。“但你别再管他们的事情了。插足一段婚姻没有好处。你完全越线了。你知道的。退一步吧，让他们去。你继续过你的日子。”

“我会考虑一下的。”我说，“我会的，我保证。”

“很好。”她说着冲我稍稍笑了一下。我几乎能想象出她会怎么跟杰伊说起这事。**噢我的上帝啊，你猜路易丝都做了什么！太疯狂了！可怜的肥婆娘！**

当她和埃拉离去的时候，我也回以微笑，可是我的牙齿却咬得咯咯响。

我留着瓶中剩余的那些酒，一直留到亚当上了床，尽管整个下午我一直为苏菲嘲笑我担心阿黛尔和大卫的事情而难受，但这酒我没喝一口。我真该闭上自己的嘴。这就是我的人生，总是将该守口如瓶的事情脱口而出。她离开后甚至都没发来短信，哪怕开玩笑似的道个歉——那是她的惯常做法。苏菲讨厌冲突，尽管严格来说我们并不算是吵架，但是我们的整个对话都阴云密布，充满了意见不合的感觉。她一发现我没有听她的建议跟他们两个断绝往来，就有了决断。

7点门铃响起时，我倒了最后一杯长相思白葡萄酒，试图安抚自己的情绪，可是失败了。我几乎是扔下酒杯跑去开门的。我不知道我在期待谁，可能是劳拉，甚至可能是苏菲，来讲和的。

但都不是。是他。大卫。

漫长的夏季夜晚，天光正变得暗淡，天色渐渐转黑。这就像种隐喻，暗示着我们之间发生的一切。血涌上脸，我甚至连胸口都起了红斑。我觉得很难受而且害怕。我感受到了许多说不清道不明的东西，耳朵嗡嗡作响。

“我不想进来。”他说。他的样子看起来很邋遢，垮着肩膀，连衬衫都没穿好。我觉得自己就像个吸血鬼，睡眠的改善让我变得强大，但他们两个却都变弱了。

“我没打算请你进来。”我掩上身后的门，怕万一亚当醒来看到。而且，我觉得在外面更安全些。

“办公室钥匙，我想要回来。”

“什么？”其实我很清楚地听到了他的话，并立刻因愧疚而口干舌燥。

“我知道是你，路易丝。我没有告诉任何人你干了什么。我只是想拿回钥匙。我想这很公平。”

“我不知道你在说什么。”我坚持着，胃里再次翻江倒海。

“你很不擅长说谎。”他盯着地板，仿佛看着我是一件他无法忍受的事情，“把钥匙给我。”

“反正我也不需要了。”我扬起下巴，轻蔑地看着他，但在把钥匙从贝壳钥匙圈上取下来的时候，我的手在颤抖。接过钥匙的时候，他的手指掠过我的手指。我的身体背叛了我，涌起一股迫切的渴望。他也有这种感受吗？这一切真该死。我怎么能在甚至对他都有点儿害怕的时候，还对他有这些感觉呢？

“滚远点，路易丝。我之前就告诉过你，我是认真的。”

“我不知道你在说什么。而且我已经离得远远的了，我已经受够了你们两个。”我恶狠狠地说。但这全是谎言，谎言，谎言。

他可以看穿我。我痛恨这一点。

他盯着我看了很久。我真希望我可以更好地读懂他。他的蓝眼睛黯淡无光，就像这渐渐变弱的天光。我看不透他双眼背后的东西，看不透他在想什么。

“离我们远一点，要是你不想受伤的话。”

“你是在威胁我？”我很想哭，可我甚至都不知道为什么要哭。我到底给自己惹上了怎样的麻烦？当他这样站在我面前，我为什么会觉得要恨他是如此艰难，哪怕在经历了这一切之后？**我的**大卫。

他盯着我。那个冷漠的大卫回来了。那个陌生人。“没错，这是个威胁。相信我，这就是在威胁你。你知道你昨晚忘了什么吗？”

我沉默了，只是瞪大眼。什么？我忘了什么？

“诊所外面有一个监控摄像头。”

噢，上帝，他是对的。他还没开口我就知道他要说什么。他也知道，但无论如何，他还是说了。

“只要我说句话，去查一下昨晚的监控录像，你未来的就业机会就都完了。这还是轻的。”

他用一根手指指着我，我畏缩了。药片。写满关于阿黛尔的笔记的档案。精神病爆发。反社会倾向。也许他才是有病的那一个。也许他不仅仅是贪图妻子的钱财。也许他是个疯子。但是，尽管他令我束手无策，可要是我能畅所欲言，他也同样不会有好果子吃。我对他也一样是个威胁。

“离我的婚姻远点儿。”他一个字一个字地说完了。每个字都像耳光扇在我脸上。

"也许你该担心担心你自己，而不是来管我的行为。"

"哦，我会的。路易丝。"他说，"相信我，我会的。"他转身要走，然后停了下来。"我想知道一件事。一件我需要知道的事。"

"什么事？"

"你到底是怎么遇上我妻子的？"

"我跟你说过，我是无意中撞上她的。我没有跟踪她，也没有跟踪你，我没有做过这样的事情。"*别自以为是*。我想加上这句。

"我知道。我是说时间和地点。"

我盯着他，犹豫了一下："这有什么关系？"

"只管说吧，路易丝，我想知道。"

"那是一天早上，我刚送完亚当去上学。她陪你走去诊所，在她回家的路上我不小心撞倒了她。"事情仿佛就发生在昨天，可是昨天已非常的遥远。从那之后，发生了太多的事情。我的头开始抽痛。我被套出了真话，尽管我很想去帮阿黛尔。这一刻，我希望我从来没有遇见过他们任何一个。

大卫摇头，似笑非笑。"当然。"他说。

"什么？"

他看着我，直直地看着我。可是他的脸上笼着阴影，眼睛在黑暗中闪闪发光。他说着不切实际的话："我的妻子从来不会在早上陪我走去诊所。"

"我不相信你。"我说，"你说的任何话我都不会再相信了。"

他仍然站在那里。一抹深色的人影。我关上门，把他关在外面，回到我的小世界。我的私人空间。我把耳朵贴在门上，想看看是否能听到外面水泥地上他的脚步声，但我脑子里充满了我悸动的心的心跳声。

噢上帝，噢上帝，噢上帝。我在做什么？也许苏菲是对的。也许我应该抽身离开。我想为这件事毁掉我多少人生？大卫会让我看起来像个疯子——在塞克斯医生眼里，在每个人眼里。我的工作可能永远完了。我可能会进监狱。这全是我的错，是我好奇心的错。要是我不对阿黛尔那么好奇，那天早上我就会找借口不去和她喝咖啡了。而且他那句“她从来不会在早上陪我走去诊所”是什么意思？她肯定会陪他去。他想要让我怎么想？

别相信他。我告诉自己。别听他的。想想你知道的事情：药片、电话、他酗酒的毛病、钱的事情，还有办公室里的档案。这些是实实在在的东西。而他不过是在威胁你。

阿黛尔还没有回我消息，即便我真的下定决心要远离这一切，阿黛尔也需要知道我在办公室发现的事情。她需要根据它做出自己的决定。明天我会去看她的，然后我就对这一切放手。这话我之前就说过，但这一次我是当真的。我必须得当真。

我头痛欲裂，在沙发上坐下，把头枕在靠垫上。我需要平静下来。我通过鼻子猛吸一口气，又用嘴呼出去，慢慢地做个深呼吸，强迫我头部、脸部和脖子的肌肉松弛下来。我放空了思想，想象着它们被夜晚的微风吹散。我不愿去想它们。我不愿去想我的一团乱麻。我不愿去想任何事。我想自己一个人待着，就一会儿。

它来得太过突然，几乎就是在呼吸之间发生的。

黑暗中，我眼睛后面出现了第二扇门的银色边缘，闪着如此明亮的光芒，令我几乎后退了一步。然后，我甚至还没看到那波光粼粼的带水的表面，人就穿了过去——

——我正俯视着自己。但这不可能。我可以看到自己正坐在沙发上，头懒洋洋地靠在后面。我闭着双眼，嘴巴半张。酒杯立在我身边的桌上，里面是空的。我不记得把它带进来。我是怎么看到自己的？发生了什么？我惊慌失措，觉得内心有股巨大的力量在拉我——跟我梦见在亚当房中时一模一样的力量——然后我睁开眼，回到了沙发上。

现在我的呼吸完全没法平静，我清醒又警惕。见鬼，那究竟是什么？我看着茶几，酒杯就在那里，肯定是大卫走后我心不在焉放下的。该死，刚才究竟发生了什么？

41.

阿黛尔

看，等，学，练。现在我的日子要比之前我能记住的那些日子更充实。这很美妙。当大卫终于归家，我已经穿上了高跟鞋，鞋子和我的衣服很配。把自己装扮得美丽动人的感觉很好。我右脚脚趾间的皮肤疼痛、结痂，但每一步的疼痛都是值得的。这提醒着我，我能控制住自己。这让我保持着自控力。总之，现在我已经掌握了那一点。我已经为我计划中的那部分内容做好了准备。我很高兴现在我可以摆脱爱慕我的安东尼了。

事情开始快速进展。路易丝是我的小猎犬，她咬住了我给她的骨头，我知道她不会松口。我很好奇她会把它带去哪里，她会如何来玩我的游戏。在这种情况下，我不能完全控制每个人的行为，但那在某种程度上只会让一切更加有趣。我在利用他们的个性做赌注，目前为止，不论是大卫还是路易丝，都没有让我失望。大卫也许是精神病医生，但我知道人们的头脑是如何运作的，我可以改变它。

他来到门边的时候，厨房里传出诱人的香味。我做了一道新鲜的奶汁培根意面和一道胡椒芝麻菜。哪怕他不吃，我也胃口大开。

他站在门的另一边，倚在门框上面，样子看上去很糟糕。要是这种情况继续下去的话，他就维持不了自己在诊所的声望了。

“我看出来了，你还在自导自演《复制娇妻》[①]。”他边说边微笑，一种扭曲的幽默感。他在嘲笑我，嘲笑我的衣服，嘲笑我的厨艺，嘲笑我一切的努力。我看起来很受伤。我真的很受伤。他甚至都不再假装还爱我。

“你应该吃些东西。”我说。

“说真的，你到底想要什么，阿黛尔？”他看着我，目光中混着蔑视，“这一切究竟是为了什么？为了我们生活的这座监牢吗？”他无疑是喝醉了，长久以来，我第一次从他眼里看到了真切的、未加掩饰的攻击性。

“我想要和你在一起。”这是真话。这是我永恒不变的真话。

他盯着我看了许久，仿佛在试图看穿我身体里究竟发生了什么，我到底是什么，他能在我身上贴什么新标签来解释它——精神分裂症、反社会、强迫症、明显的精神失常——努力了却找不到答案，他的肩膀垮了下来。

“我想离婚。”他说，“我想结束它，结束这一切。”

对于最后一点，他没必要细说。我们双方都知道他指的是什么。那段需要被挖掘出来妥善放置的过去。那段过去。那个尸体。他之前就说过离婚的话，但是这一次我不太确定当他清醒后会不会改变主意——不管我可能会做什么。不管我要是说

---

① 《复制娇妻》是派拉蒙影业公司制作发行的科幻惊悚片，由弗兰克·奥兹执导，妮可·基德曼、马修·布罗德里克等联合主演，该片于 2004 年 6 月 11 日在美国上映。故事里的有钱男人把自己的太太个个都换成了卑躬屈膝、千依百顺的复制机器人。——译者注

出来，会怎样毁了他。

“晚餐 10 分钟内做好，如果你想洗漱可以先去。”我只说了这一句。我正常的样子比任何口头的威胁都令他不安。

“你知道她是谁，对不对？”他讨厌我。他流露出来的厌恶甚至比自我可怜的情绪还多。“你在遇见路易丝的时候，就知道她是谁了吧？”

我困惑地皱眉：“这话从何说起，大卫？我怎么可能知道她是你的病人？”我再次以其人之道还治其人之身。

“你总是什么都知道。怎么会？”此刻的他很尖刻，但声音仍然很虚弱。真可悲。这根本不是我的大卫。

“我听不懂你在说什么。”我做出一副担忧的样子，“你喝酒了吗？你应该少喝点，你说过不会多喝的。”

“耍花招，阿黛尔，你继续耍花招吧。我受够了。我不再介意了，我也不想吃什么该死的晚餐。”

他喊出最后一句话，消失在楼上。我不知道在我爱上的这个人身上，究竟发生了什么。这个笨拙又尴尬的男人隐藏得有多深？我知道他去见过她了，去警告她。他的确是真心爱她。我很想拿一把我们的赛巴迪[①]刀具上楼，切开他那忘恩负义的心脏。我克制住了那种冲动。我绝不能伤害大卫，我知道。那是我必须忍受的痛苦。

而且不管怎么说，路易丝把他的警告当作是威胁，因为她是我的人，她相信我的话。至少，目前为止是这样。我还没有

---

① 赛巴迪（Sabatier），欧洲知名高端厨具品牌，于公元 1812 年在法国梯耶尔诞生，从皇室厨房御用到顶级工艺作坊，两百多年来代代相传，以法兰西特有的非凡艺术创造力，通过卓越品质与精湛工艺，成了欧洲厨具艺术的象征。——译者注

回复她的短信，我不会回复的。明天我需要她上我这儿来。我需要她来找我。在她拼凑出我们悲伤的故事之前，她还有另一件事情得去了解。他们说“要靠展示，光说不行”，不是吗？这正是我在做的事情。明天将是我留给她的另一条线索。她是我上了发条的小玩偶，我指哪儿她走哪儿。

上帝，我爱路易丝。我爱她几乎就像我爱大卫一样。在我跟她分享了我的故事之后，她将会去恨他。我情不自禁地想，他活该。

42.

路易丝

我送亚当去日托班的时候正下着瓢泼大雨，雨水倾盆而下，头顶上乌云密布。干旱期已经结束了。尽管天气并不冷，也没有凛冽的秋风把雨丝吹向我，但我仍然觉得这像是夏季的丧钟。现在已近 9 月了。他跟我吻别，跑进屋里。我这自信又友善的男孩子已经习惯了这样的日常生活。我没有告诉他我不去上班了。相反，我跟他说我请了两天假陪他。他完全没有发现异常。他只有 6 岁，日子全都过得糊里糊涂的，他很快就会见到他爸爸了，而我还没想好，如果他脱口而出“哦，妈咪没有去上班”的话，我该为何应对。

我在 Costa 咖啡馆停下，站在靠窗的椅子旁，透过沾了水汽的玻璃盯着外面行色匆匆的路人。他们在暴雨中沿着百老汇街行走，低着头，雨伞像羚羊角一般相互碰擦。热饮烫到了我的嘴，我不耐烦地看着表，直到我认为也许可以安全出发了。我不知道大卫是不是像往常一样去上班了。我试图查看他的日程表，但却不再能登入系统。那混蛋肯定取消了我的权限。不管怎样，我都要到他们家去。我需要见到阿黛尔，她仍然没有回复我的消息，我很担心她。要是他在家，那就让他滚。也许我会告诉她我们都做了什么。也许那会促使她去做她需要做的事情。虽然这样我也将失去她，但至少她自由了。

10点，我做好上刀山下火海的心理准备，径直出发。她的车停在那里，说明她还没有离开去健身房（要是她还去健身的话）。我按着门铃，心提到了嗓子眼。我听到铃声在另一边响起，声音洪亮而又让人觉得可靠。我站在外面等待，透过玻璃向里凝视，想看看是否有任何人影走动。但这屋子很寂静。我又按下了门铃，这一次按得更久了。仍然毫无反应。她在哪儿？这种天气她不可能待在花园里，而且我知道，就算在花园里她也能听到门铃声。我第三次按响门铃，让按钮向下保持了近10秒。至少我知道大卫不在家里。如果他在家，现在肯定在门口冲我大吼了。

我面前的大门紧紧关着。也许她恰好跑去商店了。可是冒着这样的大雨去商店？要是她需要买任何东西，肯定会开车去森宝利大超市[①]买吧？我把伞留在门边，往下走了几级台阶，来到落地窗前，用手撑大眼睛朝里凝视。那是大卫的书房，所以我并不期待能看到任何东西。然而，我却看到阿黛尔坐在书架一角的一张靠背椅中。她的一条胳膊垂下来，身体滑到一侧，睡在旧式皮革椅的凸出边缘上，快要掉下去了。我重重敲击着玻璃："阿黛尔！是我！醒一醒！"

她一动不动，甚至都没有抽搐。她怎么可能听不到我说话呢？我敲得更重了，重复着她的名字，同时一只眼睛留意着外面是否有爱管闲事的邻居，他们也许会跟"隔壁可爱的医生朋

① 森宝利大超市（Sainsbury's），英国大型连锁超市。——译者注

友”提起看到我的事情。她仍然毫无反应。他肯定在去上班前让她吃了那些药片，我只能想到这点。也许她吃了太多的药。也许她产生了不良反应。该死，该死，该死。

我回头看着前门，现在我的发丝滑到了脸上，外套衣领下流着冷冰冰的水滴，让我瑟瑟发抖。我看到了那个大花盆。钥匙。我在潮湿的泥土里搜寻着，直到找出钥匙。它们在土下好几英寸处闪着银光。底锁是打开的，至少大卫没把她锁在里面——这是我的第一个念头。我把耶鲁锁[①]的钥匙插进去转了一下，进了屋。

我冲进书房，我的鞋在他们完美的地板上留下了湿答答的脚印，但我并不在乎。我不在乎大卫是否会发现我来过这儿。我跟他已经结束了。

“阿黛尔，”我说着轻轻摇了摇她的肩膀，“阿黛尔，醒一醒，是我。”她的头向前垂着，有那么一刻我心中一阵剧痛，觉得她死了。但后来我看到她胸口因呼吸而轻微地起伏。我抓起她的手——那手指很冰凉。她在这儿坐了多久？

“阿黛尔！”我大喊着她的名字，“醒一醒！”仍然毫无反应。我把她的手搓暖，心想也许应该去扇她的脸或做更猛烈的举动。我应该叫救护车吗？试着让她把药吐出来？我又摇了摇她，这一次摇得更加用力。在我觉得这不会起作用时，她在椅子中僵直地坐了起来，双手紧紧抱着胳膊。她大声喘着气，仿佛快淹死了，双眼突然睁开。

① 耶鲁锁，也叫弹子锁，1848年，老奈纳斯·耶鲁发明了圆柱状弹子锁，并成功申请专利。他的儿子小奈纳斯·耶鲁将之加以改良，在1861年得到新的专利。小奈纳斯·耶鲁发明的结构与今日的弹子锁非常接近。——译者注

这场面太过戏剧性，我跌跌撞撞向后退去："见鬼，阿黛尔。"

她盯着我，似乎我是个陌生人。然后她眨了眨眼，紧绷的背脊放松下来，喘息着环顾四周。她的呼吸仍然很急促："你在这儿做什么，路易丝？"

"我自己进来的。按门铃你没反应，我透过窗户又看不到你。你还好吧？"

"你湿透了。"她说。她的样子仍然很迷惑，"你需要一条毛巾。"

"我没事。我担心的是你。你今天早上吃了多少药？"

"就一粒。我……"她皱起眉头回想着，"我想我应该再来这里看一看，来找找——我不知道，某样东西吧，随便什么。然后我觉得累极了，就坐了下来。"

"我还以为你死了呢。"我说着大笑起来，我的神经需要放松，"总之，关于你的档案他并没有放在这里。"这句话引起了她的注意。

"什么？"

"档案在他的办公室里。我去看过了。但首先，"我搀起她的胳膊，帮她从椅子里起来，"你需要喝点咖啡。"

我们待在厨房里，握着装了咖啡的马克杯，屋外持续下着大雨，雨水哗哗地拍打在窗上。我把我发现的事情告诉了她，缓慢而轻声地讲述着，好让她完全听懂。

"问题是，"我说完后，停顿了很久又说，"他一直都在记录的这些笔记差不多可以往回追溯到10年前。我以为也许他是试图把你关起来，好掌控你的钱财，但那肯定应该是最近发生的事吧？他不可能始终都在策划这一切。这可能吗？这说不通。"

阿黛尔直直地盯着前方，脸上满是悲伤。“这对我来说是讲得通的。”终于，她说，“这是一种预防措施。”

“你是什么意思？”

“我更年轻的时候的确有一些问题，在我父母过世后，在经历韦斯特兰的事情后，但不是因为那个。他记录这份档案不是因为那个。是因为罗伯。”

我困惑地皱眉：“罗伯怎么了？”

“这是一种预防措施，防止我万一决定说出自己的怀疑。人们会相信谁呢？是相信一个受人尊敬的医生，还是相信他疯疯癫癫的妻子？”

“我不明白。”这是他们疯狂婚姻中的一个新转折点，“罗伯出了什么事？”

“罗伯是我们之间不能说的秘密。”她说着发出一声长长的叹息。在椅子里她显得很娇小，缩着肩膀看起来更瘦弱，仿佛她正试图蜷成一团，令自己不复存在。她也更纤瘦了，就像一个渐渐消失的人影。

“我想给你看些东西。”她说。她站起来，领着我朝楼上走去。我跟在后面。

我的心跳得很快。我终于要了解到那个我百思不得其解的他们婚姻的核心部分了吗？我跟着她走进了宽敞的主卧室：高高的天花板，通风良好，角落连着浴室。屋内的一切都很高雅：金属框架的床——坚固、宽大，显然是从类似利宝百货公司[①]之

---

① 利宝百货公司（Liberty）是位于英国伦敦市中心西区的一家老牌百货公司，成立于1875年，最初销售日本和其他东方国家的饰品等艺术工艺品。从19世纪90年代开始，利宝百货公司以唯美主义商品而闻名。——译者注

类的地方买来的，而不是某个小连锁品牌的仿品。还有埃及棉被套套装、深棕色与橄榄绿相间的墙壁以及昂贵的旧木地板。在衣柜后的装饰墙上，三条厚厚的饰带是各不相同的绿色，从地板一直连到天花板。我的品味永远都不可能这样时尚。

“我们搬进来的时候，这些全是浅紫色。”她说，“反正是种灰白的色调。”她看着墙壁，沉思着。“我选了这些颜色来试探他。它们是我父母庄园里树林的颜色。我们从没回去过。打我从韦斯特兰去那儿以后，从罗伯到那儿拜访以后，我们一离开就再也没回去过。”她的手指抚过墙面，仿佛触摸的是树皮，而不是冰冷的灰泥。

“哪怕就让它空置在哪里，被人遗忘，他也拒绝把它卖掉。”她轻柔地说，更像是在独自低语，而不是对我倾诉，“我想，这也是他不情愿归还我财产掌控权的一部分原因。他知道我会把它卖掉。那样风险太大了。”

“罗伯出了什么事？”问这句话时，我心跳加速。她转头看我，瞪大眼睛，美丽动人，像是在说世界上最寻常不过的事情一般说出她的答案：

“我想大卫杀了罗伯。”

听到这话被大声说出来，而不是我头脑里的某种几乎成真的怀疑，这让我觉得头晕目眩。大卫，一个杀手？这真的有可能吗？我向后退，找到床，重重坐了下来。

我想大卫杀了他。那感觉就好像伊恩告诉我莉萨怀孕了。但现在一切痛苦都是放大的。

“罗伯过来暂住。”阿黛尔继续道，“和他那可怕的姐姐在一起让他很不开心，所以他给我发了短信。我坚持要他来珀斯[①]，他对我那么好，他令我起死回生。作为报答，我想帮帮他。也许会给他一些钱，让他远离自己那糟糕的生活，去某个地方独立生存。我很高兴有他在身边。他可以给我带来那样的感觉，罗伯他可以让我高兴起来。他会让我觉得自己很特别。我跟大卫提议过，在我们结婚后，罗伯可以跟我们生活一阵子，直到他安顿好自己。大卫不喜欢这个主意。他嫉妒罗伯。一直以来都是大卫在照顾我，但在韦斯特兰罗伯取代了他的角色。他怀疑我们之间不只是友情那么简单，哪怕我不断告诉他事情并非如此。我爱罗伯，但那不是情人间的爱。我也不觉得他对我有那样的爱。我们就像是兄弟姐妹的关系。”

我聆听着她的每一句话，带着期望和恐慌。“发生了什么？”我口干舌燥，几乎说不出话来。

“大卫周末过来的时候，罗伯正在借住。我想等他们了解彼此就会相安无事。我那么想是因为我爱他们两个，哪怕他们之间有很大差别，他们也完全可以喜欢彼此。回想起来，我真是太天真了。罗伯决心努力拉近他们的关系，尽他最大努力做这么疯狂的事情，但大卫不理他。星期六的时候，大卫似乎态度缓和一点了，所以罗伯让我上床睡觉，留他们两个独处。他想他们可以开诚布公地谈一谈。”她的目光回到墙上，看向树林的颜色，视线移过它们，仿佛过去就写在墙上。

“我醒来的时候，罗伯已经不见了。”她继续道，“大卫说他决定离开。起初我想也许是大卫给了他钱让他走。但那说不通。

① 珀斯是英国中东部苏格兰地区的城市。——译者注

我已经给过罗伯钱了，他不会收了钱后就不跟我做朋友。他不是那样的人。他会嘲笑他的。有时候，我会在头脑中进行设想。我想知道他是不是决定跟大卫摊牌讲我财产的事情。也许他告诉他，他必须把钱还给我。他说他不会提这事，但是谁知道呢？也许他提了。也许这把大卫逼疯了，他糟糕的情绪爆发了。也许他们打了起来，失手了。我只知道一件事，就是罗伯从来不会不辞而别。”

“你确定吗？”我问，试图从中找出一些合理的地方，去排除大卫杀人的可能，“我是说，也许他们有过争吵或打斗，所以罗伯觉得他最好离开。这是有可能的，不是吗？”

她摇摇头：“罗伯把他的毒品和笔记本藏在了谷仓里。直到我和大卫结婚以后我才发现它们。罗伯是不会把毒品扔下的。至少不会在他生气的时候留下它们。他会想抽个过瘾。”

“你和大卫正面谈起过这事吗？问过他吗？”

“没有，我们很快就结婚了，差不多在我最后一次见到罗伯后的一个月左右。婚后大卫就变了个人。他变得更沉默，对我也更冷淡。然后我发现我怀孕了。”她的眼眶满是泪水，没有完全流出来，我和她一起沉浸在这糟透的回忆中。

“我很高兴，高兴极了。但大卫要我堕胎。他说他不能完全确定这是他的孩子。那之后我有点儿精神崩溃——我想我无法面对罗伯失踪带给我的恐惧，而且我还没完全从我父母的死讯中恢复过来，除此以外他还要我堕胎，一切都让我不堪负荷。我们搬去了英格兰，就是这样。大卫态度变得温和，他照顾着我，但他拒绝卖掉那个庄园。”

“你觉得罗伯仍然在那里，是不是？”我说。我沉浸在他们的过去，并为我们的现状感到恐惧。“你觉得他被埋在了某个地方？”

她沉默了很久，然后点点头：“罗伯绝不会那样突然从我面前消失。绝对不会。我就是他的一切。他肯定会来联系我。”她挨着我坐在床上：“只要他还活着。”

那之后，我们很久都没有开口说话。

43.

阿黛尔

她坚持要留一会儿，显然是为了多谈一谈这些事。她在颤抖，我能看得出来。但她的头脑在急速运转——她那好奇的、忙着东想西想的头脑。滴答、滴答、滴答，永远在运转。她问我为什么我从来没有找过罗伯。我悲哀地耸耸肩，告诉她我不想知道结果。我爱大卫，我要嫁给他。当时我很年轻。他是我的安全港湾。我很感激她没有狠狠地扇我的脸，告诉我振作起来面对现实。如果我是她，听到我这种懦弱的傻话，我会想要这么干的。我告诉她我累了，不想再谈这些事。那时我看到她眼里的同情，她安静了下来。

让她离开并没有花太多功夫。我提起大卫将会打电话来，我想躺一会儿。她点点头，给了我一个拥抱，用那更苗条、更结实的胳膊紧紧拥抱了我。但我能看出来，她已经在想着接下来要做什么了。她要怎么才能帮助我，或者帮助她自己。无所谓了。只要结果是一样的，谁在乎呢？

大卫没有在我们约定的时间打电话来。这是又一个暗示，表明他昨晚说的话是认真的。他不再管我了。也许他甚至是在挑衅我要我兑现我的威胁。可怜的家伙。他已经走投无路了。

我煮了一壶薄荷茶，走上楼，在冷冰冰的被套上躺下，盯着天花板。想着目前的局势，我非常冷静。我还剩一些百搭牌，我已经完全依靠路易丝了，靠她发现我呈现在她面前的那些线索，并将它们拼在一起。这一刻，她需要领会今早的精髓所在。要是她没弄明白，那我就需要找其他办法展示给她看。当事情变得有趣起来的时候，生活就更加精彩了。我觉得非常满足。

说出来的事情从来就不足以取信于人。我告诉路易丝我认为大卫在这些年里都做了什么，但我的话并没有多少分量。空气中短暂的声音并不可靠。写下来的文字，也许稍微可靠一些，但即便如此，人们也不会真正毫无芥蒂地相信彼此。没有人会真正把其他人往最好的方面想。

要相信某个事情的真相，你必须得去经历它。你得让手沾上泥巴，指甲里嵌着污垢。你必须得去挖掘它。总之，像我和大卫之前真正发生了什么，光靠叙说是无法被人相信的。我需要先将路易丝推进火坑，然后她才能清醒地、带着信任地从另一侧出来。如果最终要让大卫得到自由、放下重担，那么她需要首先接过重担。真相必须得变成她自己的真相。她需要将真相带给他。

然后让它放开他们。

44.

路易丝

……等艾尔莎睡着，或者瘸子盖里喝醉酒，我就准备离开。让他们和他们那差劲的小公寓以及在这差劲小公寓里的差劲人生都见鬼去吧。该死的皮尔顿[①]。这小地方就好像是该死的整个世界。也许对他们来说是这样。对我来说不再是这样了。难怪我一回到这儿就想吸个过瘾。他们是怎么想的，在经历了戒毒和各种事情之后，讨厌的韦斯特兰会奇迹般地起作用？他们都是白痴，他们都是渣滓。他们全都是渣滓，我都能感受到他们身上的尘土试图黏上我。我离开后，他们甚至都不会在乎。他们会觉得摆脱了负担。他们还将摆脱这间公寓里的所有现金，哈哈！我需要带点东西去阿黛尔家，今天就是我的福利日。他们的损失就是我的福利。

我无法相信我很快就要见到她了。这就好像是灰色的世界再次变得多姿多彩。我几乎没怎么给她发短信。我不想冒被她拒绝的风险。那会是怎样一种感受？我并不习惯

① 皮尔顿，位于苏格兰爱丁堡北部的一片居住区。——译者注

像这样关心某个人，并希望他们能喜欢我。我并不习惯关心任何人。要不是那扇梦中的门可以让我见到虚构的她，我想现在我已经发疯了。我们告别的时候，我大笑着开着玩笑，但她可以看出我很伤心。离别也让她很伤心，但哪怕她试图在我面前掩藏，我也知道能出去让她很是兴奋。她有大好人生，有钱，有大卫。而我只有我那恶毒姐姐家的储藏室，它在狗屁爱丁堡住宅区，需要重新上油漆。

但现在我自由了！我即将跳上去珀斯的火车，她说下车后我可以叫出租车，她会付钱的。她很想念我，我能察觉出来。这是最让我快乐的事情。我可以让她开怀大笑。和我在一起的时候，她是与众不同的。她说我会见到大卫，因为周末的时候他会从大学回来看她。她认为我们能够和睦相处，但我觉得，我和那个无聊的大卫的一个共同点就是，我们都不喜欢对方。他不想让我在他周围。我也不想让自己在他周围。但我还是会为了阿黛尔去试一试。反正他又不是一直在那里。我可以假装在某个时候喜欢他两天，要是这能让阿黛尔高兴的话。他在的时候我也会克制自己不去吸毒。我不会因为想到大卫就情绪低落的。明天我就要重新和阿黛尔在一起了！见鬼去吧，旧生活。你好，新生活！阿黛尔，阿黛尔，阿黛尔！那是通向我幸福未来的大门。

笔记本里再也没有别的内容，罗伯写的其他东西都被撕掉了。是大卫干的吗？那几页是不是讲述了能指控他有罪的事情？我的头脑运转得太快，脑中仿佛燃起一团火，几乎连头皮都在灼烧。大卫会不会真的杀了罗伯？也许那是个意外。也许他们打了起来，事情失控了，他打了罗伯的头把他击倒在地？

又或许，罗伯根本就没有死。也许阿黛尔担心过头了，他只是离开了而已。她说他不会被收买，可是他偷了他姐姐的失业救济金，所以谁知道呢？从笔记本里能明显看出他爱她，但他来自一个贫穷的家庭，也许在被许诺能得到几千英镑之后，他就没法拒绝了？但要是庄园里面什么都没有藏，大卫为什么不肯把它卖掉呢？

疑问，疑问，疑问。似乎自从大卫和阿黛尔在我生命中出现后，我就充满了疑问。他们就像是水草，在我每次觉得自己能从其中一个身边游开的时候，另一个就会缠住我的腿，把我拉回去。

我需要知道罗伯出了什么事。我需要找到他。这甚至都不再与阿黛尔和大卫有关，我了解这些是为了我自己。我不能永远对这事一无所知。我要到 5 点 15 分才去接亚当，所以我泡了一杯浓咖啡——即便我的神经已经足够紧张——然后打开了我的笔记本电脑。现在每个人都是能查到的。如果罗伯只比阿黛尔大了几个月，那么他还不到 30 岁。当然，哪怕他躲在某个地方吸毒，那也是有迹可循的吧？我快速翻到笔记本的第一页，那里整洁地印着他的全名，我将它输入到谷歌里：罗伯特·多米尼克·霍伊尔。

我搜出了一列结果，各种领英网账号、几个脸书网账号，还有一些新闻报道。我带着剧烈的心跳看完了它们，没有一个符合条件。他们不是太老就是太小，或者是美国人，只有一个人的脸书头像看起来年纪相仿。他来自布拉德福德[①]，档案里有一列他就读过的学校名单，可没有一所是在苏格兰的。我试着把名字加上“失踪或死亡”一起搜索，但得到的是同一组结果。我又试了“罗伯特·多米尼克·霍伊尔 爱丁堡”，仍然一无所获。

我边上的咖啡碰都没碰，已经冷了。我甚至都没抽我的电子烟。为什么完全搜不到他的消息呢？要是大卫收买了他，那他至少能有一阵子是独立生活的。他肯定有电脑能上网吧？我想，每个人都有脸书账号的吧？但就笔记本上记录的内容来看，他似乎并没有太多的朋友，也不太想要朋友。他只有阿黛尔，可能还有些吸毒同好。脸书可能并不是他玩的东西。

也许他正活在某个不知名的角落，所有的钱都用在了毒品上？但这不太对，吸毒者都很狡猾，所有的上瘾者都是如此，环境使然。要是罗伯需要钱，他会回去找阿黛尔的，不管是跟她要钱还是跟大卫要钱。也许他去过。也许大卫仍然在时不时地给他钱，但没有告诉阿黛尔。可是他为什么要这么费事？而且最大的问题仍然没有解决：他为什么不把庄园卖掉？或者把它租出去？为什么明明可以用它挣钱，却仍然让它空置着？

我盯着屏幕，希望能盯出个答案来，然后我决定尝试另一种思路。罗伯的姐姐，艾尔萨。我输入她的名字，开始筛选有用信息，如同从谷壳中挑出小麦。和罗伯一样，全世界有好几个和她同名的人，一个选举人登记网站给我列出了七个艾尔萨，其中只有一个住在爱丁堡。

---

① 布拉德福德，英格兰北部城市。——译者注

找到了！

不付费我没法在那个网站上找到进一步的地址，失业真该死，但如果要用到的话，我是打算付费的。在接下来搜出的几页中，我找到了一篇关于洛锡安艺术节的新闻，里面写到了一些积极主动在艺术节设摊位的当地商店。有一家叫“烛芯”的店，提到了店主的名字——艾尔萨·霍伊尔。“烛芯”有一个网站和一个脸书主页。我找到她了。至少，我希望我找到的是她。我盯着那个几乎从屏幕上跳出来的电话号码。我必须得打一下这个号码。但我要说什么呢？我到底要怎么开始这场对话，而不让自己看起来像个疯子？我需要撒个谎，这我知道，但我要撒个怎样的谎呢？

我看着那本旧笔记本，灵光一现。韦斯特兰。我就这么问她。我用座机拨打，隐藏了呼叫者的身份。但在鼓起勇气按下拨号键之前，我还是在房间里来回走了几分钟，抽着电子烟。好吧，我终于这么想，我浑身都激动得发热。尽管去做吧，打电话吧，她也许甚至都不在那里。

她在。店员叫她接电话的时候，我的心都提到了嗓子眼。

“我是艾尔萨，有什么能帮忙的吗？”她的口音很重，我能想象得出那个声音冲罗伯尖叫的情形。

“你好，”我说，我压低了嗓音，并放缓语速，就跟我在诊所讲电话一样，“很抱歉在工作时打扰你，但我想是否能占用你几分钟时间？我正在写一篇关于韦斯特兰诊所疗效的论文。”我突然意识到我压根不知道诊所在哪儿，也不知道任何医生的名字。我真可悲，还没做好充分准备就打了这个诈骗电话，万一她开始问我该怎么办？“我知道你的弟弟曾在那里待过一阵子。

罗伯特·多米尼克·霍伊尔？我试图查他的资料，但任何地方都没有记录。我想你也许有他的联系电话，或者你可以把我的电话转交给他。”

“韦斯特兰？”她大笑一声，“啊，我记得。那完全是浪费时间。罗伯回来没几天就走了。然后他从我钱包里偷了钱，在夜里滚蛋了。抱歉我爆粗口了。”她停顿了一下，也许沉浸在了自己愤怒的回忆中，“我恐怕帮不了你。我后来再也没收到过他的消息。他可能死在某条小巷里了，没死也差不多了。”

“不好意思，我不知道发生了这样的事。”我开始冒冷汗。

“没事。”她说，“那是很久以前的事情了。他是个小混蛋，真的。他们这些人没救。”

我道歉说打扰她了，礼貌地对她说再见，但她已经挂断了。我把冷咖啡倒掉，泡了杯新的，只是为了在理清思路的时候做点事情。事实上，那是有可能发生的。阿黛尔怀疑的事情很可能是真的。我只是刚刚开始领悟而已。内心深处，尽管我有着种种疑问，但我很确信，罗伯肯定还活着。这些事情不会发生在现实生活中。谋杀。藏尸体。这种事只会出现在新闻、电影和书本里。不会出现在我平凡又无趣的生活中。我没有喝咖啡，从碗柜后面找出一瓶被遗忘的杜松子酒，那是圣诞节的时候剩下的。我没有用来冲酒的汽水，但我加了很多健怡可乐，咽下一大口，让自己冷静下来，然后拿出几张亚当的图画纸和一支钢笔。我需要彻底想明白这件事。

大卫——想要钱或者是为了保护自己免受阿黛尔伤害？两者都有？

罗伯——消失了。他仍然在庄园的某个地方吗？被撕掉的那几页里写了什么？打斗的证据？钱款的贿赂？

笔记本让我想起了罗伯的一个怀疑，我补充进去。

阿黛尔的父母。那真的是一场事故吗？谁是最大的受益者？——是大卫。

阿黛尔的父母。当然。为什么我之前没想到这点？网上肯定会有他们的消息。那场火灾应该是个大新闻。我看了眼时钟，5点15分。我得出门去接亚当了，这几乎令我沮丧地尖叫起来。我真痛恨自己。我一直都盼望着他度假回来，可现在我却在没必要的时候把他丢给日托班，并为他妨碍了我而觉得厌烦……他妨碍了我什么？调查谋杀案？要对自己承认这样的事情，真是太荒诞了，我几乎大笑出声。因为这正是我在做的事情。我在试图拼凑出凶手的模样。

我将需要去买一瓶红酒。

“可是我现在还不想睡觉。”

我爱我的小男孩，但我讨厌他发牢骚。他从法国回来后，无疑变得更爱抱怨了。“我不累。”

“现在是睡觉时间了，就这样，赶紧穿上你的睡衣。”

“再玩一局游戏。”

“我说了赶紧，亚当！”他气冲冲地跑去卧室，恼怒地抱怨了一路，但他看了我一眼，知道这事没有商量的余地。我已经陪他做了日托班的涂色作业，他也喝了茶、玩了游戏。现在我无比渴望他去睡觉，我好继续回互联网上“掘宝”，他醒着我没办法调查，他会一直在我背后看着，问东问西。“别忘了刷牙！”我在他身后喊着。没多久，浴室的门就摔上了。我意识到，这就是青春期将有的样子。阴郁的、叛逆的情绪。

这个想法让我很悲伤，我站起身，去给他读睡前故事，用甜言蜜语把他哄回去，让他重新变成我那个快乐的小男孩。互联网的事可以再等 10 分钟。

7 点半他睡着了，我回到电脑边，手边是一大杯白葡萄酒。

这次的搜索很容易。我从罗伯的笔记本中知道了阿黛尔的婚前姓氏。我通过“拉瑟福德 - 坎贝尔火灾”搜出了大量信息，主要是后续的新闻报道，全国和当地的媒体都有。我真不敢相信之前这些我居然全没查过——在她第一次告诉我的时候，在她把这本笔记本给我的时候。

起初，我完全被照片分散了注意力，打开链接后你很难不被它们吸引。我在浏览器上留了大约 15 个标签页。有两张庄园失火前和失火后的航拍图，阿黛尔说那地方很大的时候并没有夸张。在第二张图上，我能看到一部分建筑被烧得焦黑，但剩下那部分的面积也许仍然相当于三到四座普通住宅。它是用厚厚的白石砌成的，看上去仿佛有两百多年的历史。是乡绅贵族时代的产物。它周围是树林和田地，保护了建筑的隐私，遮挡了刺探的目光。现在我试着去想象它的样子。是有人在维护着那片土地吗？还是它现在已经被人遗忘，任其生长？

有一张阿黛尔父母的照片，看到她母亲就好像是看到透过摇曳的水波映照出的她的脸。她们几乎一模一样，但有着些许的不同。阿黛尔更美，五官更匀称，但跟她母亲有着同样深色的头发和橄榄色肌肤。她的父亲原先是个投资银行家，据那些文章所写，他身价几百万，还拥有引人注目的资产投资组合。有一张照片上他看起来沉闷又严肃，显然是在城市里照的；但另一张在海港的照片上他则正对着照相机微笑。在清新的空气里，他的肤色很红润，也许是因为喝了太多美酒，吃了太多美食，他看起来很快乐。

还有阿黛尔的照片，这个被抛下的悲惨又美丽的女儿。一张略显圆润的脸散发着青春的光芒，但仍然是我认识的那个阿黛尔。女继承人，一家报纸这么称呼她。她到底拥有多少钱？看上去是一大笔财富。在一张圣诞节拍的一家三口合照里，她带着无忧无虑的笑容，目光闪闪发亮。

另一张照片很模糊，像是小报记者隔着一段距离拍的。照片上她低着头，一只手掩着脸，她更瘦了。她走过受损房屋的场地时，牛仔裤松松垮垮地在她臀部周围晃荡。她很悲伤。有个男人在她身边，一只手搭在她瘦小的背脊上，他的脸几乎是直接转向长焦距镜头的，仿佛他能莫名地感知到它的存在。他的另一条胳膊上绑着绷带。是大卫。他的脸很模糊，但那就是他。他看起来很警惕、很防备、很疲倦。他们俩都那么年轻。那是他们，但又不是他们。我盯着照片看了很久，然后埋首于大量新闻报道中，从各种不同的角度把故事拼凑在一起。

文章谈到了阿黛尔父母的聚会，谈到了他们的财富，说他们在女儿出生后就从伦敦搬过来了。都是些很寻常的八卦，来自那些假装震惊又悲伤但其实是在评头论足的邻居们。显然阿黛尔是个孤单的孩子。她的父母并没有太多时间陪她。文章用了许多篇幅描述农场穷小子和美貌富家女的浪漫爱情，描述了他是如何从烈火中救出她的。文章还提到了有情报称，阿黛尔从小时候起就在接受治疗。

然后我有了一些发现，不再为他们那与我无关的故事而心痛，不再为那一刻大卫对她显而易见的爱情而心痛。他们如此紧密地缠绕在一起，这让我跟他们之间的纠缠看起来就像是蛛丝，根本算不上水草。五个字引起了我的注意，重重地踩着我敏感的神经。在我被吸入兔子洞[①]深入研究他们的关系之前，这些字提醒着我，我为什么要做这样的调查。

有纵火嫌疑。

在之后的报道中，一旦大肆渲染的感性花边新闻告一段落，这些话就在不知不觉显露了出来。一张照片上，一位名为安格斯·威格纳尔的警官正在调查火灾损失。他是一个大约三十几岁的矮胖男人。他就火势蔓延速度发表了评论，提到了四轮摩托车用的罐装汽油，不能排除是纵火。

有人看到探长安格斯·威格纳尔从珀斯皇家医院离开。大卫·马丁就在这家医院接受三级烧伤治疗，治疗他的胳膊。情报说，探长在一位助手的陪同下跟马丁谈了两小时的话。在从烈火中救出了他17岁的女友阿黛尔·拉瑟福德－坎贝尔后，这名学生就被视为英雄。他女友的父母不幸在

① 兔子洞，源自《爱丽丝梦游仙境》，意思是进入一个奇特不同的世界的入口。——译者注

火灾中丧生。探长威格纳尔拒绝透露本次访问的实质内容，只说是属于进一步的调查。

我浏览着报道，我的眼睛在字里行间来回扫视，试图找出更多信息。文章说到了不满的房地产经纪人，之后还提起了大卫父亲的经济问题，谈及阿黛尔的父母是如何反对他们在一起的。这些全都算不上直接的指控，但提到大卫时，说法无疑从英雄人物变成了别的什么。

在搜索结果的第三页上，互联网上的消息开始渐渐进入更模糊宽泛的领域。我看到一篇有关他们婚礼的报道。一场在阿伯费尔迪村举办的安静典礼。这一次的报道里没有配照片。我想起阿黛尔的怀疑，也许事实就在这一次的报道和之前更早的一些报道中，一场可怕的犯罪让一个男孩失去了生命。我突然想到，也许这其实并非第一桩可怕的犯罪。大卫有多想改变自己的人生，从一个农民家的穷孩子成为一名富有的医生？这个念头强大到足以让他在午夜纵火烧房子吗？

我喝了酒，盯着空气发了会儿呆，慢慢理解着这一切。我不能就这样带着我对罗伯的怀疑去找警察。要是我试图解释这件事，我会看起来像是个疯疯癫癫、被人抛弃的第三者。但要是有人曾经对大卫产生过怀疑，比如这个安格斯·威格纳尔，那也许他们会注意到一封匿名信，至少去搜查一下庄园？

我谷歌了一下，发现他仍然在珀斯郡，现在已经是珀斯警察局的侦缉总督察了。我草草写下地址。他会认真对待匿名信吗？还是会把它当成疯人疯语？我想，这取决于他当年对大卫的怀疑有多深。如果他真的认为大卫和火灾有关，但当时却没法证明，那么这封信会引起他的兴趣。这样总比什么都不做要好。这样总比让一切问题都永远烂在我心里要好。

也许那里并没有什么尸体。也许艾尔萨是对的，罗伯只是个在某处玩消失的吸毒者。也许大卫是无辜的，无论如何，在这件事上是无辜的。但至少，这会把一切都公开，让阿黛尔不再被怀疑所困扰。我应该告诉阿黛尔我想做什么吗？我决定还是不跟她说了。她会试图劝阻我的，我肯定。她是那么恐惧和担忧，她会害怕打破现状。她太过顺从大卫了，长期以来一贯如此。她不会像我一样把所有的怀疑都说出来。

总之，这不再是关于他们的事了。不再是关于他们或者我，或者关于我们三人中的任意组合。这是关于罗伯的事。这是为他伸张正义。尽管想到这点，我略微有点反胃，但是我现在就要去写信，并在我改变想法之前把它寄出去。够了。我受够了。

45.

当时

那很温暖，她只能这么来形容。罗伯在这里，她觉得内心很温暖。她神采奕奕。她的朋友回来了。尽管独处的时间对她很有好处——好得出乎意料——但罗伯在这里带来了许多乐趣。屋子再度有了生机。不像她和大卫，在这个地方罗伯没有回忆，没有能让他沮丧苦恼的东西。这让她觉得轻松多了。有罗伯在这里，她不必做出悲伤的样子。

她领着他参观屋子，他不断大笑着。她已经告诉过他，这里跟韦斯特兰比起来，就算没有更大，也差不多大了。但显然他之前没有相信她。等到参观结束，即便她自己，也对一个家庭能拥有如此多财富的荒谬事情一笑置之。唯一片刻的安静是在她带他去看那间烧焦的房间的时候，她的父母死在里面。当时他瞪大了眼睛，他们沉默地站了一会儿，直到他说："让我们离开这鬼地方吧。这里糟透了。"她爱他这一点。他无须揣摩她的感受，或确保她好不好。罗伯让她觉得自己很坚强，他觉得她就是坚强的。

他并没有带太多东西来，只带了一些衣服、他的笔记本、一些啤酒和一包毒品。他们拿了点大麻烟卷出来，然后阿黛尔让他把其他东西藏在一个谷仓里。

“这房子还是会有人来的。”她告诉他，“有个女人一周来打扫两次，还会带食物过来。我的律师有时候会突然来访。我一个人在这里他很担心。他说他觉得这种治疗很不适当。他说我太年轻了。”她翻了个白眼。跟罗伯相比，她的人生太过奢侈。

“是啊没错。”他说，“就像你打算在这里放把火之类的。”

他的话让她惊讶地瞪大眼睛，然后爆发出一阵大笑。

“上帝，你真是个混蛋。”她挽上他的胳膊。

“对，但我可以让你笑。”他停顿了一下，“说真的，你真的是担心那些人找到我藏的东西吗，还是担心你心爱的大卫发现？”

一时间，她什么也没说，然后她叹息一声：“是的，也许我最担心的是被大卫发现。他并没有太反对毒品，”她看到罗伯脸上带着嘲讽的质疑，“他真的没有，但我觉得他不会认为我现在抽烟上瘾是好事。他会觉得我这么做是为了找到精神上的支柱。”

“周围有这么些人无时无刻不在担心你，你肯定觉得透不过气。”罗伯说，“要是他们能像我这样看待你就好了。”

“你是怎么看待我的？”她问。

“你是一只浴火重生的凤凰，肯定是这样。”

她喜欢这话，非常喜欢。这提醒着她，现在世界尽在她的掌握。他们手挽着手穿过场地，走到井边。在那儿，他们沉默地许下愿望，即便阿黛尔并不确定，一口干井也能用来许愿。

晚上他们把冷冻的比萨热了热，喝着罗伯带来的廉价罐装烈啤酒。他们在画室的炉火前兴奋极了，坐在地板的坐垫上，漫无边际地聊天，笑得肆无忌惮。阿黛尔深深吸着烟卷，她很喜欢这醇厚的、快乐的陶醉感。她想念这种感觉，就跟她想念罗伯一样。

她看见了他藏毒品的包，知道他也带了一些海洛因。但他并没有提，她也没有指明。这是他的事情。她不想让他吸海洛因，但她也不想让自己听起来像是某个韦斯特兰的治疗师。她想让罗伯快乐，要是这样能暂时帮到他，那么她不打算为这事跟他吵。不管怎么说，他显然没有完全上瘾。要是他吸毒上瘾，那他就会浑浑噩噩，不会这么聪明。而且，不管怎样，她没有在他胳膊上看到新的标记。也许他只是偶尔才吸几口。也许他带着它只是为了以防心情郁闷。但愿，他们两个都已经度过了自己那段阴郁黑暗的时光。

有两间客房已经被打扫得很整洁，但最终他们还是睡在了她的床上，脱得只剩T恤和内衣，肩并肩躺着，盯着天花板看。她想知道，要是这一幕被大卫看到，他是否会认为这是一种背叛——让另一个男人睡在她的床上。可是尽管她和罗伯如此亲密，但他们之间却无关性爱。他们是更纯粹的情感。

“你来我真是太高兴了。”她说，“我很想念你。”

“我很高兴你让我来。”他停顿了一下，“这里太安静了，外面又是那么黑，就好像我们是地球上最后的人类。”

“也许我们真的是，也许会来一场大灾难。”

“只要那灾难不是把人变成该死的僵尸。”罗伯轻蔑地哼了一声，“他们在活着的时候已经够无趣了。”

“我并没有太想念我父母，你觉得这有错吗？”她问。这是个令她担忧的想法。这说明了她什么？是不是说明她身上有很坏的地方。

“不，”罗伯回答，“感情没有对错之分。感情就只是感情。”

他的话令她思考了一会儿。感情就只是感情。这让她觉得好受些了。

“你想怎么过你的生活？”她问。

“你听起来像个韦斯特兰的治疗师。”

“不，说真的。”罗伯太擅长用滑稽的答案回答问题，但这一次，她不想让他转移话题，“你肯定有什么想法。”

“我不知道。”他向上盯着天花板，“我从没真正想过。我家人并没有真正的事业，上班打卡下班放松更像是他们的风格。你呢？除了跟那无趣的大卫结婚，生很多小大卫之外。”

她拍了他一下，大笑起来，但内心却不确定，那是否有那么糟糕。这正是她想做的事情。这一直都是她想做的事情。

“你应该留下来和我们生活一阵子。只要你愿意。同时，你可以规划一下自己的未来。”

“这是个好主意，但我觉得你们结婚后，大卫不会想让我在周围晃悠的。”

“你不应该还没见他就下断论。他正在接受医师培训，帮助他人是他的工作。”

“唔。”

他们的声音在黑暗中显得很空洞，但她抓起罗伯的手，紧紧握住：“反正，我现在有钱了，我会帮你的。”

“我讨厌提醒你，亲爱的，除非你让他把这些全都签字转让回来，不然严格意义上说，有钱的人是大卫。”

“哦，闭嘴吧。”她需要处理这事，但她并不担心。大卫在大学里并没有买跑车或过高消费的生活。单单这个想法就让她大笑起来，实话说，他可能比她更能管理好她的——他们的——钱财。他一辈子都不得不看紧他的每一分钱，而她从来无须思考这种事情。

他两周内就回来了，到时候她会找他谈谈这事的。明天，她会告诉他罗伯来这里了。她很肯定他不会介意她并没有遵循应该照做的治疗方案。而且不管怎样，罗伯一直都是她最好的良药。

“我爱你，罗伯。”在他们聊着聊着渐渐安静、昏昏欲睡时，她喃喃道，“你是我最好的朋友。”

“我也爱你，阿黛尔。”他回答，“我那悲剧睡美人化身的凤凰。我真的爱你。”

46.

阿黛尔

日子拖拖沓沓过得很慢，一天像一周那么漫长。现在距离我给路易丝透露**大启示**只过去了48小时。一动不动地躺了太久，我浑身都疼。大卫回家的时候我躲进自己的房里，借口说头疼或者累了，大卫几乎没和我说话，只是略带宽慰地点点头。我在冰箱里给他留了食物，有时候他会啃几口，但并不都吃，仿佛他觉得我可能会用某种方式给他下毒或者污染食物。他没兴趣花时间跟我待在一起，我本应该更在意这一点的，但我现在太过沉浸在路易丝的生活里，要是他花时间陪我，反而会妨碍我。

我希望他之后会去工作，这是我以前从没盼望过的事情。但我在等着一个时机，一个能让我扭转一切的时机。我不能错过它。

要是在我需要在那里的时候，大卫却想要得到我的注意呢？那要怎么办？我想知道，什么时候所有的拼图碎片会被抛在空中。

我锁上了卧室的门，以防万一。但他并没有敲门。他也没有去找她，这让我松了口气。我需要让他们俩分开，我成功了。我甚至都怀疑现在路易丝还会不会给他开门。至少在她寄出那封信之后不会。我们昨天深夜悄悄发了短信，现在她让我心中充满快乐，即便她自己并没有意识到这点。我知道她正为那封信而愧疚，她不知道我知道她寄了信，知道她对大卫的指控。我发短信给她，说他现在对我非常体贴，也许都是我想太多了，我们该忘了这事，但她转移了话题。人们总是在某件事让他们觉得不舒服的时候转移话题。但这一次，她转移的话题是她的梦。她跟我讲了那古怪的第二扇门；讲了她是如何发现自己在客厅里、自己身体上方漂浮了一会儿；讲了她是如何睡不着觉，在试图靠深呼吸转移头疼时，这种情况就这么发生了。

尽管它令我兴奋不已，但我还是回复她，这事从来没在我身上发生过，而且我现在一直在服用安眠药，所以我此刻甚至都穿不过第一扇门。我告诉她我很享受无意识的状态，那种大脑一片空白的感觉，自己不存在的感觉。我发短信告诉她，有时候我觉得我想成为虚无。我不知道这些文字会带给她怎样的阅读感受。这是对接下来可能发会生的事情的一个暗示。这是在之后将会纠缠着她的文字。

当我再次提起大卫时，她结束了我们的短信聊天。我猜，她现在觉得自己背叛了我两次。她知道贫穷、脆弱的阿黛尔不想让她的秘密被公之于众，不会想在危险的大卫还在家的时候公布它。但她还是觉得，她坚强得足以面对我们两个。她觉得自己最了解情况。我很好奇，警方会在她产生怀疑之前来，还是之后？又或者，他们根本就不会来。我有些期待门铃会随时响起，哪怕我知道，如果警察决定要严肃地对待她的信，会花费更长的时间才会来这里调查。也许他们只会对它置之不理。也许我应该亲自寄一封信。这个阴暗的想法令我愉悦，但我现在否决了它。我要看看事情将如何进展。

秘密，秘密，秘密。如果你能近距离观察，你会发现人们身上全是秘密。路易丝自己身上就有好几个秘密，这封信是最新的那一个。她没有告诉我那封信，我感受到了一丝背叛。她应该是我最好的朋友，但她在采取行动的时候却没有考虑我的感受。我克制了自己的怒火，毕竟，她在做的正是我想让她做的事情。

我的感受其实不再重要，就像维持我的身材和健康也不再重要。

说到底，这有什么用呢？我很快就要死了。

47.

路易丝

我不知道我为什么这么紧张，警察又不会出现在我家门口，冲我挥着信，要我亲自来解释。我甚至坐着巴士去了鬼踞区[①]，从那里把信寄出，不去管它们可能跟这里用的是同一个信件分拣点。我想让我和它之间隔着些距离。我最终把它投进了信箱，黏糊糊的手汗弄湿了信封。

然而，我时常觉得难受。大卫昨晚给我发了短信。他说他想见见我，谈一谈。我盯着那几个字看了大约一个小时，我的头很痛，最终还是没有回复。他说的谈一谈是什么意思？进一步威胁我吗？坦白说，我不想跟他们任何一个人谈话。阿黛尔发来一些可笑的傻话，说大卫变得不一样了，也许是她之前想太多了。我打赌她很后悔告诉了我罗伯的所有事情。分享秘密总是贪图一时之快，可之后却变成了一个负担。那感觉就仿佛你胃里的凹陷处被不断啃噬，某些东西得到自由，你无法把它召回，现在其他人对你的未来有了掌控力。这就是为什么我一直讨厌秘密。它们不可能被保守。我讨厌知道苏菲的秘密，我

① 鬼踞区，伦敦北部的一片区域，也是史蒂芬·金的恐怖小说篇名。——译者注

总是担心有一天喝高了无意间在杰伊面前透露了什么。现在我被一堆秘密缠身，也把阿黛尔的秘密掌控在了我手里。她会恨我寄了那封信，而我不能因此责怪她。但我还能怎么办呢？最后我转移了话题，说起我的梦境。我告诉她，穿过第二扇门之后，我觉得我离开了自己的身体，这是种不可思议的感受。比起他们诡异的婚姻和大卫很可能是杀人犯的事情，这似乎是个相对安全的话题。

我的头仍然很痛，是一种我无法忽视的长时间抽痛。我去社区中心的一个生日宴会上接亚当回来，在外面呼吸了会儿新鲜空气，但即便这样也没能把恶心的感受赶走。我甚至都没有真正睡着过。我只是筋疲力尽地躺在床上，但一关灯我脑子里的灯就亮了起来。我想也许比起彻底失眠，我情愿做噩梦。我想回归简单的生活，回到遇见那个酒吧男子之前的日子。

亚当已经被三明治和糖果喂饱了，所以我们把他那块打包好的生日蛋糕放进了冰箱，以后再吃。他跑去自己的房间，查看他那个贵得荒唐的派对礼包中的东西。我甚至都不想看里面的东西，亚当的生日很快就到了，即将轮到我去花我花不起的钱买一堆昂贵的垃圾给不需要它们的孩子。伊恩会来帮忙解决的。凡是跟亚当有关的事情，他都表现得很慷慨大方。但我很累、很紧张，我需要让一切缓一缓。

“我头很痛，”我把头从他卧室门背后探进去，说道，“我要去躺一会儿，没问题吧？”他点头微笑，今天他是我最乖的孩子，能拥有他我真是太幸运了。

“如果你有什么需要，就把我叫醒。”

我压根没指望过自己能睡着，我只是想拉上窗帘，躺在昏暗的房间里，希望头疼能过去。我拿了两个枕头去我的房间，感受着凉凉的枕头在我头下的滋味，发出一声长长的叹息。我需要安静半小时。我头疼欲裂，甚至都没法想太多，集中注意力，做了个深呼吸放松自己。心跳的频率和头痛的频率同步，宛若一对疯狂的恋人。我试图让肩膀和手脚放松下来，就像那些循环往复的枯燥瑜伽视频里要求你做的那样。我放空了身体里的气息，放空了我的头脑，每一次呼气都排除些杂七杂八的念头。我放松的时候，疼痛稍稍缓解了一点儿。我的胳膊重重摆在身侧，仿佛陷进了我身下的那张床里。我需要的，是逃避一会儿。

这一次我几乎都没看到门，它来得太快了。银光一闪。几道发亮的条纹。然后——

——我正低头看着我自己。我半张着嘴，闭着眼睛。仿佛我还在做深呼吸，却并没有展现出来。我看上去就像是死的。空的。

我是空的。这个念头犹如冷水般贯穿我，不管我现在是什么。*现在我在上面。那就是……一个身体。一个机器。我的机器。但没人控制它。没人在它里面*。

我徘徊了一会儿，把跟上次一样的恐慌抑制下去。我没有头痛，也没有任何感觉，没有胳膊，没有腿，没有紧张，没有呼吸。也许这是一个梦。一个不一样的梦。总之，它是某样东西。我朝我的身体走回去，立即觉得它对我产生了一股拉力，然后我强迫自己停下来。如果我愿意，我可以回去——但我愿意吗？

我可以看到那浅色顶部的边缘有一排尘埃，被人遗忘的、灰色的、厚厚的尘埃。我朝着门稍稍撤退了几步，即便我很害怕自己的身体消失在视线中，仿佛我会完全迷失回去的路一般。在镜子中，我可以看到自己在我身后的床上一动不动地躺着，样子令人害怕，但镜子却照不出我的人影。**请叫我德古拉伯爵**[①]。我应该被吓得目瞪口呆，但这一切太过离奇，我居然觉得很有趣。

现在我的恐惧渐渐退去。我感受到了别的东西。自由的、无拘无束的感觉。我没有重量。我几乎要走去亚当的卧室了，但我担心被他看到。我可以去哪里？我能走多远？

隔壁。劳拉的公寓。我有些期盼着能瞬间去到那里，仿佛我是某个挥魔法棒的仙女教母，但什么也没发生。我更加集中注意力，感受着劳拉的公寓，想象着它的全貌：占据了一面墙的大部分面积的超大电视机，她那糟糕的粉色皮革沙发（照理我是讨厌它的，可它却让我微笑起来），淡黄色的地毯——那种只有没有小孩的家庭才能拥有的地毯。沙发、地毯、七彩棉花糖一样的房间配色。我决心要让自己置身其间。然后，仿佛被一阵狂风推着，我到了那里。

劳拉坐在沙发上，穿着牛仔裤和松松垮垮的绿毛衣，正在看电视。电视上在重播《老友记》。劳拉掰下一大块水果坚果巧克力，放进嘴里。她边上有一杯咖啡，马克杯上印着漂亮的小花。我等着她注意到我，等着她震惊地抬头，问我究竟是怎么进入她的客厅的。但她没有。我甚至直接站在——我想不出更好的动词——她面前，但什么也没发生。我想要大笑。这太疯狂了。也许我疯了。也许大卫应该把他试图塞满阿黛尔肚子的

① 德古拉伯爵，传说中著名的吸血鬼形象，吸血鬼是没有影子的。——译者注

药片分给我一些。

大卫和阿黛尔。他们的厨房。我能走那么远吗？我集中了注意力，在脑中描绘着他们的花岗岩台面和昂贵的瓷砖，过期的日历小心地挂在冰箱反面，这样就不会打乱房间的线条。我感受到了某种变化，一股风升起，准备把我带去那里，但什么都没发生。

在这个诡异的隐形的身体中心，我觉得自己仿佛处于拉开的橡皮筋的一头。我又试了一次，但却走不远，似乎我的身体正往后拉我，像个蹒跚学步的孩子。这一次，我移动得更加小心，走进了劳拉的厨房，注意到旁边有没洗的盘子，虽然并不太多，却也足以证明她正过着逍遥的一天。然后我穿过门，去我们公寓之间的外部走道。我没有感受到气温的变化，尽管我从派对上接回亚当的时候，外面是很冷的。

你感受不到是因为你并没有真的在这里，我告诉自己，*你只是走过了一扇门*。

我觉得棒极了，就好像一切压力都被抛在身后，我彻底自由了。没有荷尔蒙，没有疲惫感，没有控制我情绪的化学物质。我就只是我，不管那是什么。

我又试了一次，想去阿黛尔家看看她好不好。尽管这一次我发现自己站在了走道的遥远尽头，但还是这样。那种绷紧了的橡皮筋的感受，快被拉断了。尽管我很抗拒，但它正慢慢把我往回拉。我移了回去，享受着这种高度，几乎就是飞回去的，朝着我自家的正门。然后，我回到了家中。

“妈咪！”还没见到他，我就听到了他的声音。

在我卧室中，亚当在床边拉着我的胳膊，一只手拿着我的手机。

“醒一醒，妈咪！醒一醒！”他摇着我的时候都快哭了。我的头懒懒地靠在一边，手一动不动地被他握着。他来这儿多久了？我离开有多久了？最多10分钟吧。但这足够令试图唤醒我的小男孩担心。看到他如此不安，我很担心，很恐慌，我——

我突然坐直了身子，大口喘气，一下子睁开眼睛。我突然感受到了身体里每个细胞的重量，我震惊极了，心跳快得像运作中的手提钻。亚当跌跌撞撞向后摔去，我伸手拉他，冷冰冰的手抓着他温暖的小手。

“妈咪在这里。”我反反复复地说，这时周围的环境和我的身体全都安定了下来，“妈咪在这里。”

“我叫不醒你。”他对着我的肩膀说。一种恐惧感闯进了他安全的世界，那是一种他理解不了的接近死亡的状态，“你没醒。你的电话一直在响，是一位女士打来的。”

“好了。”我喃喃道，“妈咪在这儿。”我不知道我试图在说服谁，他还是我自己。我适应着四肢的重量，头稍微有点发晕。他的下唇仍在轻轻颤抖，但他还是把手机递给了我。我接了过来。

“你好？”

“路易丝？”

是阿黛尔。她的声音在我听来很柔和，却把我带回了此刻。阿黛尔从来不打电话。

亚当仍然在看我，几乎不相信我真的还活着。我对他微笑，用口型告诉他，去喝点果汁看看卡通片吧。他是个好孩子，乖乖照办了，哪怕他很迷茫。

“你还好吗？”我问阿黛尔。我在颤抖，因缺乏运动而觉得寒冷。

“我希望——呃，我希望你能忘了那天我告诉你的所有事情。那很愚蠢。只是些荒唐的念头。把它们从你脑子里清理出去吧。”她听起来更冷淡了，这种语调通常表明某个人后悔分享了秘密，现在不想再那么亲密。

“对我来说，这并不愚蠢。”我想起那封从我指间滑落，掉入邮筒里的信。愧疚感令我胃部不适起来。“我很抱歉把你卷入了我们的婚姻问题，但我们很好，真的。要是你永远都不再提起这事，我会很感激你。”

“是发生了什么事吗？”这不像她。这话甚至连听上去都不像她说的。她总是那么温文尔雅。他们吵架了吗？他威胁她了吗？

“什么都没发生。我只是容易想太多。”

“他写了那些关于你的档案，我可没有多想。”我几乎是厉声打断了她的话。刚才发生的一切仍然令我头脑混沌，这是她第一次变得有点令人讨厌。“而且罗伯怎么办？”

“忘了罗伯吧，”她说，“忘了这一切。”她甚至都没有说再见就挂了电话。我被训斥了一顿，照理应该觉得伤心或生气，但我没有。要说我有什么感受，那就是困惑。是大卫对她做了什么吗？

我盯着手机看了一会儿。要是我不仅仅能去隔壁邻居家，还能去到她家，那么我会看到什么？吵架？威胁？眼泪？坐在这儿，隐身把自己传送去那里的念头听起来很疯狂。我真的去了劳拉家吗？同时我还躺在自己的床上？这样的事居然有可能发生？

我发现亚当在自己的房间里，坐在床上心不在焉地玩着他的塑料恐龙，小小的身影显得很是悲惨。

“你为什么没有醒过来？”他说，“我摇了你好久。”

“我现在醒啦！”我咧嘴一笑，轻描淡写。但我发誓这种情况——无论这是什么情况——当亚当在家的时候，我绝不再让它发生。我去给他拿了些果汁，告诉他我会陪他在沙发上看会儿卡通。这时，我注意到自己的头不痛了，也不再紧张，即便我刚跟阿黛尔通过电话。我已经寄出了那封信，没法撤回。她对我态度冷漠，这其实让我心头一松。也许跟他们断交正是我需要的，这样我才能让自己的生活重回正轨。而且这样一来，万一警察真的去搜查了庄园，我也能稍稍减少一点儿愧疚。这些天以来我第一次觉得清醒又警觉，仿佛我的身体趁着我离开的时间修补了自己，当时它不必担心住在里面的灵魂。

这是我做的事情吗？真的吗？离开我的身体？单是这种想法就很疯狂。但这不是它第一次发生。现在我明白这一点。我去过亚当的卧室，还曾漂浮在自己身体上方，还有现在这一次的情形。这全都是在穿过银色的门之后发生的。但这是真的吗，还是我在做梦？

卡通片开始后，我悄悄走出前门，去了劳拉家。我颤抖着敲着门。这很疯狂。我很疯狂。

“嗨。”她穿着牛仔裤和绿毛衣，“有什么事吗？”我盯着她看了一会儿，她皱起眉：“你还好吗？”

“没事！”我勉强露出一个微笑，“我能不能看下你家的电视？我跟亚当承诺了很久，要换台大点儿的电视机。我正在看购物网站，但我对买多大尺寸合适一窍不通。只要一会儿就好，抱歉打扰你了。”

“没问题，房间有点乱，别介意。”她让我进了屋，我跟着她穿过公寓。厨房边堆着盘子，跟我刚才见到的一样，一个盘子上还残留着吐司或培根三明治。

“它对这间房间来说真的太大了，”她说，“但我喜欢。屏幕是 46 英寸的，这意味着我不必戴眼镜就能看了。”她大笑起来，我跟着她一起笑，但其实我并没有真正在听。沙发扶手上放着一条水果坚果巧克力。桌上放着印有鲜花图案的咖啡杯。电视上播放着《老友记》。

“谢谢。”我说，“你帮大忙了。”

“没问题，随时欢迎。”她本想问我约会如何了，有没有任何遇上真爱的迹象，但我已经迫不及待地想要离开。我的脑袋在嗡嗡作响。阿黛尔的电话几乎已经被我遗忘。我到过这里，我见过她。就像我那一晚曾经去过亚当的房间，看见他弄洒了水。

我回到自己的沙发上，亚当依偎在我怀里，无法唤醒我仍让他觉得后怕。我盯着卡通片，他沉浸在剧情里。我做的事真的有可能发生吗？

直到后来在夜里，当我在黑暗中独自躺在床上，脑中突然想到一个可怕的念头。我的血液因此而凝结。

亚当没能叫醒我。当时他摇着我冰冷的胳膊，觉得我出了什么事。而我，突然笔直地从床上坐起，醒来时气喘吁吁。根本不是正常的苏醒。

这全都跟我试图叫醒阿黛尔时的场景一模一样。

关于第二扇门，她说了谎。

48.

阿黛尔

真爱之路永不平坦。这点我比任何人都清楚。但我仍然相信真爱，真的，哪怕发生了这一切。有时候，真爱需要援助之手。而我一直都很擅长助人一臂之力。

49.

路易丝

周一9点半，我先送亚当去了日托班，然后等在火车站，准备搭车去布莱克希思。我本该筋疲力尽，周六之后我几乎就没睡过，但我心中疑虑重重，内心如火般焦灼。如果阿黛尔对第二扇门的事情说了谎，那么一切就都变了。她还说了哪些谎？

我靠窗坐下，两个疑问在心里熊熊燃烧。我的背因紧张而僵直，手指抠着手臂上的皮肤。如果阿黛尔有第二扇门，可以离开她的身体，那她能走多远，都知道些什么？这个问题如同诗歌一般循环往复，伴随着穿过伦敦桥时引擎那有规律的晃动节奏。

当然更大的问题是，我跟大卫之间的事情她都知道哪些？她知道我和大卫的事情吗？如果她知道，呃，那么……思考这个问题让我觉得恶心。我没法接受我现在无比坚定地相信着的一切可能都是错的。我做的事情。那封信。我在里面写了所有关于罗伯、大卫和阿黛尔的细节——全都在指责他有罪。上帝啊，这也许太可怕了。我想起苏菲坐在我阳台上的场景。她说了什么？*脆弱？还是疯狂？也许她真的精神有问题？*噢上帝，噢上帝，噢上帝。

我没有搜索布莱克希思的咖啡馆，反正它们中大部分可能连网站都没有。我查了精神病医生的信息，只有三位。这在我海啸般的恐慌中，是一波微不足道的安慰。但即便有 50 个，我也决定要找到玛丽安娜，跟她谈一谈。我需要知道她和大卫还有阿黛尔之间都发生了什么。大卫档案中的注释写得太模糊了。*玛丽安娜没有起诉*，起诉谁？他还是她？为什么？

我下了很大决心才没在车站买万宝路香烟。为什么要让他们迫使我重新抽烟？我不会给他们这样的机会。*他们*。现在对于他们两人，我谁都不能相信。这团乱麻像带刺的铁丝网般缠着我。也许我的新恐慌全都是白费力气。也许就像阿黛尔指出的那样，大卫的确是个坏人。也许阿黛尔并没有第二扇门。即便她有，可能她也还一无所知。也许，就像我一样，她走不远。她说的可能依然是真话。

这个想法没有说服力。我记得她冰冷的手，也记得她在大卫书房椅子里醒过来时的喘息。如果她不能走太远，那她为什么要费心去使用第二扇门呢？我没法想象自己花几个小时看着劳拉，没办法穿过我们街区走道的尽头。那会很奇怪。也会很无聊。尤其是第一扇门本身就能让你梦见任何你想要的东西。

那天当我在大卫书房找到她的时候，她穿过了第二扇门。我很肯定。但她当时在哪里呢？她在看什么？为什么要对我撒谎？我的脚轻轻拍着地板，直到最终抵达了布莱克希思。我冲出火车，仿佛是试图逃离我自己。

我快速穿过富人区的街道，偶尔在强行穿过婴儿车和漫步的行人时咕哝着说抱歉，但却并没有减慢速度。这里有许多咖啡馆和餐厅，但我关注的是那些离诊所最近的。要是我能登录工作系统，也许能查到大卫来自哪家诊所，但他关闭了我的权限。也许曾经有人告诉过我，但我忘了。

在一个街边的咖啡馆，我点了我并不想要的培根肉卷。当我发现那里没有玛丽安娜的时候，就离开店把它扔到了外面的垃圾桶里。紧接着我又换了家店，叫了两杯外带咖啡，仍然没找到玛丽安娜。即便我来这里几乎还不到一小时，但我依然沮丧得想哭。我的耐心所剩无几。

终于，我找到了。一家开在僻静的鹅卵石小巷里的咖啡馆，小而朴素，但带着甜蜜的亲切感，而不是索然无味。除非你知道这儿有家店，不然你会错过它。我能明白为什么大卫会来这里，它看起来有家的感觉，温馨宜人。我还没进屋，就知道自己找对地方了。我能感觉得到。就像我一看到柜台后那位质朴的女士，就知道她将对“你是不是玛丽安娜”的问题给出肯定的回答。

是她。她比我大，也许快 40 岁了。她的肌肤黝黑又结实，像是会经常晒太阳度假的人，喜欢在泳池边消磨时光。她很迷人，却不漂亮。她没有戴结婚戒指。不过她的眼神充满善意，我一眼就看得出来。

“我真的需要跟你谈谈。”我说着脸一红，“关于大卫·马丁和阿黛尔·马丁。我想你认识他们？”咖啡馆并不忙碌，只有一对衣着得体的年长夫妇在角落里享用着英式早餐。另一角，有一名商人边喝咖啡，边在笔记本电脑上工作。她不能用太忙做借口。

她表情一僵。“关于他们我没什么好说的。”她说。她眼中的友善消失不见。现在，我看到的是伤痛、防备和怒意——因为有人强迫她说起一段她想要忘记的回忆。

“拜托了，”我说，“要是不重要，我就不会大老远跑来见你了。”但愿她能从我凝视她的眼神中看出彻底的绝望。女人凝视女人。也许，是受害人凝视受害人。

她读懂了。犹豫了一刻后，她发出一声长长的叹息说：“请坐吧。要茶还是咖啡？”

我选了一张靠窗的桌子，她端着两杯茶加入我。我开始试图解释自己的身份，告诉她我为什么到这儿来，为什么需要听听她的经历。但她打断了我，没让我说下去。

“我会告诉你发生了什么事，但我不想再知道任何有关他们的事情，有关那个女人的事情。好吗？”

我点点头。**那个女人。阿黛尔。噢上帝，噢上帝，噢上帝。**

“大卫和我，我们之间什么事都没有过。他太年轻了。他是个安静的好人，会很早过来，点杯咖啡，坐下盯着窗外看。我一直觉得他看起来很悲伤，我讨厌看到别人悲伤，所以我去找他闲聊。一开始聊得并不多，只是希望让客人觉得这里像家一般自在，但慢慢地我们的话开始多起来了，他很迷人很幽默。我刚离婚，觉得很痛苦，跟他聊天就好像是得到了免费的治疗。”她微笑着，几乎是在怀念，“我们会用这事打趣，说我用咖啡付他心理咨询费。总之，就这么回事。她也来过一两次，当时我不知道她是谁。一开始并不知道。我被她的美丽惊到。她是那种会给你留下深刻印象的女人。”

“像个电影明星。”我说。她点头。

“没错，是那样。几乎美得不像真人。我不知道她是他妻子。她没有说。她只是坐在那儿喝着她的薄荷茶，仔细打量着这个地方。这让我有点儿不舒服，就好像我正在被卫生局检查。但那是很早的事情了。她之后没有再来过。至少，没来过店里。”

这一切听上去是如此正常，我想象不出哪里出了错。尽管有着其他种种烦恼，我的心还是如释重负，大卫和她并没有私情。大卫之前不曾对她做过对我做的事情。阿黛尔错了，这个女人根本不是她想的那回事。我相信玛丽安娜。她没理由对我撒谎。

“那么，出了什么事？”

“他开始稍稍对我敞开心扉。他也许是个精神病医生，但是当你在服务行业做得足够久，你跟别人会有自己独到的相处方式。我说他敞开了心扉，但其实更像是他说了很多话，但说来说去总是绕开某些事情，如果你明白我的意思。我告诉他，我觉得在他机智幽默的外表下，他似乎总有些不开心，然后我们谈论到了爱情。他问过我一次，一个人是否有可能会对某个人爱得太深，以至于在一段时间里，你对他完全是盲目的。我告诉他，这就是爱到最深处的模样。只看得到某个人的优点。我说爱情本身就是一种疯狂的事情，因为我肯定是疯了才会和我的约翰在一起那么久。”

“我觉得你应该当一个精神病医生。”我说。我们正在温暖彼此，我们是相互支持的两个人。

“那之后，他开始在我的店开张前的半小时左右出现，我会给我们两个都做好早餐。我更深地探入了他内心，终于，有一天他说，很久以前，他做了一件坏事。当时他觉得他是在保护他心爱的女人，但是这件事总是隔阂在他们之间，后来，他开始担心，她身上有很严重的问题。她不是他以为的那个人。他想要离开，但是她却拿他做过的事情要挟他，以此留住他。她说不然她会毁了他。”

她看着窗外，没有看我。我知道她穿梭回了那段时光之中，我让她再度体验了过去。“我告诉他，把真相说出来永远比埋在心里好。他犯了错就应该去面对，不管是什么错。他说他会好好考虑一下的。他满心都是这件事情。但是他担心要是他说出来了，就得去蹲监牢。那样的话，就没人能阻止她去伤害其他人了。”

我的心在剧烈跳动，握着热乎乎的马克杯，几乎忽略了手中被烫的感觉：“他告诉过你做错了什么事吗？”罗伯。是跟罗伯有关的事情。我知道。

她摇摇头：“没有，但我能感觉到是很糟糕的事情。也许他最终会告诉我的，但后来她出现在了我家门前。”

“阿黛尔？”

提到她的名字，她厌恶地撇了撇嘴，但点点头：“她来了我家。肯定是某天跟踪过我回家。她告诉我别插手她的婚姻。她说我不会拥有大卫的，他是属于她的。我很震惊，想要告诉她我们之间什么都没发生过，而且在我丈夫背叛了我之后，我不会对另外的女人做那样的事情。可是她没有听。她很生气，大发雷霆。”

我不会对另外的女人做那样的事情。玛丽安娜的人品比我好。现在轮到我扭过头了，即便我听得很专注，认真汲取着她的每一句话，想留到之后回味。

“她告诉我，别再找他聊天了。”她继续说，对我因愧疚而产生的剧烈痛苦毫无察觉，“如果我知道怎样才是对自己好，就别再给他任何建议。她说他不会离开她的，他爱她。不管过去发生了什么，那是他们的事情，只属于他们的事情。”她顿了顿，抿了口茶。“我觉得很糟糕。我很窘迫，即便我并没有做错任何事情。我告诉她，我们只是朋友。她说我是个可悲的老女人，只有猫陪，没有男人会正眼看我。这种侮辱太过幼稚，当时我真想笑。我想我很震惊，但我还是笑了。那也许是我的错。”

“你告诉大卫了吗？”

“没有。其实第二天早上他出现在咖啡馆的时候我很惊讶，说真的。我猜他肯定把我们的对话告诉了她，不然她还能怎么知道呢？”

是啊，还能怎么知道？**你能走多远，阿黛尔？**我能想象出阿黛尔在他们谈话的时候盘旋在他们上空，无形地飘着。她一定非常生气。我立即由此联想到，当我和她丈夫上床的时候，她也这么盘旋在我床上看着我们。**噢上帝**。

“但他表现得像什么都没发生过一样。没错，他看起来很疲惫。没错，很不开心。也许，喝多了宿醉未醒。但绝对不像是他把我们的所有对话告诉了他妻子。我找了个机会跟他说，他应该和她谈谈他们的问题。他说他们已经谈不拢了，她永远都不明白他。显然这一切令我很不安，所以我把我的真实想法告诉了他。他不应该再来找我谈这些，但如果他不开心，那么他应该离开她，别去管什么后果。她突然到访带给我的震惊已经过去，当时我对她很生气。我觉得，她就是个泼妇。那种女人永远都不知足。他最好远离她。”

我喜欢这个女人，心直口快。我很想知道她是不是有秘密，是否会诱使别人说出秘密，或者是否擅长保守秘密。我很怀念曾经像她那样的自己。**开诚布公**。

“然而，我没想到的是，”她轻声说，“我才是承担后果的那一个。或者，更确切点说，查理才是。”

她看出了我的困惑。

“查理是我养的老猫。她杀了它。”

我的世界天旋地转。

另一只死猫。是巧合吗？我的想法听起来像是大卫笔记里写的念头。阿黛尔说大卫杀了他们的猫，我相信她多过相信他。噢，路易丝，你这个愚蠢的傻瓜。“怎么会？”我声音沙哑。

“有天晚上它没进来，我很担心。它15岁了，外出捉老鼠带回来的时光已经结束了。平时，它会在我工作的时候睡在沙发上，在我回家的时候睡在我身上。尽管我很讨厌承认这一点，但有件事她说对了——自从我离婚后，大多数时候就只有查理陪着我。在习惯了两个人的生活后，很难适应单身的日子。”

我非常理解她的意思。那种被抛下的感觉。

“总之，”她继续道，“我想她一开始肯定是对它下了毒。毒性不足以杀死它，但却足够让它变得顺从。它是个贪婪的家伙，而且对人非常友好。谁给它肉它就过去。我睡不着，一直在想它去了哪里。黎明刚过，我听到外面传来一声哀号。那声音很可怜，虚弱又痛苦，但那无疑是我的查理。从它还是只小猫的时候我就养着它了，它声音是怎样的我全知道。我从床上跳起来，走到窗边朝外看。她就站在那里，站在路上，怀里抱着我那只无力的病猫。起初，我的困惑胜于焦虑。我不知道她大清早在这儿干什么，但我最初的想法是它自己乱跑被她找到了。然后我看到了她的表情，我之前从没在任何人脸上见过如此冷漠的表情。那种毫无人性的样子。‘我警告过你的。’她只说了这样一句话。说得那么轻，那么平静。在我还没反应过来之前，在我真正明白发生了什么之前，她把它摔在了地上。当它开始试图爬向门口时，她……她踩上了它的脑袋。”

她直视着我瞪大的眼睛，我能看到她眼里记忆犹新的恐惧，还有她哽咽时喉咙细微的动作。“她穿着高跟鞋。”她说完了。没必要再说更多的细节。

“上帝啊。”

“是啊。”她做了个深呼吸，慢慢叹了口气，仿佛可以通过叹气把这一切都清除出她的头脑，“我之前从没见过这种场面。这样的怒火，这样的疯狂。我再也不想看到这种场面。”

“你打电话叫警察了吗？”

“哦，我是打算叫的。但首先，我想让大卫看看她都做了什么。差不多到我开门迎客的时候了，所以我想给他看看——临时让他震惊一下，然后再打电话给警察。我很生气、很伤心，也很害怕。我既为他害怕也为我自己害怕。我把可怜的查理用毯子包起来，带在身边。那天我完全无心工作，只想着见过大卫之后就回家大哭一场。为了一只猫这样，可能听起来会很荒唐。”

“没有，真的没有。”我也的确这么想，我把手伸过桌子，紧紧握住她的胳膊。我知道孤单的感觉有多差劲，我至少还拥有亚当。我只能想象她的感受是多么糟糕。

“大卫的反应很有意思。”现在她若有所思，她经历中最坏的部分已经过去。也许我的拜访对她来说是种出其不意的治疗。“当时我并没有发现，但现在回想起来，我觉得这很奇怪。”她继续道，“他很害怕，没错。这事让他恶心又烦躁。但是他并不惊讶。惊讶的样子是装不出来的。至少，是装不像的。其实我觉得他很庆幸她只伤害了一只猫。这是最让我害怕的一点。那种如释重负。要是杀猫是令他心头一松的小事，那么他究竟觉得她能干出什么可怕的事来？”

我的双手抖得太厉害，我不得不把它们藏到桌子下面。**噢，阿黛尔。你在跟我玩什么？**

“他劝说我不要起诉她。他说他了解阿黛尔，那会对我不利，她有颠倒黑白的能力。她的美貌很有效果。但他告诉我，我永远都不必再担心她了。他能保证。他说他会给猫咪保护协会付笔钱。基本上他是在求我别打电话给警察，我太疲惫、太激动，不想争辩。我只想要他们两个离开我的生活。”

“那你告发她了吗？”

她摇摇头：“没有，我把咖啡馆关了几天，待在家里，独自伤心。而且每次门铃一响我就惊得跳起来，担心万一来的是她。但她没有回来，我也再没见过他。”

“这是怎么回事？”我问，“他们消失了？”

“几周以后我收到大卫的一封信，信是寄到咖啡馆的。他说他找到了一份新工作，他们要搬走了。他感谢我带给他的友谊，说他很抱歉给我造成了这么大的损失。他永远都没法原谅自己。这信看得我犯恶心，我直接把它丢进了垃圾桶里。我想把他们全忘了。”

“真抱歉让你回想起这一切。”我说，“很遗憾你的猫出了事。但还是很感谢你跟我说了这些，把情况告诉我。你真的帮了大忙。”

她从桌边站起身，我也一样。我的腿在发软。

“我不知道你是怎么卷进他们两个之间的，我也不想知道。”她说，“但是你离他们远一点儿。尽快抽身。他们不是正常人，他们会伤害你。”

我点点头，给了她一个无力的微笑，然后匆匆离开，步入户外的新鲜空气里。世界似乎太过明亮，树上的叶子太过鲜绿。衬着天空，叶子的边缘太过尖锐。我需要找个地方想一想。

我点了一大杯红酒，端着它去了角落的桌子。我隐藏在生意人和吃早午餐的顾客中，布莱克希思的酒吧正慢慢地充满他们的欢声笑语。我几乎听不到他们的声音。我喝了一半的酒之后，头脑中惊惶的白噪声才减轻了。我得去面对这无法再回避的赤裸裸的现实。

我如此轻易地相信了阿黛尔告诉我的一切。我全都信了。但这一切都是谎言。突然间，我对自己和大卫之间的所有争吵都改变了看法。他的怒火里藏着恐惧。他告诉我离他们远点儿，他不是在威胁我，而是在告诫我。他冒犯的行为是为了保护我。他到底是不是真的在乎我？他说他爱上我的时候，是认真的吗？

噢上帝，我一直都是个那么、那么愚蠢的傻瓜。我想要哭泣，酒对我没有帮助。我一直都在和一个精神变态者做最好的朋友。朋友？我重新想了想这个词。我们不是朋友。根本不是。我是一只被她网住的苍蝇，她在玩弄我。但为什么呢？如果她知道我和大卫之间的事情，她为什么不直接来伤害我？

我需要跟他谈谈。我也需要跟她谈谈。但她到底知道多少？她知道我来这儿找玛丽安娜说过话吗？要是她知道我和大卫的事情，那她又为什么要教我掌控梦境？她为什么要那样帮我？

我找不到答案，思绪飘到了大卫身上。那些药片、电话和钱财。那些全都是限制吗？试图把她跟外界隔绝，保证其他人的安全？还是说，也同样保护着他自己？我仍然不知道罗伯身上发生了什么。他从前犯了个错误。不，我纠正自己。她不是那么说的。*她说他做了件坏事，当时他觉得是在保护自己心爱的女人。坏事比错误更严重。*

我拿出包里的手机，从通讯录里找到诊所的电话。我的手指悬空在拨号键上。要是他真的杀了罗伯，而我又告诉他我给警察寄了封信，那会怎么样？他会怎么做？我应该相信他并把一切都告诉他吗？这个念头让我心跳加速。*该死*，我想。*相信你的内心，就这一次，相信大卫吧，阿黛尔的事稍后再说。*

我点击拨号键，把手机放到耳边。是苏接的电话，我试图伪装自己的声音，告诉她我叫玛丽安娜，我有很紧急的事情，必须跟大卫·马丁医生通话。她说她要看看他是否有空接电话。

他会答应见我的，他必须得答应。

50.

当时

“该死，这次拜访结束的时候我会很高兴的。”罗伯说着，不情愿地削着土豆，把它们放到装了冷水的平底锅里，“把这个擦亮，把那个清理了，把这个扔掉，把那个藏好。”他凑过去看她，她正把沸水倒进混合馅料里。“他就是个臭小子，又不是教皇。”阿黛尔冲他吐吐舌头，他则朝她扔了些湿土豆皮。

“别担心，我会把它捡起来的！”他说着再一次轻轻嘲笑了她。

“我想让事情安排妥当，”她说，“为了我们所有人。”大卫的到来令她太过兴奋，她昨晚几乎整夜未睡，哪怕他们抽烟抽得神志恍惚。但是罗伯对他的这次来访变得越来越情绪化，即便他保证过会好好表现。她很肯定他是因为紧张，他不擅长应付人，无论她说他会如何的喜欢大卫，她依然能看出他对此根本不相信。

“没事的。”他说，黑色的头发垂在脸上，他转身去做自己手头的事情，“呃，总之，只要你不用那只鸡把我们都毒死就好。请确保你在鸡的外皮上擦了足够多的黄油。”

过去的24小时中他们一直忙忙碌碌。他们清理了之前狂野放纵生活的所有痕迹，没有在任何地方留下垃圾食物、烟草烟灰，房间充满了亮光剂和空气清新剂的气味。这是一间没有任何问题的拿得出手的屋子。罗伯甚至保证不在周末提起任何有关毒品或上瘾的事情。阿黛尔根本不相信他自己在房里时不抽烟，但罗伯很聪明，一定会开窗透气，而且房间足够大，味道不会留下来。

当鸡最终被塞上馅料放进烤炉，她看了一下手表——大卫的手表现在属于她了，那是他们之间永恒的联结——她今天看了不下一千次手表。

“他很快就会来了。”她说着咧嘴一笑。她情不自禁地满脸兴奋。大卫，大卫，大卫。她的头脑里满是大卫。“我想，大概再过个十来分钟。”

“那可太好啦，”罗伯说，“现在我们能喝一杯吗？”

她给他们两个都倒了一杯红酒，正在制作中的烤肉大餐和她父母最好的水晶玻璃杯让她觉得自己非常成熟。也许他们应该好好地等着大卫，但喝杯酒能让罗伯放松下来。他们一起倚在厨房的桌子边，她挽着他的胳膊。

“大卫一开始可能会有点儿安静和拘束。”她说，“但请不要误解他，他就是那样的，有点儿害羞。不过放松后他是个非常有趣的人。”

“像我一样有趣吗？”罗伯斜眼看她，她轻轻推了一下他的肩膀。

“你们两个是不同的有趣。总之，我很有信心，你一定会喜欢他。只要你能接受他担心我时的可怕样子，我是说，在发生这一切后他情绪不太稳定。”

“好啦，好啦，我懂你的意思。你别再担心了，我跟你说了，我会好好表现的。”

然后他们都微笑起来，她感到他僵硬的胳膊肌肉稍稍松弛了一些。

“好了。”她说，“让我们出去等他来吧。”

他们拿起酒杯，在宽阔的石阶上晃悠，阿黛尔不耐烦地凝视着车道，罗伯倚在厚重橡木门边的一根柱子上，手里拿着酒，已经完全放松下来。这更让阿黛尔相信自己猜对了，他只是神经紧张而已。

终于，引擎的颤动声打破了一片寂静。阿黛尔发出一声尖叫，跑到沙砾上，跳上跳下。

“他来了！他来了！”她太过兴奋。这就好像是她的小家庭将要团圆了，她不必在跟大卫在一起的时候想念罗伯，也不必在跟罗伯在一起的时候想念大卫。

过了一分多钟，汽车才从门口长长的车道上开下来，他一停下车，阿黛尔就在门口等着他出来了。她回头看了一眼罗伯，咧嘴一笑。罗伯仍然站在台阶上，从他所在的地方做出一个似笑非笑的表情，仿佛突然变得笨拙尴尬，格格不入。他站在那里，看起来瘦小又年轻，她希望他能相信她，一切都会好的。

大卫从汽车里出来，穿着牛仔裤和T恤衫，高大健壮，上身套一件薄薄的浅蓝色V领上衣。跟之前的每一次一样，她一见到他就无法呼吸。他是一个成熟的男人，是她的男人。

“嗨，”他说着拉过她吻了一下，“我很想你。”

“我也想你。”她抓起他的手，脸上带着藏不住的微笑，“走吧。”

“我车里的东西呢？”

“那可以等会儿再说。”

她拉着他朝屋子走去，罗伯正在那里拖着脚，驼着背，仿佛希望地上能开条缝吞没他。她明白他的心情。他们的整段友谊中，一直都只有他和她两个人。她突然心中涌起同情，放开大卫的手，上台阶朝罗伯跑去，挽起他的胳膊，把他拽出阴影。

“大卫，这是罗伯，我最好的朋友。罗伯，这是大卫，我的未婚夫。我要求你们两个马上成为朋友。”她微微一笑，快乐极了。

到了星期六晚上 10 点半，他们全都喝了太多的酒，但至少，气氛已经不再那么紧张。昨晚搂着大卫共睡一床，让他进入她身体的感觉真是太棒了，他们大笑着计划着未来，咯咯笑着，但是她能感觉得到大卫对罗伯并没有什么特别的印象。

“他很害羞，”她告诉他。他们蜷缩在一起，隔着汗湿的床单搂抱彼此。

“他的话很少，他有点儿奇怪。”这是大卫的结论，“我不明白你为什么那么喜欢他。”

但今天情况有所改观，她很高兴。今天早上她下楼去厨房的时候，罗伯已经开始做早餐了。他没有像前一天那样阴沉地瞪着大卫，而是做了个喜剧化的烹饪表演，声称自己是一个名叫弗朗索瓦·鸡蛋的法国大厨，用夸张的动作逗得大卫哈哈大笑。他给鸡蛋加盐和炸香肠的姿态仿佛把自己当成了丽兹酒店的顶级大厨。然后大卫加入了他，假装自己是个非常做作的英国广播公司（BBC）的记者，采访他的烹饪技术。整件事情发展成了一场闹剧，两个男孩都尽已所能地逗对方（以及阿黛尔）大笑。吃饭时，罗伯问了一些有关大学的问题，显然是试图表现得更加友好，尽管这对他并不容易，他有时候仍会犯点儿蠢。虽然大卫似乎仍然有些不确定，但是他回答了所有的问题。这顿早餐无疑是个转折点。

然后他们去树林里散了很久的步，在井边闲逛了一会儿，相安无事。她喜欢和他们两个一起出去——瘦小的罗伯和她高大健硕的英俊的大卫。她很幸运能拥有他们。罗伯显然正试图跟大卫交好，这也起了一定的作用。她看得出大卫的尴尬稍稍得到了缓解。

她坐在火堆前，带着红酒的微醺，觉得非常满足。这也许并不是她所期待的完美周末，但是事情正在好转。他们两个都很想保护她，仅此而已，也正是这点让他们彼此警惕。她真的很幸运。

大卫起身去厕所，然后打算再拿瓶红酒，经过她的时候揉乱了她的头发。他的手指触感很好，她对他微微一笑，看着他离开。懒洋洋地躺在她对面地毯上的罗伯坐起了身。

“我表现得怎么样？”他问，“比昨天好吧？”

她冲他咧嘴笑。她的另一个男人。“很完美，棒极了。”

“也许你应该上床睡觉，”他说，“让我们两个男孩单独相处一下。”

“发展一下兄弟情谊吗？”她大笑。

“差不多吧。”他回以微笑。也许有一天，他也会变得英俊的，她心想。等他脸上的痘痘消散，嘴里的牙套取掉，等他长开了。跟大卫相比，他看起来太年轻了。

“你不在这儿，也许我们能更好地谈一谈，我无意冒犯。”

“没关系。”她突然闪过一个念头，“但是你别跟他谈关于我财产的事情，好吗？”她说，“大卫会讨厌我跟你说这些的。请别提起它。”她说得很匆忙，因为大卫的脚步声渐渐靠近。

“我都没想过这点。”罗伯说着看向令人迷惑的火焰，“压根就没想过。”

51.

路易丝

他看起来糟透了，但也许我也好不到哪里去。他双眼充血，尽管穿着外套，衬衫却是皱巴巴的。他没有刮胡子。我想，他已经自暴自弃了。他看起来就像是行尸走肉，目光游离在吧台上。

“我给我们点了一壶咖啡。”我说，“我想我们现在都需要清醒的头脑。”

“路易丝，不管是什么，不管你觉得你了解玛丽安娜多少，”他站在桌边，几乎没有看我，“我没有时间听你说。”

“坐下吧，大卫，拜托了。”我轻柔却坚定地抓过他的手，在他试图挣脱的时候牢牢握住。触碰他的感觉真好。“拜托，有些事情我必须得说，你必须得听。”

酒吧女侍举着托盘端来热咖啡，取出杯子给我们。对此，大卫的礼貌天性显露出来。我松开他，让他在我对面落座。

“我告诉过你离我们远一点儿。”女侍者离开后，他说。

“我知道。而且我还知道你是在警示我，而不是在威胁我。我知道玛丽安娜身上发生了什么，我去见过她。”

他瞪着我：“上帝啊，路易丝。为什么？你为什么要那么做？”我能从他的恶声恶气里听出恐惧，现在我可以正确地看待他了，我内心充满了羞愧。

“因为我是个傻瓜。”我说，“比傻瓜更糟，我……”我找不到合适的词来概括，“我像个傻瓜一样被人愚弄。我做了一件特别坏的事，我需要告诉你。”现在他开始听我说话了，谨慎又机敏，像一只被猎人捉住的狐狸。“但首先，我要跟你说说我了解到的事情，好吗？”

他缓慢地点了点头。这并非任何料想中的对质，他需要花点时间来彻底理解。他今天喝了多少酒？他要喝多少酒才能麻醉自己，逃脱他可怕的生活？

“继续说吧。”他说。

“好的。”我做了个深呼吸，“我想你的妻子是疯了，她有反社会倾向或者精神病之类的症状。你给她吃药是因为你知道她的疯病。你一开始意识到的时候，你试图要帮助她，但现在你要控制她。这就是你为什么要那么频繁地给家里打电话，去查她岗。阿黛尔知道我们上床了，她跟我做朋友是为了让我与你敌对，我还不太明白这是为什么，但她无疑是在玩弄我，玩弄我们。她杀了你的宠物猫就像杀了玛丽安娜的猫一样，而你却什么都做不了，因为她有你的某个把柄，威胁你要把罗伯的事情告诉警察，他的尸体仍然还在她庄园的某个地方。她告诉我你杀了罗伯——”

他探身向前想说些什么，但我举起手，让他保持沉默：“听我说完。”他瘫坐回椅子里，接受了这个指控。“她告诉我你杀了罗伯，”我重复道，“但*我不相信*。”他抬头看，眼中第一次流露出希望的光芒。“我想无论罗伯出了什么事，那都是她干的，可能之后你袒护了她，因为你爱她，而且她刚刚失去父母。你犯了一个愚蠢又糟糕的错误，而她永远握住了你的那个把柄，为了留住你。”突然我觉得很想哭，我咽下了泪水。

“我真是太可恶了，因为你没有敞开心扉，我居然相信她而怀疑你。我早就该知道的。我本应该相信我对你的感觉。但是在伊恩背叛我之后，我已经忘记了要如何去相信一个男人。我把这不信任感全都带到了我们之间。”

“要相信一个欺骗妻子的男人并不容易。”他看起来很羞愧，可我不想让我们纠结于此，这不重要。

“当时你那么生气，威胁着要我离开，我本该看出来你是试图保护我不被她伤害的。但我没有。她又那么擅长伪装成脆弱的样子，那么擅长诱导我。我真没用，居然上了她的当。”我将身体探过桌子，握住他的手。“我需要你把一切都告诉我，大卫。我是站在你这边的。我曾经很愚蠢，但现在我真的需要听你说说都发生了什么，因为我厌倦了阿黛尔的谎言，要是我听不到真相，我最后会发疯的。”

他盯着我看了很久，我希望他从我眼中看到信任，也看到我对他的感情。

“不管真相是什么，大卫，我都相信你。”我说，“但我需要你把这一切都解释给我听。钱的事情，罗伯的事情，我需要知道。因为之后我要告诉你一件我做的坏事，你可能会因此而憎恨我。”

“我绝不会恨你。”他说，我真的觉得自己快哭了。我让自己陷进了怎样的麻烦里。我们让自己陷进了怎样的麻烦里。我居然曾经认为他是杀人犯？他抿了口咖啡，清了清嗓子，视线在酒吧里转来转去。他也在试图抑制哭泣吗？

"你就告诉我吧。"我说。现在我们之中得有一个人坚强起来，那个人由我来做。

"这一切都太过可悲。"他盯着自己的咖啡。我有一种感觉，他不会抬头看的，直到他体内这个故事的毒瘤爆炸，毒素全都清除。"我的整个人生都太可悲。但一开始它并不是那样。一开始……呃，一开始它很棒。上帝啊，我爱她。阿黛尔是我见过的最漂亮的女孩。不仅如此，她甜美又有趣。她的父母并不赞成我们在一起。我是个贫穷农民家的孩子，我父亲会挥霍一切，只为喝酒。而且我差不多要比她大 5 岁。我常常能见到她，认识她似乎有一辈子那么久。她过去一直跟着我转悠，我在学校附近的田地劳作的时候她总跟在我身边，有时候还会跟我倾诉她的噩梦。"

"她就是那个小女孩，你把有关梦境的书给了她。"

他点点头："但那并没有太大帮助。"

要是他知道就好了。肯定是那本书教了阿黛尔如何醒着做梦，教了她第二扇门的事情。我想提一提这事——我应该提一提它——但我想先把他的故事听完，在他说完前我不愿让如此难以置信的事情分了他的心。

"慢慢地她长大了，"他继续道，"呃……我感觉……我感觉她就是那个对的人。她是那么优雅脱俗，却不在意我粗糙的双手和我差劲的爸爸——她眼里只有我。她对我有信心。如果没有她，我可能永远都没法勉强进入医学院。我们爱得那么深。年轻时，你也会爱得完全投入。"他停顿了一下，"然后就是那场火灾。"

"你救了她，"我说，"因此留下伤疤。"

"是的，是的。当时我甚至都不觉得被烧伤了。我记得那可怕的热气，记得我呼吸时仿佛肺都在灼烧。我还记得我以为她死了。她失去了知觉。也许是因为吸入了烟雾吧。我叫不醒她。"

我记得自己在试图唤醒她时，想的也是同样的事情。她冰冷的手。摇不醒。**第二扇门她拥有了多久？**我点头示意他继续。

"是她放的火吗？"我问。

"我不知道。我当时甚至都没想过这问题，但从那以后……"他的声音渐渐变弱。我想他也觉得这事很奇怪。"有人提起纵火。警察觉得可能是我干的。哪怕我觉得可能是有人放了火，也从没想过可能是她。也许是某个心怀不满的雇员，那里有很多这样的人，阿黛尔太年轻，还不足以了解她父母的本性，她父亲在挣钱的过程中并非没做过损害他人利益的事情。但我从没想过会是她。她几乎快死了。如果是她的话，那她冒的风险也太大了。"

"我想她喜欢冒险。"我说。

"也许吧。但她当时悲痛欲绝，没法睡觉，就好像她正在逐渐消失。也许那是出于某种愧疚。她说她本该醒着的。她本可以救他们的。"

睡觉。做梦。她父母死的时候，阿黛尔真的在那里吗？是不是她放了火，然后穿过第二扇门确保大卫会来救她？或者，她真是还没来得及从自己身体中逃脱就被烟熏晕了？

"然后她遇到了罗伯？"我说，"在治疗的地方？"

"韦斯特兰，是的。她真的很喜欢他，和他做朋友对她很有帮助。当时我有点讨厌这样，因为我觉得照顾她是我的工作。但我当时烧伤还没养好，而且还有大学要念。阿黛尔坚持要我回去。她甚至以最快的速度让她的律师们解决了我所有的经费问题，这让我觉得很不舒服。但反正我们是打算要结婚的，所以她说我在犯傻。总之，遇见罗伯对她是好事，我能理解。他在那里，而我不在。虽然我不喜欢他之前有吸毒史，但我也从没表达过，我想她是知道的。我有点儿希望他们离开韦斯特兰后就会结束友谊，但后来她邀请他来家里住。当时她就是那样，想帮助他人。或者至少，看起来是那样的。”

“那么，发生了什么？”罗伯。笔记本里的男孩。终于，我要了解他最终的命运了。

“我只见过他一次。呃，我是回去过周末的，所以更确切点说，我是见了他两天。这孩子满脸痘痘，人很瘦，戴着牙箍，没什么特别的地方。我不知道我在期待什么，也许希望他是个更有魅力的人。在我看来，他很年轻，才 18 岁。他话不多，至少那个周末的大部分时间都没怎么说话。只是盯着我看，含含糊糊地回答着我的提问，而且还会太过刻意地示好，表现出夸张的举止来。一天早上，他做了个糟糕又俗套的厨艺表演，我配合着他，但说实话，这让我很不舒服。阿黛尔说他是害羞，不擅长跟人相处，但我觉得他很古怪，不过我没这么跟她说。星期六晚上，在阿黛尔睡觉后，我们还闲聊了一两个小时，但是我完全没办法喜欢他。他不断问有关我和阿黛尔之间的关系的事情，我很肯定他是在妒忌。星期天我离开时，曾默默盼望着他们的友谊能很快就自然而然地终结。”他停下来，克制内心强烈的感情，“我的愿望成真了，但这根本就不是自然而然。”

“罗伯死了。”我说。

终于，他点点头：“出事的时候我不在场。那已经是 10 天后了。”

他第一次抬起头，直直地看进我的眼睛：“我知道罗伯在哪儿，但并不是我把他弄过去的。”

罗伯死了。就是这样。显而易见的事实。我并不意外，我意识到自己已经暂且相信了这就是真相。

“我知道。”我说。真的。我完全相信他，也许太迟了，但我真的相信他。“我知道你没有。”

“一天早上她惊慌失措地给我打电话，”他继续道，现在他正一股脑地倾诉着他的故事，“她说他们在吸毒，她想罗伯用过量了，因为当她清醒过来的时候，他已经死了。我告诉她，让她打电话给警察并叫救护车来。她正在哭，她说她不能那么做。我问她为什么，她说她太惊慌了，把他的尸体推进了树林那口干涸的古井里。她几乎歇斯底里了。我难以置信，这真是……我想这真是疯狂。我立刻开车赶回去，心想也许我可以说服她把真相告诉警察。但是她不愿意。她说在她父母出事后又发生了这种事情，她很害怕。他们会把她关起来的。他们会觉得这些事都跟她有某种联系。她说她很恐慌，但现在事情已经无法挽回。她说除了我们，没有人知道罗伯来过这里。没人见过他。他的家人甚至都不会知道他出事了。她恳求我别说出去。她说我们可以从这里搬走，永远都不会有人知道发生了什么。”

“但是你知道。”我说。

他点点头：“起初我以为我可以做到，为她保守秘密，保护她。我试了。我尽力试过了。很快我们就结了婚，但已经有迹象表明，事情不对劲。我憎恨我们所做的事情，但我觉得我可以学着接受它，如果这事也同样困扰着她的话。但她似乎像个没事人一样，仿佛已经全部忘了。这个男孩的整个人生，荡然无存。他的死亡被隐瞒下来。我想，也许她的反应是一种应对机制，试图抹去它，但并不是。她是真的轻描淡写地让事情过去了。我们婚礼那天，她很高兴。就好像在这世上我们无忧无虑，无所顾忌。然后她发现自己怀孕了。我以为她会更加高兴，但这事让她极度不安，坚持要堕胎，要把这个怪物从她体内拿走。”他停顿了一下，呼吸变得不规律。这对他来说很艰难。面对这一切。分享这一切。“爱情很难磨灭，你知道吗？”他看着我，我抓紧了他的手。

“我的爱情花了很长时间才终于磨灭。”他说，“我给她找了各种借口，而且我必须完成我的培训和专修课程。所以我并没有怎么发现她改变了多少。但她的确变了。她花钱的金额大到荒谬，哪怕她那么有钱——”

“所以你现在掌管着财产？”

他点点头：“那个周末搬到苏格兰的房子以后，我就把财产都签字转交回她了——我从来不想要她财产的掌控权。但现在我也不想让她把这些钱全都浪费。如果我们后来有孩子了怎么办？如果这只是她在面对一切她需要接受的事情时的情绪反应呢？如果她后悔花那些钱了呢？她同意让我负责管钱。她说她知道自己有问题，她需要有人来管理财产。回想起来，我觉得那个决定是绳索上的又一个结，她准备要把那个绳索套上我的脖子。总之，我们维持了三到四年，假装一切都好。但我没法忘记罗伯。他的尸体躺在井里。我终于意识到，我们的爱情在那一晚就和他一起死了。我没法忘记罗伯，也没法接受她能忘记罗伯。我告诉她，我们结束了。我要离开。我不再爱她了。”

"我想，她不太能接受这事。"我说。第一次，他露出一个勉强的微笑。笑容里并没有真正的幽默，但他回来了，**我的大卫回来了。**

"你可以这么说。她很歇斯底里。她说她很爱我，没有我她活不下去。她说她会把所有钱都拿走，那样我就身无分文了。我说我不在乎她的钱，我从来就没在乎过。我不想伤害她，但我不能再这样生活下去了。之后，她变得非常安静。无声的寂静让我害怕。我至今仍心有余悸。我已经意识到，那是一种迹象，暗示着她内心有某种危险的东西。她说如果我离开她，她就会告诉警察罗伯究竟发生了什么事。我很困惑，不知道她是什么意思。然后她说，真相全都是相对而言的。通常，某件事情最可信的版本就会是真相。她说她会告诉警察，罗伯和我吵过架，我杀了他并把他扔到了井里。我很震惊。那不是真的。她说是不是真的并没有关系。她说警察会相信这是出于妒忌，在她父母的房子失火的时候，警察就已经怀疑过我了，所以他们肯定会听她的。"

我想到了我的信。等他说完后，我必须要把这事告诉他。**噢上帝，路易丝，你都做了什么？**

"然后她打出了她的王牌。一个会让警察坚定站在她那边的证据。某个她似乎可以永远用来威胁我的东西。"

"什么？"她都可能做些什么？

"我的手表。"他说得很简单。他看出了我的困惑，继续道："我被烧伤后没法戴手表，就把它给阿黛尔戴了，作为某样信物。哪怕扣上最紧的一格表带，这表对她来说也还是太大了。但她很喜欢拥有它，我也很喜欢她戴着它。我并没有意识到，这将永远把我们两个一起捆绑在这种地狱里。”

“你的手表怎么了？”

“当她把罗伯推到井里的时候，我的手表从她手腕上滑了下去，钩在了他的衣服上。”他停下来看着我，“我的手表在井里，和尸体在一起。”

我盯着他：“噢上帝。”我觉得有点儿犯恶心。有了那种证据以后，谁还会相信大卫的话呢？

“我最痛恨的是，我居然就这么任由她威胁我。我真是太脆弱了。一想到要进监狱——更糟的是，没有一个人相信我——想到所有人都会认为是我干了这件可怕的事情，我就被吓住了。如果罗伯的死并非如她所说是场意外呢？是不是她出于某种原因杀了他？如果尸体被捞上来，那样子看上去会不会像是场谋杀？我不能面对这可怕的猜想。我陷入了绝境。她跟我承诺她会好好的。她保证我们可以很幸福，我可以再爱她一次。她说她想要个孩子。她说了一切她觉得能让我高兴的事情。这在我听来很是疯狂。我没法想象把一个孩子带进我们的婚姻，再也没法这样想。终于，我妥协了，我被困在无爱的婚姻里，这是对我的过错和脆弱的惩罚。”

上帝啊，他和阿黛尔在一起肯定有很多年了，那么多年他都一直生活在那样的刀尖上。我想要喝杯酒。我确定他也想。但现在我们不能再喝酒了。他不能再躲在酒瓶底下，而我也需要一个清醒的头脑。

“但是她不能长时间控制自己的精神疾病。她扮演着完美的家庭主妇，但她会发些无名之火。”

“就像对玛丽安娜那样。”我说。

“是的，就像那样，但这种情况很久前就开始了。我确信她在监视我。她知道一些她不可能知道的事情。要是她觉得我跟同事过于亲近，就会给人家打电话，并留下恶意的信息。她曾经上过一阵子班，但后来我和那家开花店的女人做了朋友，花店就着火了。虽然并没有什么事情能真正归罪于她，但我知道就是她干的。由于她做的某些事情，我每隔两年就要换份工作。我们定下了约定，我保证一天给她至少打三个电话，她放弃使用她的信用卡。我下了班就直接回家，她放弃使用她的手机。一切都是为了阻止她发起疯来破坏我们的生活，或其他任何人的生活。她是个有攻击性的、没有感情的反社会的人，我很确信。她有自己的是非观，但她的是非观和别人不一样。而且她只爱——如果那称得上是爱的话——我。她会不择手段地阻止任何人介入我们之间，而且她是那么擅长说服别人，有谁会相信我？”他看着我，“你就没有。你完完全全相信了她的故事。”

“我真是太抱歉了，大卫，我讨厌我自己。”我需要告诉他那些梦，告诉他阿黛尔是如何监视他的，是如何知道这些事情的。我需要对他坦诚。我张口要说，但他正在滔滔不绝地倾诉，他打断了我。

“这不是你的错。她演得很好，而我是个醉酒的骗子。我真不应该在那个酒吧里找你说话。我只是想……我只是想快乐一点。上帝啊，我早该知道的。”他几乎沮丧得要用手砸桌子了，但还是控制住了，“在她小时候我就该意识到的，她会说些疯狂的事情。”

“你指的是什么？”我问的时候很紧张。要说到关于梦的事情了，我知道。她爱大卫。她当然会试图跟他分享。

“刚在一起的时候，我们有一次喝醉了，她试图告诉我，她可以在睡觉的时候做这一切疯癫的怪事。她说得含含糊糊，但那听起来就像是精神不正常。更糟的是，这很可能是我的过错，因为那听上去像是她从我给她的一本有关做梦的怪诞书籍里学来的，她还在此基础上编造出了更疯狂的事情。我只是一笑而过，觉得她是在戏弄我。然而我不相信她，这让她很不安。我本该看出这些虚幻的念头导致了某些后果的。她这样的年纪不该再有这孩子气的幻想的。她显然表现出了某种严重的精神错乱的萌芽迹象。谁会相信你能在睡觉的时候离开身体呢？吸了太多迷幻药的人才会说那种事。所以没错，我本该察觉到这些迹象的，至少该在我们长大后记住它们。”他看着我，“所以我很高兴遇到你。你是那么正常。”他再次握起我的手，仿佛我是某根救命稻草。“你是那么真实，你的噩梦就只是噩梦，你会接受它们。你绝不会相信任何荒诞的事情。你是神智清楚的。”

噢上帝，要是他知道就好了。我现在不能告诉他，不是吗？**其实，她告诉你的一切都是真的。不然你觉得她还能怎么监视你呢？**我不能那样对他。我不能那样对我自己。现在不能。我还没有告诉他我给警察寄了那封信。他需要事实。他应付不了别的事情。

“她当然是有问题的。”我只能这么说，“我也这么觉得。”

我们紧握着彼此的手，他盯着我看。“你真的相信我，是吗？”他说。我点点头。

“是的，我相信你。”总之，我脸上清楚明白地写着信任，我绝对相信他。他没有杀罗伯。

“你不知道听到这话的感觉有多好。但我不知道要怎么办。

我告诉她我想离婚。但谁知道她现在会做什么？她肯定不会让我离开的。我很担心她会对你不利。上帝啊，这真是一团乱。”

现在，轮到我坦白我的过错了。“这个乱子比你想得更糟。”我说。我的心跳加速。“我把它弄得更糟了。”

“我看不出来还能糟到哪里去。”他说着泛起一抹柔和的微笑，“如果你在我告诉你这一切后仍然还能喜欢我，如果你能够相信我，那么至少对我来说，一切都已经好多了。”他看起来也好多了，眼里有了更多的光芒，卸下了沉重的负担，哪怕只是几分钟。

我告诉了他，我是如何在网上搜查信息并给珀斯警察局的安格斯·威格纳尔警官写了信，列出了种种理由表明我认为大卫·马丁医生与一位叫罗伯特·多米尼克·霍伊尔的年轻人的死有关。他的尸体可能仍然还在阿黛尔庄园里的某个地方。现在轮到我低头看咖啡杯了，我的脸仿佛在灼烧。这甚至都不是阿黛尔要我做的事情。这完全是我自己的愚蠢行为。说完后，我终于抬头看了一眼。

“所以你看到了，我把事情变得更糟了。”我说，“也许他们会把它当作奇怪的匿名信直接扔掉。也许威格纳尔甚至都不会看这封信。”噢拜托，上帝拜托了，别让他看那封信。

大卫靠回椅子里，发出一声叹息。“不，我想他会看的。他像条猎犬般围着我打转，总想找出些判我纵火罪的理由。”

“你一定很恨我。”我说。我真想地上能有条缝钻进去，再也不出来。为什么我会把一切都变得更糟？为什么我这么冲动？

“恨你？”他坐起来，表情介于皱眉和大笑之间，“我说的这些话你在听吗？我不恨你，我……哎，正相反，我甚至有点儿喜欢你对阿黛尔的信任，你想帮助她的冲动。这些我能理解。但是不，我不会因此而恨你。在许多方面，你的行为都是一种安慰。这让事情变得更清楚了。”

“你是什么意思？”他不恨我。真感谢他。我们仍然是站在一起的。

“阿黛尔不知道你寄了这封信吧？”他问。

我摇摇头：“我想她不知道。”我没法真正确认。太难确定阿黛尔是否真正知道了，但我不能告诉他，不能在他刚说了那样的话之后告诉他。“你打算怎么做呢？”

“我要去那里。”他说，“我打算去那里把一切都告诉警察。说出真相。我打算终结这一切。”

我没料到他会这么说，一时间目瞪口呆。但我知道这样做是对的。“他们会相信你的。”我说，哪怕我并不完全确信，“我相信你。我可以支持你。玛丽安娜也会支持你的，肯定会。”

他摇摇头，温和地一笑：“我想，要推翻阿黛尔的说法，得花更多的努力才行。我的手表在那里，记得吗？”

“那你为什么要去？”我很怕还没得到他就要失去他，“肯定有别的办法的。如果你觉得他们会逮捕你，为什么要去那里呢？”

“为了了结它。”他说，“为了彻底地了结它。我很早以前就应该这么做了。我太厌倦心怀愧疚的感觉。是时候给那男孩一个正当的葬礼了。”

“但我们不能让她这么轻易就全身而退。”我说，“而且她是个危险人物。为什么她不该承担这些麻烦？她才是有罪的那个！”

“我也许没有罪，但我也不清白。而且这样对她是个完美的惩罚。”

“你是什么意思？”

我盯着他那双美丽的蓝眼睛。它们平静又清澈。“阿黛尔要的一直都是我。”他说，“她爱我，用她自己那扭曲、该死的方式在爱我。一直以来都是这样，也永远都将是这样。她对我很痴迷。如果他们把我关进监狱，那么我终于能摆脱她了。她没法再控制我了，我自由了。”

我感到眼泪又涌了上来，这一次我任凭它流了出来：“你就不能等一等吗？我们就不能先在一起一段日子吗？”

他摇摇头：“要是我现在不去做，我就不会去做了。和你在一起会让这举动变得艰难得多。对我来说，只要你相信我就足够了。”

“你什么时候走？”我不在乎阿黛尔。我自己可以应付她。现在我知道她的秘密了。我感到一种扭曲的愧疚。我不想这样，但我有一个永远不能跟他分享的秘密，就像她一样。

“今天，现在。只有两点半。我不能先回家，她会知道出事了。但我可以在她意识到我离开之前踏上苏格兰之旅。今晚我到那里的时候会给你打电话的。”

“你确定你不需要再多考虑一下？”我有私心，我想把他留下陪我，我不想他进监狱，“这太快了，太……”

“看着我，路易丝。”

我照做了。

“说真的，我要做的难道不是正确的事情吗？撇开我们对彼此的感情不谈。”

从他冷静的表述中，我知道他已经有了答案。于是我点点头。这的确是正确的事情。即便它会导致错误的结果，即便没有一个人相信他，但真相需要被说出来。

“这太不公平了。”我说。我的内心在灼烧，需要做点儿什么。“也许我应该去见见她，然后——”

“不，你不能那么做。她很危险。”

“可我必须得——”

“她是个反社会的人，路易丝。”他紧紧抓着我的手，“你明白吗？你不能靠近她。请跟我保证你不会再靠近她了。其实，我宁愿你带着亚当离开伦敦，直到我把我该做的事情办完。但至少，请跟我保证，你会离阿黛尔远远的。”

“我保证。”我喃喃道。凭什么她毁了他的人生能毫发无损。凭什么她毁了我的人生也能毫发无损。

“很好。万一你出了什么事，我会受不了的。我不想一边担心你，一边面对这一切。我爱你，路易丝，我真的爱你。”

他起身来到我身边，然后我们接吻了。他嘴里陈腐的酒精、薄荷和咖啡味混合在一起，但我不在乎。他是温暖的、深情的、强壮的，他是我的。新的泪水涌了上来。

“事情会好起来的。”我们分开时，他低声说，“真的。”他对我微笑：“你觉得探监如何？”

我略微一笑，带着满眼流个不停的泪：“我赞成尝试一下新体验。”

他付了咖啡钱，这种世俗的日常行为让其余一切变得似乎更加不切实际，我们径直朝外走去，我扑在他怀里哭了一会儿，不在乎被别人看见。

“会没事的。”他说。

不会。离没事还差得远呢。但我点了点头。我们又吻了一会儿，混杂着眼泪、鼻涕、疲惫和难闻的酒气。我们是怎样的一对情侣啊。我把脸埋在他的脖颈里，吸着他身上温暖的气味。然后他离开了，我鼻腔里只剩下冷冷的空气和汽车的尾气。我看着他走向地铁站。他没有回头看。我觉得他不敢回头，他生怕自己改变主意。

这全是我的错，我靠着墙，在包里摸索着电子烟，无数次这么想。我和我那封愚蠢的信。我没法相信他这么快就走了，这么快就去面对这一切。去某个最终自己会被抓起来的地方能让他感到放松，他的人生该是多么糟糕啊。那将是他职业生涯的终结，他的前途和名声将被毁掉，他将被贴上杀人犯的标签。我擦了擦脸上的泪水，想在微风中冷静一下。这不是我的错，也不是大卫的错。我们都不过是棋子。阿黛尔才是罪魁祸首。阿黛尔才是每件事的罪魁祸首。

我想到了我不得不在大卫面前隐瞒的一个秘密——那些梦境。那些门。所有疯狂的一切。如果她那么痛恨我，她为什么要教我这些？我内心充满了对她的愤怒，怒火驱散了我对大卫的悲伤和因为失去他而对自己的怜悯。我需要去刺激她，我需要去诱使她说出真相。也许当她意识到不管怎样她都失去了大卫，她会说出些什么的——任何事情，任何能帮到他的事情。肯定有某种办法能让她明白她在做什么。这么做对谁都没好处。无论如何，我需要告诉她，我心里究竟是怎么看她的。是时候跟我这所谓的闺密开诚布公地谈一谈了。我没有对大卫撒谎。我不会去那所房子，我不会面对面地见她，但我没保证过不跟她说话，不是吗？

52.

阿黛尔

我坐在安静的厨房里，陪伴我的只有时钟那连续不断的嘀嗒声。这声音听起来出奇地安心。有时候我会想，吵闹的时钟散布世界各地，每一个都残酷无情地指出我们缺乏时间的事实。我们应该为此感到害怕，但是那重复的嘀嗒声在某种程度上抚慰了我们的灵魂。

我不知道我在这儿坐了多久。我听着秒针的节拍，没有去看是几分几时。现在我觉得自己已经退出了自己的人生。我是个累赘。离终点已经非常近了，我感到空虚又悲伤。

他们说，如果你爱一个人，就放他自由。好吧，我终于要放他自由了。其实有比我选择的这条路更简便的方式。但是你伪装不出信任，伪装不出依赖，伪装不出对真相的认识。它必须得是全新的。他需要从路易丝的眼睛里清楚地看到那些情感。对误解整件事的震惊，对他的清白的认可。这些是我没法给他的东西。

他是真的爱她。我没法再自欺欺人。嗨，**这就是人生**。我已经做得很好了。我坐着等待，聆听着自己生命的流逝，觉得身似浮萍。没错，我下了决心。廉价手机的尖锐铃声让我从沉思中惊起，我本可以用不同的方式来做这一切，但是这样有意思多了。至少，我能唱响我最后的挽歌。

电话里，路易丝精力十足、怒气冲冲、烦躁不安，与我的冷静恰恰相反。声音嘶嘶地灌进我的耳朵，如热力般在发散。

“你知道了有多久了？”她问。我能听得出她正在尽一切努力克制着不对我尖叫。“我想知道你在玩什么该死的把戏！”

她满腔怒火在沸腾，我被感染了。

“我想应该是我问你才对，不是吗？毕竟，你是那个勾引我丈夫的人。”

“我不明白的是，”她无视了我的讥讽说，“你为什么要告诉我那些梦的事情，你为什么要冒着我会发现第二扇门的风险来帮助我？你不知道如果我发现了，就会弄明白这一切吗？”

这忘恩负义的坏女人。“我当时并不知道。”我把自己临时的怒火压抑在心里，“我以为你是我的朋友。我试图要帮助你。我从没遇到过像你这样的人，你让我觉得不那么孤单了。”我能感觉到她的不信任。电话那头陷入片刻沉默。

“你只能用第二扇门去你知道的地方。”我慢慢说，确保这话能被她理解，“如果你没有到过那里，你就看不到那里。你必须把细节都设想出来。”我倚在冷冰冰的墙上。“一天晚上，我很孤单，很想念你，所以我穿过门去了你的公寓。我想要见见你。但是我看到他和你在一起。”我停顿了一下，试图引出一些泪水，“我就是那时候发现的。那时我知道了这事。”

路易丝，她就像本打开的书。我知道她正在厘清我话里的逻辑。现在她头脑里塞了太多的事情，记不得他们第一天早上在办公室里关于酒后行为不检的对话。前一天我去参观过那间办公室。她不记得，但我记得。每个字，每个动作。她的紧张。他的恐慌。还有，他们再次见到彼此时的激动。我记得我不得不压下我的暴怒情绪，直到我制造出我们的偶遇，直到她告诉我她的噩梦。之后，我的怒火化成了无尽的快乐。在那几分钟里，潜在的敌人变成了上帝的礼物。不过至少目前为止，我说的话对她而言都说得通。我还给了她一些重要信息：**你必须把细节都设想出来**。瞧瞧我，即便到现在，我都在帮她。

“为什么你当时不说些什么？为什么要给我看所有大卫糟糕的地方？为什么要让我把他想得那样坏？为什么要撒这些谎？”

永远在找答案，永远需要真相。她应该当个侦探。“谎言和真相只是些观点而已。而且你为什么这么想？”我专注于手头的任务，稍稍提高了声音，表现出不安且痛苦的样子。她想要一份口供，我确信，但我的游戏还没有结束。“你曾经是我最好的朋友，是我多年以来第一个真正的朋友。我想让你讨厌他。我想让你选择我！凭什么我要失去你们两个？这公平吗？我什么都没有做错！”

考虑到她所知道的一切，最后一句话的攻击力也许很深远。但我一定听上去像个疯子。当然，据她所知，我就是个疯子。

“我想让你只有我一个朋友。”现在我的声音更柔和了，仿佛我一下子消耗了太多的精力，“但是你爱的是他，你只是觉得对不起我。你对我永远只有怜悯和愧疚，可同时你却开心地跟我爱的男人上床。”也许我没有太多的道德制高点，但是被辜负的妻子的立场是我打算站立的一块礁石。

“那不是真的，你知道。”她拔高了声音自卫。我能想象出她脸红了。她太好猜了。“我曾经把你当朋友，”她继续道，“我以为你是我的朋友，我试图停止这样的行为。事情开始的时候我甚至都没遇见你。我当时不知道他结婚了。我试过结束。也真的结束了。”

现在轮到她隐瞒事实了。他们的确结束了，但只有在我介入了，他发现我们的友谊后才结束。如果他不惶恐地结束这场外遇，路易丝还会继续背着我愧疚地和他在一起。他在保护她不被我伤害。这就是大卫。永远在拯救女人。当然，这样的版本不适合她的自我认知，所以她喜欢这么想：她的愧疚会占据上风，不管怎样，她会结束的。我更了解人性，我更了解她。

“现在，你失去了我们两个。”她反抗着。

“不，我没有。他不会离开我的。他永远都不会离开我。”

“你还没有听明白。”她用跟小孩说话的口吻对我说，“我相信过你。我相信过你说的每件事。我把这些告诉了警察。”

“你做了什么？”我几乎是在喘息。很震惊。至少，是很好地把震惊表现了出来。

“我给他们写了一封信。收信人是当年调查你父母火灾的那位警官。他曾觉得大卫跟纵火有关。我把罗伯的事情全都告诉了他们，我还说我觉得他的尸体仍然藏在你庄园的某个地方。”

“你做了什么？你为什么要那么做？我从没让你那么做。”

“我那么做是因为我很愚蠢，当时我还不知道你疯了！”

“他们不会相信你的。”我喃喃道。我站起来，在门厅踱步，低着头仿佛正在疯狂地思考。她看不见我，但她会听到我的脚步声。她会感觉到我的焦虑。“他们不会相信你的。”

“是的，”她说，“也许不会。”她叹了一口气：“但他们会相信他。”

我僵在原地。“什么？”我说。

“他正在去苏格兰的路上，他要找他们谈话。他打算把一切都告诉他们。他打算把真相都告诉他们。”

我们之间沉默了很久，打破寂静的只有时钟无情的嘀嗒声。

“但是他不可以！”我终于开口，“他们不会……他不可以……他不会……”

“但是他已经做了。而且没错，他们不会相信他。你设计得太好了，他们会逮捕他。”

我能听得出来，我吓呆了的样子给了她短暂的快乐。她为我们现在两败俱伤而快乐。我能看到，长久以来，所有她否认的对他的爱在她体内熊熊燃烧。

“我们都知道他没有杀罗伯，”她说，“你为什么就不能说出来？”

“他们会把他关进监狱。”我静静地说，几乎就是在耳语，“他们会把他从我身边带走。”眼泪从我眼角涌出。即使到现在，只要一想到会和大卫分开，还是能引发我体内的物理反应。

“为什么你就不能恨他呢？”轮到我大喊了，“为什么？为什么你要这么做？”

她没有回答，我像动物般哀号着瘫倒在地。“你就应该恨他的，”我冲着电话听筒大哭，“你应该相信我的。”我抱着膝盖，把下巴搁在上面，眼泪鼻涕流到了我的丝绸袖子上，沉迷在自己的角色里。“我现在要怎么办？他不能离开我。他不能。他不会。”

“他已经离开了。”她说。现在，路易丝成了冷静的一方，掌控局势的一方。“但你可以阻止这事，阿黛尔。你是唯一可以阻止这事的人。说出真相吧。至少此时此刻，请对我说出真相。”

噢不，单纯的白莲花。我想对她嘘两声以示鄙视。事情不会那么简单。

“你病了，阿黛尔。”

噢上帝保佑你，路易丝，这就是你给一个女人的抢她丈夫的低劣借口？我们都知道你想说的其实是“你疯了”。

“那些你没有吃的药片会帮助你。”她继续道，“如果你跟警察说出真相——如果当时罗伯身上发生的事只是意外，而你非常害怕——那么，他们会宽恕你的。你所做的只不过是藏起了尸体。但放在大卫身上，他们会觉得那是一场谋杀。他们也许会觉得他还杀了你的父母。”

我注意到她非常小心地避免说出也许这三个人都是我杀的——患了精神病的疯狂的阿黛尔。

“对你，他们会更宽容，会减轻处罚。你失去了家人，又在接受治疗，他们不会把你关进监狱的，肯定不会。”

噢，她可真会甜言蜜语。对，也许他们不会把我关进监狱，但我听说在布罗德莫精神病院的日子也并不好过，真是太谢谢你了。

“他为什么会这么做？”我呻吟道，“为什么？”

“他不爱你，阿黛尔。他不爱你很久了。他不过是尽力在照顾你，为你做到最好。”

我很想一拳揍上她的脸，我讨厌她假惺惺的同情，也讨厌她自以为很了解我们的婚姻。我的指甲掐进膝盖上，听她继续说。

“为什么要让他痛苦呢？如果你真的爱他的话——我想你真

的爱他——你可以把他从这困境里救出来。你不能赖着他，阿黛尔。你不能把他跟你困在一起。这样你们两个谁都活不好。但也许你可以说出真相，如果你想保护他，那现在就是他需要你的时候，也许你可以纠正一些事情。”

“你拿走了我的一切。”我再次低语。我不会承认任何过错。不会在游戏进行到这个最后阶段时承认。“没有他我该怎么办？”

“你可以做正确的事情。”她说，“证明你爱他。结束这该死的一切吧。也许至少这样他不会恨你，你不会恨你自己。”

“给我滚！”我低语，享受着口中吐出粗鲁语言的快感。我坐着颤抖了一会儿，直到怒火如火焰般从我体内喷涌而出。“给我滚！”我再次冲她尖叫，然后爆发出一阵哭泣。

我听到咔嗒一声，然后是忙音。我又独自一人，面对着时钟的无尽嘀嗒。上帝啊，她有时候真是个傲慢的贱人，我想着站了起来，把手机放进口袋里，擦干眼泪。但她是对的。是时候让我把一切变得更好了。

53.

路易丝

我颤抖着挂了电话。

我的话她都听懂了吗？现在她会怎么做？打电话给诊所吗？当她意识到我没有撒谎后，她会把整个家都砸了吗？我想起她当时听起来有多伤心。不，她相信我。她知道他走了。我试图给大卫打电话，但他的电话转移到了语音信箱。他已经上火车了，信号肯定很差。我低声咒骂了一句，但还是给他留了言，告诉他我很安全。

安全。

亚当。我应该在一个小时内去接他的。今晚我要怎么假装欢乐地跟他在一起呢？在发生了这一切之后？噢我的宝贝男孩，我是如此爱他，但我今天应付不了他。我太心烦意乱了。而且，还有阿黛尔。她知道我住在哪里。要是她那可怕的不安情绪转变成了怒火该怎么办？反社会。大卫是这么形容她的。要是她想明白这一切后来跟踪我怎么办？我考虑着要不要像大卫建议的那样去酒店住，但这样亚当见伊恩的时候就要解释太多事情了。而且，我有点儿想知道阿黛尔究竟会变得有多疯狂。如果她真的来追我，我想做好准备。我觉得没有了大卫，她会变得很失控。我甚至是希望她失控的。因为那有助于支持大卫的言论。

我给伊恩打了电话，心里默默承诺不管发生什么，明天我都会带亚当出去享受特别的母子下午茶时光。“嗨。”我说，我能感觉到他接起电话时有点儿担心。我绝不会在工作时间打过电话给他。这是很久以前才有的事情。“什么都别担心，我只是想请你和莉萨帮我个忙。也许我现在说有点儿太晚了。”

“什么事？”

“你们今晚可以带着亚当吗？从日托班去接一下他？我有点事，已经快迟到了，而且今晚还有人请我吃饭。”

“当然可以！”他说，“我给莉萨打电话，她会去接他的。”

我可以听出他声音里的热忱。他以为我是去约会。终于，他的前妻要开始新生活了。

“谢谢。”我说，“你真是太好了！”

“没问题，玩得愉快！”

我们道了晚安，挂了电话。爱可以变成恨，再变成这样平淡的友谊，真是太奇怪了。

我遏制住想在半路买瓶酒的欲望，哪怕我反复告诉自己，我只会喝一杯，等大卫打电话来的时候，我的醉意已经消散了。要是我醉了，我不相信自己不会求他改变主意。

当然，还有阿黛尔。要是她出现的时候我醉醺醺的，那我毫无胜算。

54.

阿黛尔

时间在流逝，他们是那么说的，不是吗？嘀嗒，嘀嗒，嘀嗒。它流过了今天。这最后一天。我没料到会是今晚。我没料到最终时刻到来的时候会独自一人。我本来计划是在周末做这件事的，周末亚当会离开，而大卫会在这里。也许我会吸毒睡去，但我会在这里。不过受到幸运星的眷顾，亚当去他父亲家了，而大卫，呃，大卫正在去苏格兰自我毁灭的路上，回到故乡去清洗自己的良心。这样事情好办多了，对一个人来说不那么复杂，而且毕竟，这一切是关于我和路易丝的。大卫不过是拔河比赛的奖品。现在，我们都厌倦了拔来拔去。是时候让游戏结束了。必须分出胜负。

舞台已经设好，一切安排就绪。我准备好了卧室，然后写了封信，封在白信封里，留在大卫的桌子上。用的是新信纸——很昂贵。上面只有我的指纹。这样他们就没法说是大卫安排我这么做的了。我把每件事都考虑在内，一切都会完美无瑕。会看起来很正确。

还有几个小时的时间，我把一切在内心反复演练，直到再也不想面对，才绕着我们空荡荡的房子走了走，跟它道个永别。

我心跳加速，口干舌燥，几乎一直在去卫生间。第一次，我意识到自己在害怕。

雨停了，我走到凉爽朦胧的夜色中，享受着皮肤上起鸡皮疙瘩的刺痛感。它安抚了我。我必须鼓足勇气，我不会失败的。树枝在草坪和花圃上低垂着，但它们枝繁叶茂、生机盎然。姗姗来迟的秋天尚未吹落那些树叶。它们就像庄园里那片人工栽培的树林。如果无人打理，它们要多久才会从修剪整齐的状态变得野蛮生长？我觉得自己就像是这座花园，一个经过修剪的植物。我在那儿待了一会儿，细品着微风的味道，看着这一切景象。然后，夜色渐深，我的肌肤在寒冷中颤抖，我回到了屋内。

我冲了很久的热水淋浴，40 分钟，也许更久。现在时间似乎走得更快了，仿佛意识到了我那递增的恐惧，正在玩弄它。我在蒸汽中做了个深呼吸，想克服我的紧张。我能控制自己，我一直都能。现在，在这最终的节骨眼上，我不会变成一个哭哭啼啼的吵闹又害怕的女人。

我擦干头发，玩弄着一头浓密亮泽的秀发，在镜子里研究了一会儿自己，然后才穿上我最好的那件丝绸睡衣。我很想哭，即便那很荒唐，会让我有点儿讨厌自己。我检查了一下，确保每样东西各就其位，哪怕这房间是我两小时前刚刚布置过的，哪怕我知道一切都放在我需要的地方。这就像是在难得的几次度假出行中，大卫时常检查他的护照一样。想到这，我微笑起来。想到大卫能让我平静。这一切都是为了他。所有事情一直都是为他而做的。我是那么、那么爱他。

我看着钟。晚上 10 点了。再过半小时左右，就要到时间了。我躺回床上，闭上了眼睛。

55.

路易丝

直到10点过后，他都没有给我回电，当时我几乎已经处在极度焦虑中。我慢慢想明白了他正在做的究竟是什么事。下一次我见到他可能就是隔着监狱访客桌了。我觉得恶心又烦躁，就像喝了太多的浓咖啡。听到他的声音让我觉得非常欣慰。他正在珀斯的酒店里等着威格纳尔开车去见他。我很高兴我没有喝酒。如果他能坚强面对这一切，那我也可以。我告诉他我给阿黛尔打了电话，我的话脱口而出，滔滔不绝。

“我没能让她承认。她听起来很愧疚、很不安，但她并没有真正说出你是无辜的。我很抱歉。我想让她意识到自己做了什么。我希望她能坦诚一些。我想试着说服她讲出那块表的真相，讲出发生了什么事情。”

“没关系，露儿。”他说。他听起来一点都不生气，只有疲惫，不抱希望。不过，我喜欢听到我的昵称从他口中喊出来。那听上去很亲密。“她不知道要怎么说出真相，但你现在必须非常小心。我想你并没有真正明白她是个怎样的人。我不想你有事，我会承受不了的。”

“我什么事都不会有。我保证。我会在你需要的时候出现。”

他说的话很老套，但我并不介意。

“我想他来了。”大卫对着电话低声说。几百英里外，有某个人穿过房间引起了他的注意。“我一有机会就给你打电话，”他说，“我保证。拜托你，今晚别待在那间公寓里吧？至少去一个邻居家？”

“大卫，我……”我不知道要说什么。说我爱你？反正，可能是类似的话。我无比确信，我再也不会有比大卫更爱的人了。然而我还没说完半是表白半是宣言的句子，就听到电话挂断了，警察带走了他。

我体内的紧张立即消散。现在已经没有退路了，他没时间改变主意了。我觉得很空虚，我自私地希望亚当能在这里，这样我就可以去他的房间，看看他的睡颜，提醒自己，在这个世界上我还是受到一点儿幸运的眷顾的。我走进厨房，去拿杜松子酒酒瓶和碗柜里的果汁。这总比什么都没有强。我愣愣地倒了许多，倒到一半，我听到手机响了，是一条短信。

我冲回客厅，紧张得无法呼吸。是大卫发的吗？是警察让他回家查查脑子有没有问题吗？他们会不会直接赶他走人，根本不听他的话？他们会觉得他是在浪费时间吗？

然而发短信的不是大卫。是阿黛尔。我太肯定是大卫了，盯着手机好一会儿才真正注意到那名字。我紧张得胃部一抽。现在怎么了？现在她打算做什么？我按下按键去读她的信息：

你是对的。我得让事情变好，坦白发生的一切。他们会把大卫从我身边带走的，可没有他我活不下去。但我也不能让自己被关起来。我不能那么做。我不想在某个糟糕的地方和一群疯子在一起。这是我的头脑，我不想它变得一团乱。我没有坚强到足以面对那样的结果，也没有坚强到足以离开大卫单独生活。所以，我打算用个省事点的办法去救他。也许不算简单，但那是我唯一的选择。我想，那也是个正确的方式，在经历了这一切之后。我希望你现在很快乐。也许没有了我，他现在也会很快乐。我曾经是你的朋友，路易丝，有那么一小会儿，我们是朋友。请记住这一点。

我盯着那条信息，试图去理解它的意思。她要做什么？她在说什么？用个省事点的办法？那是什么意思？真相在我的体内尖叫，而我头脑的其余部分则试图追上它。这跟我期盼从她那儿得到的相去甚远。但后来我想到了她在电话里的表现，哭得那么悲痛。她也许有精神病，但她是真的爱大卫。她从没失去过他。

省事点的办法。她要自杀。我想到了他们碗柜里的所有药片。她是打算把它们全都吃下去吗？是不是？

我试图给她打电话，但没有人接。该死，该死，该死。我紧张得耳朵嗡嗡作响。我该怎么办？打电话给警察？那我要说什么？要是这事根本就没发生呢？毕竟，她是阿黛尔。这算是某种测试吗？一个恶作剧？但如果并不是恶作剧呢？哪怕发生了这一切，如果我能救她，我还是不愿让自己良心不安。我怎么才能知道真实的状况呢？

我意识到，有一件事是我可以做的。那就是她发掘出的我内心的疯狂，我的新能力。

我灌下一大半杜松子酒和橙汁，坐到沙发上。如果我可以看到她，就能知道真相了。我放慢呼吸，让脖子放松，除了那扇门，什么都不去想。我前所未有地集中了注意力，然后它出现了，那闪烁的银色。我想着阿黛尔的家，想着她的卧室，那昂贵的金属框架的床、带三种绿条的特色墙、棉质床上用品在我身下的质感，还想着地板。一时间，我觉得我可以去那里。但后来门把我推了回来，消失了。太远了。我走不了那么远。现在还不行。

我咒骂着自己，咒骂着她，咒骂着一切，最终坐了起来，抓过手机。我点开了约车软件，不出两分钟汽车就来了。

我曾经是你的朋友，路易丝，有那么一小会儿，我们是朋友。

真该死。该死，见鬼，该死，我必须得过去，必须去。我别无选择。我甚至都没拿件外套，就冲进了寒冷的夜里。

出租车很守信用，几乎我一上街就到了。在对着司机喊出地址后，我给大卫发了条信息，告诉他我要去哪里，为什么要去那儿。如果这是个陷阱，如果有什么不测，那他至少知道我出了什么事，是谁害了我。我又试着给她打了电话，仍然没有人接。我的脚拍打着地面，身体前倾着坐着，催促引擎加快速度。

距离收到短信已经过了多久了？我想最多10分钟吧。但也许几分钟就已经足够久。我是不是去得太晚了？

车还没完全停下我就离开了座位，向后喊了一句心不在焉的晚安。我飞奔上厚实的石阶，手颤巍巍地用力按下门铃。我听到铃声在另一边响起，但楼下却看不到任何灯光。我又按了一次门铃，按了五秒多钟，但仍然毫无反应。

我蹲伏下来，透过信箱朝里窥视。“阿黛尔？是我！”一股刺鼻的气味朝我飘来。是烟吗？远在走廊尽头，我看到厨房里有橙色的光在闪。噢见鬼，噢该死。是火。

阿黛尔说过什么？说她会把事情纠正过来？比起罗伯，她谈论父母谈论得更多吧？一场火夺取了她家人的生命，她工作的花店也曾失过火。这是她的怪癖吗？放火烧死自己在某种程度上是不是阿黛尔把事情扯平的方式？我再一次按响门铃，惊慌失措。然后我想起了那把钥匙，开始在花盆底下摸索着，在土里挖了很深才明白过来，钥匙不在那里。她把它拿了回去，我没办法进去。

我不知道该怎么办。要是她并不在里面呢？要是她试图让我因纵火罪之类的原因被抓起来呢？但是，如果相反，她真的在楼上的房间里，服了药等着被烧死或者窒息死，或者别的什么能让人死于火灾的方式？我重重地拍着门。她是那么近，又是那么远。

那么近。

我想到了第二扇门。现在我离得很近。也许在这儿我可以成功。我坐在顶部的台阶上，背倚着门廊，把自己靠在角落里。我做了个深呼吸，一开始呼吸很不稳当，后来才变得平缓下来。我摒除杂念，集中注意力想着银色的门。现在我掌握得更好了，我不怕它了。现在它不会不请自来，我可以召唤它了。

门的边缘在我身后的黑暗中闪着明亮的光，我描绘出了阿黛尔卧室的样子。画面很清楚。墙的颜色、那片带有负罪感的丛林之绿、角落里的卫生间、旧砖间的放气阀透出的凉爽、衣柜背面的镜子。我把它们看得那么清楚，然后突然间我穿过了门——

我到了那里，盘旋在房间上空。那里很黑，但是我可以看到阿黛尔。她躺在床上，一动不动，身穿米黄色丝绸睡衣，样子完美无瑕。没有任何药片的痕迹，也没有看到服药的水，但我可以感受到她所散发出的可怕的虚无感，仿佛她已经死了。第一缕烟从下方走廊里冒上来，她周围的空气里弥漫着一团灰色的沉闷。

我意识到，她是离开了。她没有死，但是离开了她的身体。她不想去感受自己的死亡，那一刻发生的时候她不想留在那里。她是害怕自己会改变主意吗？是在最后一刻恐慌了吗？她父母也是这样离去的吗？

我朝她靠得更近，听到楼下传来爆裂声。火势在蔓延的时候并不安静，据我所听到的噪音，这场火正在迅速变大。我本该打电话给消防队的，我本该打电话给警察的，我本应该做一些*更有用*的事情的。很快会有邻居注意到火光的，但那时候就太晚了。不管阿黛尔是怎么放的火，现在都木已成舟。我需要把她带出房子。我不假思索地向她伸手，但我抓不住。我没有实体，我只是魂灵。我能怎么办？要怎样才能把她带离这里？

我突然有个想法，一个冷静又清晰的想法，似乎我的恐慌因为缺乏身体的化学反应而得到减轻。这是一个疯狂的想法，我不知道这甚至是否有可能发生，但也许，这是我能救她的唯一机会。

她的身体是空的。而我就在这里。只要走三到四分钟跑下楼，到时候我们两个就都安全了。我只能想到这么多。很快这楼梯就要走不通了。到处都是木地板，涂了漆。它们烧起来的速度会有多快?

我盯着她的身体，她的美丽仍然让我有点儿惊艳。然后我想到了她的眼睛，那双浅褐色的眼睛。我想象着透过那双眼睛看出去的感觉。在那样的肌肤里，在那样健美、结实又苗条的身体里，会是种怎样的感觉?我想象着成为阿黛尔，想象着滑入那具身体，控制它，然后——我感到自己身体中心有股可怕的震动，我觉得发生了某件非常、非常错误的事情——我进入了她体内。

56.

之后

“她留下的那封信里没有提到她父母住宅的那场火灾。”帕蒂森警官说，“但报告说，火是从保险丝盒里开始烧起来的。”他是个身材矮胖的男人，穿着一件老旧的制服，但眼里是职业警官才有的悲观厌世。他是可靠的。人们信任他。他很冷静。

“她在你家放的那把火，马丁医生，”他继续道，“也同样是从厨房保险丝盒里开始烧起来的。所以，也许这里体现了某种犯罪的迹象。”

“他们知道她用的是什么吗？”大卫问。他很苍白，看起来很憔悴，是处于震惊中的人常有的表现。但他在精神上也放松了很多。他当然很放松。叮咚，女巫已死[1]。

“松脂和被浸湿的茶巾。”

大卫点点头：“那就说得通了，她正在布置。”

“我们找到了一封她写的信——差不多算是她的坦白书——就在你桌子上。信里她承认了一切你对珀斯的威格纳尔督察所说的事情。她把罗伯特·霍伊尔的尸体放在了她家庄园的井里，

① 《叮咚，坏女巫已死》(*Ding Dong, the Wicked Witch is Dead*) 是电影《绿野仙踪》中的插曲。在这里，主角化用了这句话。——译者注

而且她当时戴着你的手表。我们已经得到了苏格兰方面的确认，尸体已被找到。显然它已经高度腐烂，但我们想，齿科记录可以确认尸体身份。另外，考虑到你妻子的死亡方式——过量服用海洛因——跟她给出的霍伊尔先生的死因一样，似乎她是在试图弥补些什么。也许她良心发现，想要澄清这两桩罪过：她父母和霍伊尔先生的死。”

“但她是从哪儿弄到这些海洛因的呢？”大卫问，“虽然她是个多面派的人，但她还真的不吸毒。”

“安东尼。”我说，仿佛是刚刚突然想到这个念头似的。我的喉咙仍然被烟熏得生疼，声音听起来很沙哑。“安东尼·霍金斯。有几次我见过他在她附近徘徊。也许是她让他弄的海洛因？”

“霍金斯？”督察员记下了他的名字。

“是我的一个病人。”大卫说，“应该说，是我之前的一个病人。吸毒又有依赖症。某天突然出现在我家。”我看到他终于明白了过来，“是阿黛尔开的门，也许他的依赖转移到了她身上。阿黛尔——曾经——非常美丽。”

“我们会找他谈的。至于你妻子的信，那是她的笔记，上面也只有她的指纹。毫无疑问是她写的。”他抬头看，“这对你是个非常好的消息，你很幸运，它并没有被火烧掉。”

“这是典型的阿黛尔的行为。”大卫说，脸上露出一个苦笑，“即便在她的最后时刻，她也不会完全放我自由。”

我几乎没有在听，我满脑子都是大卫握着我的手，紧紧地抓着它。我有太长时间没体会过这样的感受了。尽管我们白天接受了三名警官炼狱般的审问，昨晚仍然欢爱了一场，我们大笑着，微笑着，紧紧拥抱着彼此。那感觉就仿佛是场梦。

“大卫还会坐牢吗？”我担忧地问。

“调查没结束前我没法断论。如果有正式的控告，你们的律师会接到通知的。但我们会酌情减轻处罚。霍伊尔先生死的时候她很脆弱，大卫是在试图保护她。可即便霍伊尔是死于意外，但阿黛尔藏了尸体，大卫在那之后帮她隐瞒，这仍然是事实。”

“我知道，”大卫说，“在这点上我不做任何争辩。”

“我想，近期内你也不会从事心理咨询的工作了吧？”帕蒂森看起来很同情。他在部队的这些年里肯定目睹了无数罪犯，而大卫一定是最不像罪犯的那一个。

“不，”大卫说，“我想不会。这是我料想到的另一个结果，其实我并不太在意。也许我需要彻底改变一下。”然后他看着我微笑起来，我也回了他一个微笑，笑得太用力，感觉脸都快爆裂了。我们无须在警官面前隐藏我们的感情。外遇、爱情，一切都写在信里。

我当然知道的。信是我写的。

离开警局的时候，我从脸上拨开那不太熟悉的金发。路易丝的身体——我的身体——仍令我觉得陌生。身上突然多出的体重减缓了我的速度，但我享受着自己更有曲线的身材，如果大卫喜欢的话，那我就不减肥了。不过，她需要戴眼镜看远处，我想她还没意识到这一点。

噢路易丝，她真是完美。她表现得太棒了。我也得夸夸我自己。我的计划执行得很完美。我曾尝试去那可怕的地下通道买海洛因，却被打青了眼睛，还差点丢了包。但后来安东尼出现了，他非常高兴能为我做些事情，真是得来全不费工夫。毒品、针管，一切我需要的东西，他都有。

我用海洛因做了练习，好知道能给自己注射多少剂量——从我脚趾头上注射进去，看不出任何痕迹——而不会立刻变得神志不清。路易丝出现的那天我正在练习，然后我把我当时的状态归咎于那些药片。我得到了意外的收获。

我准备好了要放火，但并没有点火。等时间足够晚了，我给她发了短信，唠唠叨叨一大段，暗示她我要自杀。我看着她。我看着她试图来看我，又放弃了。就在出租车在我家门外停下之前，我点燃了火，跑上楼梯。第一声门铃响起时，我给自己注射了足够多的海洛因，然后把剩余的毒品藏在床底，我已经事先在那儿放了一副大卫的外科手套。我穿过了第二扇门，看到她在外面。现在是最棘手的地方。找准时机在她的身体空出来后进入她。我等待着第一波颤动，那表明出了状况。我身后的空气震动了一下，我知道她进入了我的身体。如果她要撤回自己的身体，那我肯定是要被踢出去的。

但命运眷顾勇者，她的皮肤变成了我的。我抓过藏在门楣顶部的钥匙，穿过浓烟跑上楼去。

她略带呻吟地躺在床上，眼神呆滞。意料之外的海洛因会带给女孩这种反应。她看到我时稍稍集中了注意力。路易丝在那里，在我的眼睛背后，看着她身体里的我。当时她很害怕，尽管她还处于海洛因带来的快感里。我想，她是在试图叫我的名字。总之，她想说些什么。我没有停下道别，我们没有时间道别。我戴上手套，重新取回注射器，把海洛因从她的（我的）脚趾间注射进去。晚安，小甜心，胜负已定。

我把注射器扔在地板上，手套塞进口袋里，稍后丢掉。然后我把她拖了起来，幸亏我是如此瘦弱，幸亏她至少还会去几次健身房。我半拖着她下了楼，走到外面的夜色里。黑暗中传来警笛的呼啸声，隔壁一位瘦小的老太太穿着晨衣站在街上，抓着她那条爱嚷嚷的狗。

就是这样。消防车出现的时候，我跟他们说了短信的事情，说了我是如何从花盆里挖出备用钥匙，试图进屋救她的了。但救出来时她已经死了。她可能死在了下楼的半途中。

再见，阿黛尔。你好，路易丝。

如果你爱一个人，那就放他自由？真是胡扯。

57.

当时

“我父母死的时候我正在那么做。”阿黛尔说。他们伸直四肢平躺在炉火前，她给他念的莎士比亚的书被丢在一边。“到处乱飞，仿佛自己是一阵风。在大自然中翱翔。”她把大麻烟卷递还给罗伯，可他并不需要。

“我很小的时候就开始这么做了。”她继续道，“我在这本大卫给我的旧书里读到了怎样头脑清楚地做梦。然后我成功了，另外那件事就全然由此开始。一开始我只能在睡着的时候那么做。也许是因为荷尔蒙之类的东西，也许当时我还是个孩子，不能在心理上掌控它。但是上帝啊，这真是太美妙了，这种秘密的技能。起初它只是我能描绘出来的地方，而且一开始我根本走不太远。然后，又过了几年，我掌握得越来越好了。或者说，它变得更自然了。现在我随时都能这样做，随时都能飞起来。有一次我想把这事告诉大卫，但他只是朝我笑。他觉得我是在开玩笑。当时我就知道，他永远都不会相信这种事情，不会真的去相信。所以我把这个当成了自己的秘密。直到我遇见你。”

“那就是你为什么不愿睡觉的原因。”罗伯说。他抓起她的手，紧紧握住，那感觉很好。能把这事跟某个人谈论的感觉真好。能分享这一切的感觉真好。

“是的。”她轻声说，“我父母的死是我的错。不管别人怎么说，那场火只是意外。但如果我当时在那里，如果我能正常地入睡，那我就会醒过来。我就能做点什么。但是我没有。我当时在高高的树上，看着猫头鹰，看着树林，看着一切夜间出来活动的生物。”

“倒霉的事情时常发生。”罗伯说，“你必须得放下它，继续过你的生活。”

“我同意。”她说，然后她更真诚地表示，“如果我去试着放弃，我也没法做到。它是我生活的一部分。是我的一部分。”

“所以那奇怪的第二扇门就是这么回事。”他说，“我已经试过它好几次了，但它把我吓坏了。我在笔记本里写过它。”

“为什么今天之前你什么都没有说？”

“我不想让你觉得我是个怪人。”

她回握了他的手。她爱罗伯，真的爱。可大卫也许并不太喜欢他——她能感觉得出来，哪怕他什么都没有说——但她肯定他会喜欢上他的。

“哎，如果你是个怪人，那也是个像我一样的怪人。”她说。然后他们大笑起来。她很快乐。他很快乐。大卫棒极了。她的未来如此光明。“你也能这么做，真让我开心，这太棒了。”

“嘿，”罗伯说着滚到自己那边，支起一个胳膊，“我们应该尝试些事情。尝试些真正疯狂的事情。”

58.

罗伯

我们站在坟墓边，手牵着手。我们在这里，让过去安息，说着我们的永别。坟墓上看不到什么，只有一个名字和两个日期。除此以外，在那块黑色大理石的墓碑上，大卫还能刻什么呢？爱妻吗？那几乎不可能。而且，不管怎么说，那也许是阿黛尔的身体，但在这片土地上，真正被埋葬的却是路易丝。

可怜的、甜美的阿黛尔。我可怜的睡美人公主，那么甜美善良，却又那么单纯。我的确在用自己的方式爱着她，真的。但那就像是罗密欧和朱丽叶的故事。罗密欧觉得他爱的是罗莎琳，直到他见到了朱丽叶。有些爱太过强大，能把其他所有都一扫而空。

我记得初见大卫时的一切。阿黛尔站在碎石地上，满心都是少女的兴奋，而我在后方台阶的阴影中徘徊，他突然造访入侵我们的乐园，我心中满是愤慨。

然后他从那辆老旧的汽车里走出来。他真是……宛若天神降临。那一刻，我无法呼吸。我同时体会到了盲目无措和醍醐灌顶，那是一种特殊的感情。相较之下，阿黛尔和她所有的温柔善良都黯然失色。我对她的感情不过是风中的尘埃，转瞬即逝。大卫很强壮、很聪明。我爱他身上的安静气质，我爱他所有的冷静自持。我终于明白了为什么阿黛尔是如此爱他，但那一刻我也同样看出了她只会拖他的后腿。对像大卫这样出色的人来说，她太脆弱了。他需要的是某个跟他匹敌的人，他需要的是我。

那个周末我几乎没怎么说话，只是喃喃地回答着他的问题，或者让自己彻底做个傻瓜，试图变得有趣，希望阿黛尔能带着她的大惊小怪滚蛋，留下我们两个独处，这样我就能在他面前狂欢。当时我就知道我必须得拥有他。必须。这是命运。

当他离开这儿回到大学后，我觉得仿佛自己的灵魂被撕裂了。我觉得很空虚。如果不能拥有他，那我也不想活了。凭什么阿黛尔能拥有他？在傻笑地、软弱的阿黛尔，不懂感激的阿黛尔？理所当然地索取他的爱，腰缠万贯却根本不在乎钱？如果我拥有财富，也拥有大卫，我肯定会让他的人生焕发光彩。

这时候，我就想到了那个主意。我那简单又可怕的计划。

“我们可以走了吗？”我踮脚倚过去，用路易丝那丰满的嘴唇去亲吻他。

他点点头：“亚当现在肯定很无聊。”

我们漫步在夕阳里，走向我们的车子。

一件事情在第二次做的时候就容易多了。在路易丝身上，事情更加简单。我只怕没有计划好。怕有变数。而在阿黛尔身上，我怕的是即便她同意我这疯狂的念头，事情也不会成功。

当然，路易丝绝不会陪我做那样的事情。但是阿黛尔很年轻，众所周知，年轻人都很愚蠢。当时她抽烟抽得神情恍惚，很高兴终于能有人分享她的秘密了。当然，她喜欢我。天时地利人和。如果我集中精神去做，她是不会注意到的。我们大笑着去了外面的林子里——她刚刚说了什么？*如果我们要施展巫术，那应该在夜里去空地上做*。就是这句。

然后我们互换了。数到三，离开我们的身体，进入对方的身体。她不知道她被注射的是什么。这个“老烟枪”对海洛因上瘾的威力毫无准备。不出几秒钟，针管就插了上去，服药过量。就像我杀了路易丝那样。

再见，罗伯。你好，阿黛尔。

把尸体扔进井里令人筋疲力尽。女人的身体太虚弱了，这点我没料到。干枯的树叶和泥巴黏在我的牛仔裤上。我疲惫不堪，浑身酸疼，潮湿的寒气吹冷了我的汗水。我期待着今后大不一样的生活，但每件事看上去都毫无变化。唯一不同的，是我。手表掉在她身边是场意外，对此我并没有太在意。那是他给她的，不是给我的。我也不太在意自己的身体腐烂。我从来就不喜欢它。它与我丰富的内心从不匹配。我远比这具苍白的躯壳要高贵得多。但是我保留了那本笔记本。这是跟我旧日生活的一个联系。我把关于第二扇门的部分撕掉了——不能让大卫无意间发现它——然后把它藏在了一个阿黛尔父母的遗物箱子里。我仍然还保留着它。谁知道它这么方便好用呢？也许它会再次派上用场。

跟阿黛尔交换身体之后，我应付得并不好。我本该对井里的尸体表现出更多的同情。我想，这是第一件惹怒大卫的事情。当然，还有后来令人惊悚的怀孕事件。当时我没办法做好准备，让另一个人在我体内成长。而且，那是阿黛尔的孩子，不是我的。在我和大卫全新的美妙人生中，我不想要她留下的任何一个部分。我对阿黛尔了解得还不够多。我不了解他们的过去。为了留住大卫，我不得不假装了很多次情绪崩溃，当然，后来还威胁了他。

但这一次就不同了。大卫并没有太了解路易丝，而我已经观察、学习并记住了她的生活——她的怪癖、她的品味、她的幽默感。不过现在他是爱我的，我能从他眼中看得出来。他已经摆脱了过去。也许这一次我将给他生个孩子，让我们成为一个正常的家庭。

“蜜月你想去哪儿过？”我们回到车里的时候，他问，“挑个你想去的地方，随便哪里都可以。”

一周前我们结婚了，在登记处，就我们两个。那天，我原先身体里的阿黛尔被埋在了爱丁堡的一座糟糕的小公墓里。但是现在既然我们都可以真正无所顾虑地随心所欲，那么我们就开始思考之后的事情了。我假装考虑了一会儿他的问题。“去坐东方快车，”我说，“然后也许再坐个游船。”

“你讨厌船。”后座传来一个小小的声音。我不必回头也能想象出亚当眼中的阴郁。他知道我有问题，他只是还琢磨不透。“你一直都说你讨厌船。”他固执地说。

“他只是在犯傻。”我说，我紧紧按着大卫的大腿，“我想他担心你会把我从他身边抢走。”

表面的微笑背后是我咬紧的牙关。要彻底实现我们的幸福，仍有一个小障碍需要克服。大卫也许不够了解路易丝，但伊恩和亚当了解。我需要断绝他们的联系。和苏菲绝交是很容易的事情——只需要小小地提醒她丈夫一下，要当心她有可能外遇——但让亚当离开我的生活需要做些更戏剧性的安排。

“我爱你，路易丝·马丁。”大卫说着启动了引擎，我们开车离开，把过去抛在身后。

“我也爱你，大卫·马丁。”我说，“我对你的爱超出你的想象。”